異世界転生令嬢、出奔する2

エド
奴隷商から逃げてきた
黒狼の獣人。
馬のように大きな
狼の姿、ポメラニアンの
ような仔狼の
姿にもなれる。
ナギ
『アリア』という辺境伯
令嬢に転生した元OL。
前世の記憶を思い出し、
チートスキルを手に入れた。
美味しいご飯を
こよなく愛している。

登場人物紹介
CHARACTER
ミヤ
ナギたちが依頼を
こなす中で知り合った
ハーフドワーフ。
フェロー
ダンジョン都市の
東の冒険者ギルドの
受付主任。
ラヴィル
ダンジョン都市で
活動する白兎族の冒険者。
見た目によらず武闘派。
ミーシャ
ダンジョン都市で
宿屋『妖精の止まり木』を
営むエルフ。元冒険者。

異世界転生令嬢の出奔事情

十歳の誕生日、アリア・エランダル辺境伯令嬢は前世の記憶を思い出した。

階段で足を滑らせて死んでしまった、日本人アラサーＯＬの工藤渚。それが、アリアの前世。

そうしてこの異世界に転生したものの、歴史ある王国の貴族令嬢なのに、義母と義姉に虐げられ、実の父親にも無視されていたアリアは、屋根裏部屋で病に臥せっていた。しかし、渚が死んだのは手違いだったからと、前世の記憶を思い出すと同時に魂の管理者から授かったスキルを駆使して、アリアはどうにか生き延びることに成功する。

アリアが入手したスキルの一つ【無限収納ＥＸ】は、特に規格外の性能を誇っていた。収納量は無制限、空間内では時間が停止し、生き物も収納可。

そんな最強の収納スキルを手にしたアリアが願ったのは、自由。

それと、美味しいご飯と快適な生活だ。

亡き母の遺産やアリアが受け継ぐはずだった財産を【無限収納ＥＸ】に放り込み、彼女は辺境伯家からの出奔を決意する。準備は万全。名前を「ナギ」と改め、隣国を目指して冒険の旅に出た。

国境に跨り魔物の巣窟と恐れられている大森林で、ナギは黒狼族の少年を拾う。

怪我を癒(いや)し、食事をして元気になった獣人エドマンド——エドは、前世の渚の後輩、江戸川秋良(えどがわあきら)の記憶を持っていた。普段は黒狼獣人のエドだが、【獣化】のスキルを使って狼の姿に変化すると、その精神は「アキラ」と交代する。

大きな黒狼の姿と愛らしい仔狼の姿を取ることができる彼は、ナギの頼もしい相棒になった。

「命大事に楽しく快適に！」をモットーに、彼らは一緒に生き抜くことを決意する。

大森林を抜け、辺境伯邸から持ち出した家財を売り払いながら、二人と一匹は自由を求めてダンジョン都市を目指した。

そこから二ヶ月以上かけてようやく辿り着いたのが、ダリア共和国。四つのダンジョンに囲まれた首都『ダンジョン都市』を拠点に、ナギとエドは冒険者になるべく見習い活動を始めた。

美しくも大食漢なエルフの女将(おかみ)が経営する宿『妖精の止まり木』でお世話になりながら、二人と一匹は見習いとして活躍する。森での採取に魔獣の討伐。獲れたお肉はもちろん、美味しく調理する。

エルフのミーシャ、白兎族の女性冒険者ラヴィル、冒険者ギルドの受付主任フェローに見守られながら、ナギはエドと時々アキラと一緒に異世界生活を満喫している。

「私たちが幸せになることが、きっと最高の復讐！」

元辺境伯令嬢だとバレないよう、ナギは男装して過ごしている。規格外なスキルの存在が知られると厄介ごとに巻き込まれそうなので、なるべくひっそりと二人だけで活動するつもりだ。

お金を貯めて自分たちだけの「家」を手に入れるため、今日も二人は冒険者見習いとして、ダンジョン都市で励んでいる——

第一章　出奔令嬢は冒険者見習いを頑張ります

ダリア共和国は亜人種が多く住む多民族国家だ。

六つのダンジョンを保有する国の首都はダンジョン都市と呼ばれている。

うち四つのダンジョンがちょうど東西南北の方向に位置していたため、中央部の平野に拠点を築き、四角く強固な塀で囲った都市を作り上げたのだ。

都市を守るために築かれた塀の出入り口は四つ。ダンジョン近くに砦を設置し、そこに門を作った。北の鉱山ダンジョンのそばには北の砦、南の島ダンジョンには南の砦という風に、四方にそれぞれ砦がある。

ナギとエドが大森林を抜けて一路目指したのが、この東の砦だった。

東のダンジョンは通称、肉ダンジョン。豊かな森林フィールドがそのほとんどを占めており、食用の魔獣や魔物が多く現れるダンジョンとして名を馳せている。

数万単位の住民が暮らすダンジョン都市の食の多くを支えているのが、この東のダンジョンだ。

「美味しい魔獣肉がたくさん狩れると噂の肉ダンジョンに挑戦できるのは、冒険者だけ。一刻も早く昇格して挑戦したいね、エド」

腰までの柔らかな金髪を丁寧に編み上げて、トレードマークとなったハンチング帽を被ると、ナギは背後に佇むエドを振り返った。

既に身支度を終えていた黒狼族の少年は「そうだな」と神妙な面持ちで頷く。彼には自前の獣耳があるため、帽子は不要。お気に入りの黒一色の装束に身を固めて、ナギの準備を見守っていた。

ナギとエドがダンジョン都市に辿り着いて、既に一週間。特例で認められた二人は、それぞれ冒険者と荷物持ちの見習いとして、東の冒険者ギルドで依頼をこなしている。

通常、冒険者は十五歳の成人にならなければギルド会員にはなれない。だが、十五歳未満でも、レベルが40以上なら特例で見習いとして仕事を請けることができる。

十歳のエドは現在レベル42。この制度を利用して、冒険者見習いになった。

また、貴重な収納スキル持ちかつレベル20以上であれば、見習いポーターとして仮のギルド会員に登録が可能なため、レベル21で同じく十歳のナギも無事に見習いのポーターとして認められている。ただし、非力なナギにはエドの同行が必須だと、東のギルド受付主任のフェローには念押しされていた。

見習いの二人が正規の冒険者になるには、ギルドからの一定の評価が必要だ。

街中での奉仕と街の外での薬草採取や魔獣の討伐など、ギルドを介した依頼をこなさなければならない。依頼を達成すると相応の点数がつき、依頼人の評価が高ければ、更にボーナスポイントが付与される。

そのため、二人ともここしばらくは真面目に冒険者ギルドで見習い会員用の依頼をこなして、点数を稼いでいるところだった。

街中での奉仕依頼は、前世のボランティア活動と似ている。

二人の初仕事は水路の掃除だったが、街中での掃除仕事は不人気な常設依頼として掲示板にいつも貼り出されている。民家の草むしりや煙突の煤落とし、そのついでに子守り依頼など、内容は多彩だ。

これらの常設依頼をこつこつこなして信頼に足る人物だとギルドで評価されると、今度は手紙や荷物の配達依頼が回されるようになる。他にも、計算が得意なら商店の手伝い、料理が得意なら調理場の手伝いなど、色々な仕事を斡旋してもらえるらしい。

ナギは【無限収納EX】から取り出した手鏡で髪がきっちり帽子の中に収まっているのを確認すると、革製のリュックを背負った。

「お待たせ、エド」

「ああ。行こう」

定宿にしてある『妖精の止まり木』の部屋を後にして、二人は冒険者ギルドへ向かう。

二の鐘が鳴るのは午前九時頃。割りの良い依頼を求める冒険者たちはとっくにギルドを発っている時間帯だ。見習いが出向くには少し遅い時間ではあるが、今日は常設依頼を請ける予定なので、急ぐ必要はない。

「エド、常設依頼は何があったか覚えてる?」

「採取依頼は、薬草と珍しい種のキノコ。あとは毒蛇の捕獲依頼だな」

記憶力の良いエドは昨日の待ち時間の合間にしっかりと依頼書を確認していたらしい。

「毒蛇の捕獲？　それ、いったい何に使うの……？」

恐ろしい依頼内容に眉を顰めるナギに、エドが苦笑する。

「毒蛇の毒は危険だが、その毒を中和する薬を作ることもできる。薬師ギルドが毒消し薬の作成のために常設依頼を出しているだけだから、怖がることはない」

「そうだったんだね。ビックリした……」

「生け捕りすると良い値段で引き取ってくれるらしいぞ？　ナギには難しいだろうから、俺が捕まえる」

素手で捕まえる気満々の少年から、ナギはそっと視線を逸らした。うん、無理。遠くから魔法で倒すだけならともかく、毒蛇を素手で捕まえるなんて、一生できそうにない。

「私は薬草とキノコを狙うことにする」

「そうだな。採取はナギに任せる。ベリーの他にも果実があればいいんだが」

「砦のそばの森が採取場よね？　スライム退治の時にベリーは見つけたけど、他の果樹は見かけなかったわ」

大森林と比べると、砦近くの森は物足りなく感じてしまう。豊かな資源に恵まれた大森林は魔素――生命や魔力を構成する根源――が濃いため、植生が多様で賑やかなのだ。

もっとも、魔素が濃い場所には魔獣や魔物も多く棲むため、人が暮らすには過酷な環境だ。安心と安全を求めた結果、人は魔素の多い場所から離れた地を拠点としている。大森林には及ばずとも、森の魔素は少なくとも街中よりは濃いため、薬効成分のある植物や草食の魔獣を得ることはできる。

「今日は果物を宿へのお土産にできれば良いな」

「そうだな。なければ、ブラックベリーを持って帰ろう」

北の王国よりはダリア共和国のほうが果物の価格は安く、手に入れやすい。それでも、一般人には魔素の濃い美味しい果物は贅沢品にあたる。

冒険者が採取すれば手に入るが、収納スキル持ちがいないと大量に持ち帰るのは難しい。儲けを考えると、持ち帰る量が多くなる採取依頼よりも、魔石だけで達成証明ができる討伐依頼を大抵の冒険者は選ぶ。そのため、果物は供給が少ないのだ。

よって、ダンジョン都市では果樹園農家から仕入れた果物が多く流通している。

（それを考えると、野生の果物の採取って実は結構儲けられそうなのよね。魔素が濃くて美味しい果実となると、ダンジョン産に限られそうだけど）

もちろん自分たちで消費する分を優先するつもりだが、余分に採取できたら、ギルドに買い取ってもらうのも良いかもしれない。

そんな風にのんびりと考えながら歩いているうちに、冒険者ギルドに到着した。

煉瓦造りの頑丈な三階建ての建物が、東の冒険者ギルドだ。剣と盾の紋章が刻まれた看板が掲げられており、分かりやすい。

スイングドアを押して中に入り、二人は見習い冒険者用の依頼掲示板に向かった。じっくりと依頼書の中身を確認すると、常設依頼書を二枚剥がし、受付カウンターに提出する。

「おはようございます。この依頼をお願いします」

「あら、ナギくん？　おはよう。先日はクッキーをありがとう。とても美味しかったわ」

カウンターにいた女性職員は垂れた耳が可愛らしい犬の獣人で、にこにこと優しい笑顔で受付処理をしてくれた。髪と耳は明るい茶色で、どことなくミニチュアダックスフンドを彷彿とさせるチャーミングな女性だ。胸元の名札によると、名前はリア。

（クッキーを食べたってことは、大森林で獲った素材の処理で残業になってしまった職員さんか……。申し訳なくて、ナッツクッキーを差し入れしたのよね）

「薬草採取と毒蛇の捕獲依頼ね。毒消し薬はちゃんと持っている？」

「はい！　薬もポーションも持っています」

「そう。なら、気を付けて行ってらっしゃい」

「行ってきます！」

「行ってくる」

受付嬢のリアに手を振り返して、ナギは上機嫌でギルドのスイングドアを押し開けた。

お手製クッキーを褒められたのが嬉しくて、その足取りは軽い。

砂糖を使わずに小麦粉と蜂蜜とナッツ、卵と少しのバターだけで作ったクッキー。自分ではしっとり感の少ない、やや残念な出来だと思っていたので、手放しで褒められたのは嬉しい。

「そういえば、ナギの【治癒魔法】は毒にも効くのか？」

リアに指摘されて不安に思ったのか、エドに訊ねられた。

「うん、多分大丈夫だと思う。前世の記憶を取り戻した時、病気で死にそうになっていたのも【治癒魔法】で治せたのよね。後から考えたら、あの時の病状は食中毒の可能性が高かったから」

アリアの記憶を遡ってみると、変な臭いと味のするスープを食べてから、嘔吐と下痢に苦しんだ覚えがある。そこから一気に体力が落ち、肺炎をこじらせたのだ。

【治癒魔法】でどれも回復できたので、おそらく解毒も可能なはず。

「ポーションや毒消し薬があるのも本当だから、安心してね？」

「……それも辺境軍の備品か？」

「んっふふふ。内緒だよ？　私たちには必要ないかもしれないけれど、ちゃんと応急処置用の救急セットも用意してあるから、エドは安心して蛇を捕まえてね？」

笑顔でお願いする。鱗や模様を見るだけなら綺麗だと思うが、本物の蛇を触れと言われたら、ナギは全力で逃げるつもりだ。普通に怖い。

(同じニョロニョロ系のウナギはむしろ大好物なんだけどなー？)

「エドは蛇が平気なの？」

「小さな子供の頃から、よく捕まえていた」

「まさか食べて……？」

「いや、蛇は不味いから食わない。滋養強壮の薬になるから、村の薬師のばあさんが買い取ってくれていた。良い小遣い稼ぎだった」

「子供のお小遣い稼ぎが蛇獲り……」

さすが異世界。幼少から逞しい。

不味いから食べない、の一言は聞こえない振りをしたナギだった。

砦から徒歩三十分。森の中は相変わらず静かだ。他の冒険者や見習いの姿も見えない。

大森林とは比べものにならないが、それなりの広さはあるので、分散して採取しているのだろう。

森の入り口周辺の密集地は全て採取された後らしく、薬草の類は見当たらなかった。

「少し奥に入ろう。蛇は湿気の多い場所を好むから、水辺を中心に探したい」

「分かった。私は薬草を探すね。もしも魔獣を見つけたら、倒してもいい？」

「ああ。討伐依頼としてはまだ請けられないが、素材は買い取ってもらえる」

「じゃあ、美味しいお肉は積極的に狩ろう。レベルを上げたいから、弱めの魔獣を倒すわ」

これまでナギは遠距離から魔法や魔道具を使ってしか、魔獣を倒したことがない。武器で直接攻撃をしたことは一度もなかった。

けれど、冒険者として本格的に活動するならば、少しは武器も使いこなせるようになりたい。ダンジョンという不可思議な亜空間では何が起こるか分からないのだ。

特に武器を使えない今のナギは、魔力不足で魔法を使えなくなったら、ただの非力な十歳の少女でしかない。

（いざとなったら【無限収納EX】内の小部屋に逃げ隠れることはできるけど……他の人に、生き物どころか自分自身も収納できると知られたら厄介だもの。なるべく使いたくない）

自衛のためにも武器を扱えるようになっておくべきだろう。

「短槍(たんそう)で、まずはスライムから」

「悪くはないと思う。ただし、油断はするな」

「大丈夫。結界の魔道具は常に発動しておくし、ポーションもポケットに入れてあるから！」

安全マージンは決して怠(おこた)らない慎重な少女の言葉に、エドは仕方なさそうに笑う。

森の奥で見つけた沼地周辺で、二人は採取を開始することにした。

依頼の出ている薬草は五種類。ポーションの素材となる魔力草、リポ草、ナミン草。鎮痛作用のある薬草はロキ草、イヴ草だ。それぞれ葉や茎、根に特徴のある薬草で、見分けるには知識とコツが必要だが、【鑑定】スキル持ちの二人には簡単な仕事だった。

薄い革の手袋を装着し、専用のハサミを使って採取していく。鎮痛薬の材料であるロキ草とイヴ草は根っこに成分があるため、スコップで慎重に掘り起こす必要があった。

「ここに生えている薬草の八割は採取できたね。二割は繁殖用に残して、と」

薬効が葉や茎、花の部分にある薬草は根を残して、丁寧にハサミで採取した。根が無事なら、一週間ほどで新しい葉が伸びてくる。根ごと採取する薬草の場合は、採り尽くしてしまうと絶滅する可能性があるため、採取時には二割を残しておくのが冒険者のルールだ。

採取した薬草は数えやすいように五束ずつまとめてカゴに入れておく。傷みが少なく、新鮮であるほどギルドでの買い取り額が上がるので、慎重に【無限収納(インベントリ)ＥＸ】に収納した。

前世日本人の生真面目な性分から、土まみれの薬草は浄化し、丁寧に扱うようにしている。おかげで、二人揃(そろ)って素材買い取り部門での評判は良かった。

「【鑑定】のおかげで、あっという間に終わっちゃった」

他の見習いたちのために、この場所で余分な薬草を採取することはやめておく。

代わりに食べられる野草やキノコを摘んでいると、周辺を索敵していたエドが戻ってきた。

「土産だ、ナギ」

無造作にぶら下げていた獲物を手渡される。首元に刃物の痕があり、綺麗に血抜きされていた。

「これはボア？　初めて見る毛皮の色ね。染めたみたいに、綺麗な緑色」

「ワイルドボアより少し小柄な、フォレストボアだ。森林内に生息しているうちに、森とよく似た色の毛皮になったらしい」

「身を隠すための獣の知恵なのね。魔獣にも保護色があるなんて知らなかった」

感心しつつ、フォレストボアを【無限収納EX（インベントリ）】に預かっておく。

【鑑定】によると、ワイルドボアよりも身に脂が乗っており、肉はかなり柔らかいらしい。

「ステーキに良さそうね、フォレストボア。しゃぶしゃぶにも向いている肉質かも」

「シンプルに焼肉にしても旨いと思う」

「串焼肉にしたら、食べやすいかな」

うきうきと今夜のメニューを考えることに余念のないナギだったが、ふいにエドが低い声を発した。

「ナギ。そのまま動くな」

「！」

動きを止めた少女の目前に、しゅるりと頭上から縄のようなものが垂れてくる。

黒々とした鱗を持つ毒蛇だ。声をかけられて心の準備をしていたため、どうにか悲鳴を上げるのは我慢できた。が、至近距離で目が合ってしまい、ナギの顔から血の気が引く。硬直して逃げられそうにない。

そこへ音もなく近寄ってきたエドが、慣れた手つきで蛇の頭のすぐ近くを掴んだ。全長五十センチほどの黒蛇はエドの腕に絡まって抵抗するが、あっさりと引き剥がされて麻袋に放り込まれる。

「ナギ、収納を頼む」

「……うん……」

ものすごく嫌だったが、仕方ない。指先だけで麻袋に触れて、急いで収納する。【無限収納EX】スキルは無機物は目視収納ができるのだが、有機物は触れないと収納ができないのだ。

「あの、さっきの黒蛇。私の【気配察知】スキルには全く反応しなかったのだけど……」

あんなに近くに危険な存在がいたのに、全く気付けなかった。これまで絶大な信頼を置いていた【気配察知】スキルが役に立たないとは……

不安がるナギに、エドが思案げに首を傾げる。

「ナギは無意識に魔獣や魔物、あるいは人を対象に索敵しているんじゃないか？　そうだとしたら、索敵対象をもう少し広げればいい」

「対象を広げる……」

そういえば、同じ魔獣でもスライムは見つけにくかった。加えて、大森林にいた時は魔獣だけでなく、美味しく食べられる獣も、と意識して索敵していたことを思い出す。

「じゃあ、この場合は、魔獣や魔物以外にも危険な動物を意識して……っと、うわぁ……」

対象を広げてあらためてスキルを発動すると、途端に今いる場所が危険な森に見えてきた。

少し離れた沼のそばにはスライムが大量に蠢(うごめ)いているし、毒のある蛇や虫の気配が大量に伝わってきて、卒倒しそうになる。

「うう、ちょっと気持ちが悪いかも」

「対象範囲をもう少し絞ればいい。虫は結界の魔道具があれば寄ってくることはないから、除外しても良いだろう。先程の黒蛇も結界に阻(はば)まれる程度の、弱い生き物だ。魔獣ですらない」

「あ、そうだ。そうだったね。私には結界の魔道具があったんだ……。けど、気分的にものすごく不愉快だから、蛇に関してはどれだけ弱くても索敵に反応するようにしておこう……」

見つけたら、可及的速やかにその場から離れるために。

その間にもエドは淡々と毒蛇を捕まえていて、うねうね蠢(うごめ)く麻袋がナギの足元に三つほど転がっている。

「ナギ」

「言われずとも、分かっているわよ……？」

ちょっと自棄(やけ)気味に、【無限収納EX(インベントリ)】に麻袋を収納する。

時間停止する亜空間に隔離したので、ギルドでは生きのいい毒蛇を納品できることだろう。

「ふぅ……。しゃがんでばかりだと疲れるね」

「なら、スライムを狩ってみるか？」

「あ、それはいいかも！　倒してみたい！」

スライムは魔獣の中で最弱と言われている。見習いでも余裕で倒せるため、スライムから採取できる魔石はとても安い。たしか、魔石ひとつで鉄貨一枚分の買い取り額。子供のお駄賃程度の金額である。

初心者が武器の扱いの練習相手にするには、ちょうど良い相手だ。

「じゃあ、リュックは片付けておこう。短槍(たんそう)を構えて、と」

「待て、ナギ。呼ばれている」

「え？　呼ばれているって、誰に……」

振り返った先で、エドの身体が溶けるように消えた。

足元に散らばった衣服の下から顔を出したのは見慣れた仔狼。落ちた服やリュック、武器などを足首に嵌(は)めた収納魔道具のバングルに律儀に回収している。

呆然と己を見下ろしているナギに気付くと、仔狼――アキラは胸を張った。

『スライム狩りと聞いて！』

「聞いていたのね……」

ナギがちょっと呆れて返すと、仔狼が後ろ脚で立ち上がり、懸命に訴える。

『本当は薬草採りもしたかったんですよ？　でも、その身体じゃ薬草は採れないってエドに言われて諦めたんです。だから、せめてスライム狩りは手伝わせてください！』

「まあ、別にいいけど……。でも、私も練習したいから、交代だよ？　狩り尽くさないでね」

『分かっていますって！』

機嫌良くお尻をぷりぷりと振りながら、小さな狼が率先して案内してくれる。

可愛らしい後ろ姿を眺め、ナギはのんびりとその後を追った。

この黒い毛色のポメラニアン――もとい、仔狼はエドが【獣化】のスキルを使って変化した姿だ。

ナギを『渚センパイ』と呼ぶ彼はエドの前世、江戸川秋良の魂を宿している。

アキラは、ナギの前世である渚が職場で新人教育を担当していた後輩だった。

本来、転生すると魂は浄化され、前世の記憶は残らない。けれど二人に前世の記憶があるのは、その死が魂の管理者のミスによるものだったからだ。

渚は百年の寿命を台無しにしたお詫びに、異世界での新しい人生を与えられた。前世の記憶あり、便利なスキル付きで。

アキラも数年の寿命が残っていたため、前世の記憶を抱えて転生したようだが、ナギの転生特典とは内容が大きく違っていた。

(転生した肉体はエドのもの。だけど、狼の姿に変化した時だけは、前世のアキラの精神が前面に現れる。性格は全く違う二人なのに、魂が同じなのって、本当に不思議よね……)

現代日本の若者らしく、アキラは明るく前向きな性格だ。飄々とした言動で軽い男と誤解されがちだが、仕事ぶりは真面目で丁寧だった。

渚と同じく、美味しいご飯とお酒が大好きな、気の合う同僚。それがアキラだった。

対するエドは寡黙で生真面目。アキラの記憶から知ったフィクション寄りの『忍者』の生態に興味津々のようだが、当の本人の性質は『侍』や『武士』に近いと思う。

ゲームや物語としてのファンタジーを好んでいたアキラは異世界生活を満喫しているようで、前世での事故に巻き込んだ負い目のあるナギにとっては、それが救いでもあった。

スライム狩りだとはしゃぐ仔狼も込みで、エドには幸せになってもらいたい。


「えいっ！」

吐き出される酸の攻撃を避けて、ナギはスライムめがけて短槍を叩き付ける。

浄化槽のために保護指定されている青い魔石持ちのスライムを避けて、その他のスライムは見つけた端から倒している真っ最中だ。約束通りに仔狼のアキラと交代で。

ナギが槍を突き刺すと、次のスライムを仔狼の前脚がぺちんと弾き飛ばす。猫パンチに似た攻撃だが、瞬殺だ。その可愛らしい前脚に、どれだけの力が秘められているのか。

パン、と風船が割れるような破裂音と共に、その場に魔石が転がった。

「アキラは他にも攻撃方法があるの？　その猫パンチ以外に」

『猫パンチじゃないですけどもっ！　こう、前脚を振るうだけでも、離れた敵を倒せますよ？』

黒い毛玉と見間違えそうなほどに愛らしい仔狼が前脚をそっと動かす。傍目にはポメラニアンが可愛らしくお手をしたようにしか見えないが……

ビュオッ！　と風を切る鋭い音が鳴り、アキラの直線上にいたスライムが真っ二つに裂けた。コ

ロンと落ちる魔石。

「えっ？　今の何？　全然見えなかった！」

『ふふん。すごいでしょ？　爪の先から【氷魔法】を放って、スライムを切り裂いたんです！』

「すごいねっ？　こんなに可愛いのに、こんなに強いなんて！」

ナギは仔狼を抱き上げて、くるくると回って歓声を上げる。

こんなに可愛いのに、うちの子すごい！

『仮にも伝説の黒狼王に対して、この態度。渚センパイって度胸ありますよね……？』

「ん？　何か言った？」

『いいえ～？　あ、右手五十メートル先にフォレストボアのペアがいますけど、どうします？』

「速やかに確保！」

『了解！』

ぴょん、と少女の腕から飛び下りた仔狼は大きな黒狼へと姿を変えて、木々の間を駆けていった。

スライムを三十四、フォレストボア二頭を討伐したところで昼休憩を取ることにした。

湿気の多い沼地は落ち着かないので、場所を移動する。少し歩くと、まとめて木を伐採した跡があり、そこを休憩場に決めた。

いつもならキャンプ気分でテーブルセットを取り出すナギだが、ちょうど良い大きさの切り株がいくつもあったので、それらを椅子代わりに使うことにする。

「今日のランチはお弁当スタイルだから、ちょうど良いわ」

『お弁当？　いいなぁ、俺も食べたい……』

「たくさん作ってきたから、アキラも食べる？」

『食べたいです！』

「良いお返事ね」

くすりと笑って、ナギは収納から昼食用に持ってきたお弁当を取り出した。大判のハンカチに包んだお弁当の中身はおにぎりだ。おにぎりはバナナの葉で丁寧に巻いてある。

鼻の良い仔狼はもう中身に気付いたようで、忙(せわ)しなく尻尾を振っている。

「じゃーん！　コッコ鳥の炭火焼きを具にした、焼きおにぎり弁当です！」

『焼きおにぎりだーっ！』

わっふわふ、と興奮した様子で周囲を駆け回る仔狼に「待て(ステイ)！」と命じて、ナギは切り株の上でそっとハンカチを広げた。

今朝、誰よりも早く起きて、宿のキッチンで用意した力作だ。

焼きおにぎりは作り立てを収納したので、まだ温かい。なんとも魅惑的な香りを漂わせている。

「うん、美味しそう。お米も崩れていないわね。成功したようで何よりだわ」

『どうやったの、センパイ？　こっちのお米はパラパラだから、おにぎりは難しいって言ってなかった？』

「ん、後で説明するね。まずは温かいうちに食べちゃおう？」

狼の姿をしている彼に人間の食べ物は毒ではないかと心配だったが、獣人と同じで問題ないと一蹴された。特にアキラは毒耐性のスキルがあるため、玉ねぎもニンニクも美味しく食べられるのだと豪語していた。異世界のスキルは、つくづく謎だ。

一人で食べるのは寂しかったので、同じ食事を楽しめることは素直に嬉しく思うが。

（まぁ、何かあれば、すぐさま【治癒魔法】をぶっ放せば平気よね？）

バナナの葉を広げてやると、仔狼は夢中で焼きおにぎりにかぶりついた。

『んっ、美味しい！　焼きおにぎりだ！　醤油味で、ちょっと焦げたところが美味しい。中の焼き鳥も香ばしくて、すごく美味しい……っ！』

器用にも、食べながら【念話】で感想を伝えてくれている。

焼きおにぎりはあっという間に食べ尽くされた。大きめに握っておいたのだが、アキラにとっては前菜と変わらなかったようだ。物足りなそうに、こちらをちらちらと見上げてくる。

「もう、仕方ないなぁ。エドの分もあるんだから、お腹に余裕を持たせておいてよ？」

人格はふたつでも、胃袋はひとつなのだから。

作り置いていた焼きおにぎりと、ついでに甘い玉子焼きとソーセージを小皿に載せてやる。

『さすがセンパイ！　よく分かってる！』

「調子いいんだから」

とは言ったものの、おにぎりに玉子焼きとソーセージの組み合わせは最強だと、ナギもこっそり思っている。ここに唐揚げとお漬物をプラスしたら、きっとアキラは感涙するに違いない。

「さて、私も食べようっと」

切り株に座り、膝の上でお弁当を広げると、ナギは手掴みで焼きおにぎりを頬張った。

具の焼き鳥は甘辛いタレに漬けて炭火でじっくりと焼いてある。炊き立てのご飯に刻んだ焼き鳥を混ぜ込み、焼きおにぎりにした。もちろん、おにぎりも炭火で焼き上げている。

「香ばしくて美味しい……」

我ながら、なかなかの出来栄えだと思う。

刷毛(はけ)で醤油を塗って炭火で焼いたのだが、本当は味噌で焼きたかった。けれど残念ながら、まだこの世界では味噌を発見できていないので、しばらくは醤油味で我慢だ。

「ごま油を塗って焼いたおにぎりも美味しいのよね。どこかに売ってないのかしら」

大森林で見つけたシオの実――醤油は、おかげさまで重宝している。

醤油を手に入れてから、焼き物、煮物に揚げ物と、料理の味は飛躍的に美味しくなった。

「ソースや漬けダレも醤油をベースに作れたし。本当に、シオの実には感謝しかないわ」

味噌とごま油も頑張って探せば、手に入れることができるかもしれない。美味しい食生活を楽しむためにも、このふたつは是非とも手に入れておきたかった。

はむ、と焼きおにぎり弁当の最後の一口も咀嚼(そしゃく)し、ナギはマグカップに入れたスープを味わいながら飲み干した。すまし汁も嫌いではないけれど、やはりお味噌汁が飲みたい。

『センパイ、おかわりが欲しいですっ！』

「エドの分がなくなるから、これで最後ね？」

キャンキャン訴えるポメラニアン、もとい仔狼の前に追加のおかわりを出してやり、その横にスープ皿も置いてやる。お水のほうが良かったかな？　と思ったが、幸せそうにスープを飲む姿に安堵した。

「おにぎりの具を変えたら、お弁当にも飽きが来なくて良さそう」

サンドイッチとバーガーもどきばかりのランチはさすがに少し飽きていたのだ。

出先では手軽に食べられるのが一番なので色々と工夫を凝らして作っていたが、肝心のナギ自身がパン食に飽きてしまった。

米を手に入れてからは、ランチに炒飯（チャーハン）やピラフを作ってみたが、手軽に食べられるものとは言えず。

試行錯誤を繰り返した結果の、今日の焼きおにぎりだった。

『そういえば、あのパラパラのお米でどうやっておにぎりを作ったんですか？』

お腹が満ち足りたら、途端に疑問が再燃したようだ。

「お米をいつもより長く茹（ゆ）でて、柔らかめに炊いたのよ。そのご飯が温かいうちに片栗粉を少し混ぜるの。あとは普通におにぎりの形に握って、オリーブオイルとお醤油を塗って焼いてみました」

意外と簡単だった、と胸を張るナギを、アキラは大仰に褒め称えてくれた。

そのくらい、この懐かしい味に飢（う）えていたのだろう。ナギも、成功を悟った時には大喜びでおにぎりを頬張ったので、気持ちはよく分かる。

「普通におにぎりを握っただけだと、やっぱり崩れやすいのよね。だから、焼き固められる焼きおにぎりにしてみたの。これが正解！」

『じゃあ、これからもお昼はおにぎり弁当にするんですか？』

「んー。毎日だと飽きない？　基本はおにぎり弁当のつもりだけど、たまにパン系かな？　でも、気分によってはパスタになります。なぜなら、私が食べたいから！」

『うぐ、センパイの気まぐれランチってことですか、ずるいです。けど、料理人の特権だから仕方ないですよね。俺も毎日おにぎりが食べたい……っ！』

ころころと地面を転がって悶えている。駄々を捏ねているようだが、可愛いだけだ。

ナギは微笑みながらローリング仔狼を見守った。

『俺、牛肉のしぐれ煮入りのおにぎりが大好物だったんですよ。もちろん定番のシャケ、ツナマヨ、昆布も好きですけども！』

「ここは海が近いみたいだから、ツナマヨも焼き鮭も作れると思う。昆布はあるのかな？　明太子やたらこ味のおにぎりも作ってみたいよね」

指折り数えていると、いつの間にか仔狼がナギの膝の上によじ登っていた。そして、きらきらと期待に満ちた目で見上げてくる。その口の端から、たらりと……

「アキラ、よだれ……」

『はっ、失礼！　ごめんなさい、渚センパイ。なんでもするので、おにぎりプリーズっ！』

可愛らしく鼻を鳴らしながら擦り寄られると、陥落しそうになる。だが、ここは要交渉だ。

「うーん、そうだね。アキラが毎晩ブラッシングさせてくれて、時々その後頭部とか、ふかふかのお腹を吸わせてくれるなら……？」

『喜んで！』

「はやっ。あんなに嫌がってたのに、恐るべしおにぎりの魅力……！」

呆れるナギをよそに、仔狼は嬉しそうだ。

そろそろエドと交代してあげなさいね、と窘めると「キャン！」と良い返事をして木立の向こうに消えていった。木陰で元の姿に戻るのだろう。気を遣わせて申し訳ないが、目の前でエドに着替えられては落ち着かないので、そっと視線を逸らして彼が戻ってくるのを待った。

人型に戻りかっちり服を着込んだエドがナギの向かいの切り株に腰を下ろすと、ナギは新たな包みを取り出して渡す。

「これが、おにぎり。旨いな」

「口に合ったようで良かったわ。シンプルな塩にぎりも好きなんだけど、他にも色々試してみるね。この身体になってからは具だくさんで濃いめの味付けが恋しくって」

これが若さというものなのか。

とりあえず、明日のおにぎりはアキラのリクエスト、しぐれ煮を作ってみよう。

「具を変えるのか？」

「そう。前世ではお米に合うものならなんでも入れていたなー。懐かしい」

時間に余裕がある平日の朝は、渚はお弁当を作っていた。基本はおにぎりで、具は昨夜の残り物を適当に詰める。甘い玉子焼きやウインナー、角煮や唐揚げは当たりの日。何もなければ、ふりかけ味。ヒジキの煮物やほぐした焼きサンマなんかも、意外と美味しかったのを覚えている。

炊き込みご飯や炒飯、赤飯の余りをそのまま握って行ったこともあった。

「サンドイッチ以上に懐が広い食べ物なのよね。おにぎりは」

「奥深いな、おにぎり……」

よく分からないなりに、エドは神妙な表情で頷いている。美味しければなんでもいい、と思っているのは明白だったが、同意見なナギも重々しく頷いてみせた。

「私たち元日本人のソウルフードだからね」

「アキラが言っていた、シグレニ？　俺も楽しみだ」

「うん。……とはいえ牛肉の在庫はないから、鹿肉でもいいかな？　赤身のお肉だから合うと思うんだけど」

「ブラックブル……」

「残念ながら、もう食べ尽くしていて在庫は皆無です」

エドは悲痛な顔で肩を落とした。その切なさは、とてもよく分かる。ブラックブルの肉は、特選黒毛和牛ブランド並みに美味しいお肉だったのだから。

二人がこの高級魔獣肉に味を占めたのは、ナギが辺境伯邸の食糧庫からこっそり持ち出した、とっておきのお肉を口にしてからだ。

食糧庫の、更に奥の隠し部屋に吊るされていた綺麗な赤身肉を見逃すナギではなかった。

蕩けるような柔らかい肉の美味しさは格別で、二人は何かと「記念日」を見つけては、ブラックブル肉に舌鼓を打ったものだった。

ブラックブル肉のステーキ、ローストビーフ。すき焼きにしても美味しかった。

塊肉はあっという間に食べ尽くしてしまい、二人はしばらく悲嘆に暮れて過ごしたものだ。

ブラックブルはB級魔獣で、広大な平原やダンジョンの下層に生息している。売りに出されるのも稀（まれ）で、ギルドに卸されたとしても、すぐに買い手が付くらしい。

つまり、二人がブラックブル肉を手に入れるには、ダンジョンに潜るしかないのだ。

「早く冒険者に昇格してダンジョンに行くぞ、ナギ」

「あ、はい」

今までにない迫力の少年に、気圧（けお）されたナギはこくこくと頷（うなず）いた。恐るべし、お肉の力。

だが、ブラックブルの肉を大量に確保しておきたいのはナギも同じ気持ちだ。

ブラックブル肉がたくさんあれば、しぐれ煮はもちろん、牛カツも作り放題。ミディアムレアの焼き加減でステーキにして味わうも良し、しゃぶしゃぶにしても、きっと美味しい。

部位によっては生でも食べられると聞いたので、牛刺しやユッケでも食べてみたかった。

「早く評価を上げなくてはな。行こう、ナギ。途中に薬草の群生地を見つけておいた」

「エドがいつになく本気だ……」

いつもクールな彼が、ブラックブルのしぐれ煮おにぎりに惑わされている。

アキラの記憶がよほど心に残ったのだろう。

「じゃあ、採取を頑張るね」

「俺は引き続き、毒蛇を捕まえてくる」

本気を出した狼獣人の嗅覚は凄まじく、薬草の群生地を幾(いく)つも見つけ出してくれた。

根こそぎ取り尽くさないように気を付けながら、ナギは黙々と薬草を摘む。エドは採取の傍ら、弓で獣を狩ったり毒蛇を捕まえたりと忙しそうだ。

レベルを上げるために、ナギも時折、魔獣を仕留めた。少し離れた場所から【水魔法】や【風魔法】で攻撃する。スライムを見つけた時だけは、短槍(たんそう)で攻撃した。

そうしてせっせと頑張ったおかげで、この日ナギのレベルがひとつ上がった。


夕刻は、冒険者ギルドが一番混雑する時間帯だ。

ダンジョン帰りの冒険者たちが受付に長蛇の列を作るため、ナギとエドは少し早めの時間帯を狙ってギルドに戻るようにしている。人の少ないうちにと、さっそく買い取りカウンターに並んだ。

カウンターいっぱいに、収納から取り出した薬草を並べていく。

「こっちが薬草です。ちゃんと種類別に分けています。で、これがスライムの魔石。あと、フォレストボアの毛皮と魔石。ボアの牙も買い取ってもらえますか？」

「おう。ボアの牙は錬金術の触媒になるから、買い取り対象だ。そっちの坊主は蛇の買い取りか？」

「ん、ちゃんと生きたまま捕獲してきた。八匹いる」

「おっと、ここで袋を開いてくれるなよ？　裏の倉庫で袋の中身を確認する。ナッツクッキーの坊主も、売り物全部持ってこっちに来な」

「ナッツクッキーの坊主……？」

そういえば、素材買い取り担当のこの職員にも、残業のお詫びにとクッキーを差し入れしていた。

ギルド職員というより冒険者と言われたほうがしっくりくる、体格の良いクマの獣人だ。

こちらを覚えてくれていたのは嬉しいが、そのネーミングセンスは微妙だと思う。

「ナギです。こっちはエド」

「おう、そうか。俺はガルゴ。よろしくな」

クマの獣人おじさんは迫力のある巨体だが、意外にも優しい目をしている。

「ガルゴさん。よろしくお願いします」

「よろしく」

エドと二人で軽く頭を下げると、大きな手で頭を撫でられた。ナギは慌てて帽子を押さえる。

「支払いも裏でしてやろう。お前たちは、ちっと規格外な連中みたいだしな」

大雑把そうに見えるが、気遣いもしてくれる。良い人だなと思う。【鑑定】のひとつ、人物鑑定の結果もピカピカの青――危険度やこちらへの警戒度が極めて低いことを示していた。フェロー主任、受付嬢のリアに続いて、信頼できる人と出会えたようで嬉しい。

(甘いお菓子が好きなら、次は蜂蜜たっぷりの焼き菓子でも差し入れしてみようかな)

二人は大きな背中を追ってギルドの倉庫へ向かった。

査定を終えて、薬草はまとめて銅貨六枚、毒蛇は一匹が銅貨三枚、合計で銅貨二十四枚分の報酬となった。

それから、フォレストボアの毛皮と牙、魔石、スライムの魔石が、合わせて銀貨一枚と銅貨五枚だ。毛皮はその鮮やかな色彩が上流階級に人気らしく、傷もない良品だと査定された。

銅貨十枚で銀貨一枚なので、総合計、銀貨四枚と銅貨五枚がその日の二人の報酬だ。

早めにギルドを撤収したため、今日は時間に余裕がある。二人は市場を冷やかしながら、宿への道をのんびり歩いていた。

目についた新鮮な野菜を買いつつ、ナギは本日の報酬について思案する。

「薬草採取だけだと、やっぱり厳しいわね。毒蛇の捕獲は稼げそうだけど、エドにばかり負担が掛かっちゃう」

「薬草採取を基本にして、合間に獲物を狩れば、それなりに稼げそうだが」

討伐依頼はまだ請けられないが、狩った獲物の素材はギルドに引き取ってもらえる。肉は自分たち用に確保しておくつもりだが、他の素材や魔石の買い取り額は悪くなかったように思う。

「宿代の銅貨五枚を差し引いても、充分生活できそうね」

薬草採取だけではその日の宿代の支払いが精一杯だが、魔獣を倒せば食糧が手に入り、プラスで素材が売れる。見習い期間はとりあえず、そんな風にして稼ぐのが得策に思えた。

「だけど、街中の奉仕依頼もある程度こなしてポイントを稼がないと、冒険者とポーターに昇格できないのよね。こっちは安全だけど、依頼料がかなり少ないのが痛いわ」

「街中の仕事と採取を交互に請けるか」

「それが良いかな。毎日森に通うのは疲れるし、街中依頼で体力を温存しよう」

そんな訳で、街中と街外の仕事を一日ずつ交互に請けることが決まった。

街中仕事は旨味は少ないが、地理を覚えられる。狭い路地の奥にあるもの珍しい雑貨屋や美味しい屋台を見つけることができるし、街の人とも親しくなれるので、悪いことばかりではない。

(もしかして、ずっと探しているスパイスのお店が見つかるかもしれないし！)

ファンタジー世界ならではの、わくわくするような素敵なお店との出会いも期待できるのだ。

「どうせなら、お仕事も楽しまないとね」

「楽しく、は分からないが。旨い屋台を見つけられるのは、確かに嬉しい」

揺るぎないエドの発言にナギは小さく噴き出した。

そういえば、もうすぐ夕食の時間だ。たくさん働いたので、お腹が空いている。

「エドは晩ご飯、何が食べたい？」

「今日狩ったフォレストボアが食べたい」

「ボアか。角煮はちょっと面倒だから、ボアしゃぶはどう？」

ここしばらく揚げ物や焼き肉が続いていたので、今日はさっぱりしたものが食べたい。

サシ入りのお肉からナギが連想したのは、しゃぶしゃぶだ。

「なんとなく記憶はあるが……味の想像がつかないな」

「そうだよね……。えっと、作るのは冷しゃぶかな。もう少し涼しくなったら普通のしゃぶしゃぶも食べたいけど、ここは南国だし。さっぱりして食べやすいから、夏のメニューには最適だと思うの。タレのポン酢は醤油とレモンで作れるし。うん、今夜はボア肉の冷しゃぶにしましょう！」

「レモン……さっぱり……？」

もの悲しそうな琥珀色の瞳に気付いて、ナギは笑ってしまう。肉食男子にさっぱり系は、切なくなるか。さっぱりしている分、ついつい食べすぎてしまうほどに美味しいのが冷しゃぶなんだけれど。

「エドにはこってり系のお肉も必要かな？　他にも肉料理を用意するから、楽しみにしてね」

「分かった。俺はナギを信じている」

「うん、ありがたいけど、ちょっと重いかなー？」

軽口を叩きながら歩いているうちに、宿に到着した。

庭で水やりをしていたミーシャが二人に気付き、ほんのりと口角を上げる。

「おかえりなさい」

「ただいま、ミーシャさん」

煉瓦の壁に蔦を這わすアイビーは美しいが、世話は大変そうだ。庭にはプランターも置かれており、可愛らしい花が咲いている。

日陰に繁っているのはハーブの一種で、緑の中心に立つミーシャの姿は神秘的なエルフそのものだ。ナギはついうっとりと見惚れてしまう。

ミーシャのほっそりとした指先がハーブを摘む。そして淡い紫色の花が咲いたそれをナギに手渡してくれた。鎮静作用があるのか、とても良い匂いがする。

「今日の夕食は何を作るの？」

翡翠色の瞳の奥に抑えきれない好奇心を見て取って、ナギはくすりと笑った。

「今夜はエドが狩ってくれたフォレストボアを調理する予定です」

「フォレストボア。甘くて柔らかいお肉の……？」

「えっと、はい。普通のボアよりも柔らかい肉質らしいですね」

「そう。とても柔らかい。臆病だから、なかなか狩れない子のはず。彼は優秀な狩人ですね」

「エドの腕前はすごいんですよ！　大きなクマの魔獣だって弓で倒せるんですから」

「ナギ、もういいから」

頬をほんのりと赤らめたエドに止められて、ナギは渋々彼の武勇伝を語るのを諦めた。

そんな二人の様子に、ミーシャは楽しそうに瞳を細めている。

「仲が良いのは素晴らしいこと。今日も怪我なく、二人が帰ってきてくれて嬉しいです」

「ミーシャさん……」

白い繊手が頬を優しく撫でてくれる。草花の馨しい香りが鼻腔をくすぐった。

エドの頭もふわりと撫でて、ミーシャは軽やかな足取りで宿の裏口に向かう。

警戒心の塊の、狼獣人の頭を撫でるとは。

ナギがそっと横目で見ると、エドは呆然と立ち尽くしていた。悪意も下心もなく、まるで柔らかな風のようなエルフには、さしものエドも不意を突かれてしまったのか。

(私は綺麗な女の人に優しく撫でられて、嬉しかったけれど)

あんな風にナギが優しく誰かに触れてもらえたのは、母が生きていた頃だけだ。

母と乳母、侍女の三人。彼女たちに優しく頭や頬を撫でられた、アリアの記憶がある。慈しむように温かな指先に触れられて、良い匂いに包まれた少女は幸せそうに笑っていた。

（エドも嫌な気分ではなさそうだけど、戸惑いのほうが大きいのかな？）

物心がつく前に母を亡くし、ずっと父親と二人きりで暮らしていたという彼には、初めての感触だったのかもしれない。

「エド、部屋に戻る？」

「ああ」

「ミーシャさん、いい匂いがしたね？」

「………」

ほんのりと頬を染めた不本意そうなエドと部屋に戻り、楽な服に着替える。汗や汚れは【浄化魔法】で綺麗にしてある。

色違いで作ったお揃いのエプロンをそれぞれ装着して、二人は宿のキッチンに向かった。

肉を切るのはエドに任せ、しゃぶしゃぶ用に薄切りにしたものの他にも幾つか小さなブロックに分けてもらう。

エドに頼み込まれたので、結局、フォレストボアの角煮も作ることにしていた。角煮は時間が掛かるので最初に仕込む。急いで下拵えを済ませ、大鍋ごと薪ストーブの上で煮込み始める。

煮込む間に別の作業を進めたいが、冷しゃぶはさっと湯がいて冷やすだけだから、これは後回し。

大皿いっぱいに、今日の市場で仕入れたレタスを敷いて、トマトで彩る。

スープは豚汁風のボア汁にした。根菜類をたっぷりと投入し、ボアの端切れ肉を使う。味噌がないので、醤油味。仕上げにバターをひと欠片(かけら)、隠し味にする。

この寸胴鍋いっぱいのボア汁にうどんを入れて、今夜の主食にするつもりだ。

「あとは、肉巻きポテト。バターと照り焼きの風味が最高の相性なのよね」

前世で使っていたのは豚の薄切り肉だが、レシピは同じでいいだろう。

細く拍子木切りにしたじゃがいもをフォレストボアのバラ肉で巻き、たっぷりのバターで焼く。あとは、少し甘めの照り焼きソースを加えて仕上げるだけの、簡単なレシピだ。

味が濃いため、ビールのツマミにはもちろん、翌日のお弁当にも最適メニュー。

これはランチ用にしようと、大量に作って大皿に取り分けておく。

「こんなものかな？　角煮はもう少し時間が掛かりそうだし、先に冷しゃぶを作っちゃおう」

食堂にお皿を運ぶのはエドに任せて、ナギは大量の薄切り肉をたっぷりのお湯で湯がいていく。

あいにく昆布はないので、乾燥キノコで取った出汁(だし)を使った。

さっと湯がいた肉を氷水で冷やして大皿のレタスの上に盛り、作業の合間に作った、ポン酢風のタレをたっぷりと回しかけた。大森林産レモンと醤油、オリーブオイルを合わせた、美味しいドレッシングだ。

(良い匂い。ごまが見つかったら、ごまドレッシングも作りたいな)

大皿五枚分の冷しゃぶを【無限収納(インベントリ)ＥＸ】に収納してテーブルに向かう。二人で一皿ずつ食べて、残りは念のためのおかわり用だ。余れば作り置きにするつもりで、たくさん作っておいた。

食堂の空いていたテーブルの隅っこに夕食の皿を並べ、互いの大皿がぶつからないよう斜向かいに座る。

　メインの冷しゃぶ大皿、ボア汁に肉巻きポテト。角煮はまだストーブ上で煮込み中だ。

「じゃあ、食べようか」

「いただきます」

　待ちかねた様子のエドがフォークに突き刺した肉を口に放り込む。脂の多いらしいフォレストボアだが、しゃぶしゃぶならさっぱりと食べられるはず。

　ナギも肉とレタスをフォークに刺して口に入れた。二人きりならお箸を使うのだが、あいにくこの世界ではまだお箸を見かけたことがないため、人前ではフォークを使っている。

　お手製ポン酢はまろやかな味に仕上がっており、ボア肉によく馴染んでいた。

「美味しい！　いくらでも食べられそう」

「旨い。さっぱりしているが、手が止まらなくなるな、コレは」

　無言で冷しゃぶに向かっていたエドの大皿はもう空に近い。ナギは慌ててお代わりを取り出す。

「食欲が落ちる夏でもペロッと完食できるのが、冷しゃぶの醍醐味ね」

「食欲は落ちていないが、これが旨いのは分かる。酸っぱい味付けの肉などとんでもないと思っていたが、レモン塩といい、侮れないな」

　フォークで冷しゃぶは食べにくいはずだが、エドはものすごい勢いで大皿の中身をやっつけている。

「エド、エド。気に入ってくれたのは嬉しいけど、こっちもどうぞ？」

肉巻きポテトをそっと差し出してみる。

肉を断ることは決してしない少年は、ナギの声掛けに軽く頷くと、綺麗な焼き色がついた肉巻きポテトにフォークを突き刺した。あぐり、と大きな口を開けて噛み付く。

ちらりと覗いた鋭い犬歯が肉を裂き、咀嚼していく様は圧巻だ。口の端に垂れたソースを舌で舐め取り、大きめの肉巻きポテトをあっという間に嚥下する。

「これも旨い！　冷しゃぶとは全く違う食感で面白いな」

「でしょ？　味が濃くてこってりしているけど、ポテトと一緒に食べると美味しいんだよね」

お気に入りのレシピで作った料理なので褒められると嬉しい。

これはフォークでも食べやすいので、エドも一口ずつ味わいながら平らげた。

締めはボア汁うどんだ。具はじゃがいも、ニンジン、玉ねぎを入れてある。ゴボウは残念ながら未発見。里芋と共に、見つけたら絶対に確保したい食材だ。

温かくて優しい味わいのスープは、じんわりと沁み入るように美味しい。じゃがいもはほっくり、ニンジンと玉ねぎはしゃくしゃく、うどんがもっちりとして食感を楽しめる。

綺麗に飲み干して、ふあっと息を吐き出す。満ち足りた気分でスープ皿から顔を上げたナギは、いつの間にか目の前の席に誰かが座っていることに気が付いた。

綺麗な翡翠色の瞳と視線が合う。

「………ミーシャさん？」

「その、ポテトに肉を巻いた料理とボア肉のスープ。売ってほしいです」

「え？　売る？」

「あっ、ミーシャずるい！　私も買う！　いくら出せばいい？　銅貨三枚ずつくらい？」

ナギがぽかんとしている間に、白兎族の冒険者ラヴィル――ラヴィもやってきて、空いているナギの隣に腰掛けた。

「落ち着いて、ラヴィさん！　ボア料理、そんなに高くないですよ？」

慌てて宥めている間に、エドがテーブルを片付けてくれる。そしてお皿を一枚ずつ浄化して重ねると、真顔でナギのほうを見た。

「肉巻きポテトは三個入り一皿が銅貨一枚、ボア汁は鉄貨五枚が相場だと思う」

「エド？」

「良い子ですね、エドくん。ではどちらも一皿ずつお願いします。お代はこれで」

驚いた声を上げたナギを横目に、ミーシャがそっとエドに硬貨を握らせている。

それを目にしたラヴィルも慌ててポーチに手をやった。

「私も買うわ。銅貨一枚と鉄貨五枚ね。んー……とっても良い匂い」

「えっと、エドさん？」

「こんなに良い匂いをさせて、我慢させるのは拷問に近い。鍋の残りがなくなるまでは、提供したほうが皆に恨まれないと思う」

「ん、正論、だね……」

いつの間にか、テーブルの周囲に宿泊仲間が並んでいる。皆、期待に満ちた表情で硬貨を握り締めていた。確かにこれを断ったら恨まれそうだ。諦めたナギは再びエプロンを身に着けた。

　エドがキッチンから寸胴鍋を運んできてくれる。大量に作り置きするつもりだったため、ボア汁はたっぷり残っている。皆はボア汁が目当てのはずなので、うどんは入れないことにした。

「じゃあ、さっきの値段で販売します。エドはお金を受け取ってね」

「了解」

　準備が良いことに、皆自分の皿を持参しているようだ。

　肉巻きポテトは数が少ないので特にお世話になっているミーシャとラヴィルにだけ、と前置きして、ナギはボア汁の配膳を頑張った。エドも小銭の受け取りや列整理に忙しそう。

「なんだ、このスープ！　めちゃくちゃ旨いな！」

「ボア肉が柔らかくって、優しい味がするわ。お腹がポカポカしてきた」

　大変好評のようで、宿泊客たちが口々に絶賛してくれる。

「おかわり！」

　お椀いっぱいのボア汁をぺろりと平らげ、おかわりを求めて再び列に並ぶ猛者が何人も続く。

　途中で角煮を作っていたことを思い出したナギはどうしようかと聞こうとしたが、それを察したエドにものすごい目付きで牽制されてしまった。ボア汁と肉巻きポテトは我慢できても、角煮は譲れないらしい。

　その後、角煮が大好物の少年は会計作業の合間を縫って周囲にバレないようにさりげなく、自分のマジックバッグに角煮の大鍋を収納していた。

「フォレストボア、やっぱり美味しいわね」

「本当ね！　こんなに美味しいなら、私もダンジョン探索を休んで狩りに行こうかしら」

「なら私もついていく。絶滅しない程度に狩ってきましょう」

肉食系のエルフさんとウサギさんが物騒な会話を交わしていたが、ナギは聞こえていない振りだ。

そんなこんなで寸胴鍋いっぱいに調理したはずのボア汁はあっという間に食べ尽くされ、更に追加でボアステーキを焼く羽目になってしまった。

皆に配るべきだなんて言い出したエドをナギが無言で凝視すると、さすがに悪いと思ったらしい。

肉を切り終わったエドがステーキを焼くのを交代してくれた。

「エドのバカ。仕事後になんでまたこんなに働かなきゃいけないのよ……」

「だが、ボア汁の売上が冒険者ギルドでの報酬を越えたぞ？」

「……それ、冒険者見習いとして、どうなのかな？」

こうして、『妖精の止まり木』のボア肉祭りは盛況のうちに在庫切れで幕を閉じた。

第二章　街中依頼を頑張ります

翌朝、ナギとエドは早めに宿を出た。街中の奉仕依頼は報酬が少ないため冒険者には不人気だが、見習い冒険者にとっては楽な仕事のため、早朝から出向かないと請けるのが大変だと教えてもらったからだ。

それと、昨日の夕食に味を占めた連中に朝食も頼まれそうだったのもある。それなりに良い稼ぎにはなったが、連日大量に調理するのは大変なので、早々に逃げてきた。

行儀は悪いが、生ハムとレタスのサンドイッチを頬張りながら早朝の街中を冒険者ギルドに向けて歩く。

店を構えた商店は遅い時間に開店するらしく、どこもまだ人の気配は少ない。朝市の準備をする人がちらほらと見えるくらいだ。静かで清々しい。

「朝は涼しくて気持ちがいいわね。早朝が過ごしやすいから、この時間帯に活動を始める冒険者が多いのかしら」

「そうだろうな。涼しい時間に働いて、蒸し暑くなる前に仕事を終えるのが、効率もいい」

そういえば、前世のとある国ではお昼寝タイムがあったことを思い出す。のんびりとしたお国柄でなければ難しいだろうが、あれはあれで道理にかなっていた。

ふたつ目の玉子サンドをぺろりと平らげたエドが、冒険者ギルドのドアを開けてくれる。こんな早朝のギルドが既に賑やかなことに驚きつつも、二人で見習い冒険者用の掲示板に向かった。

掲示板前には数人の少年がいた。グループで働いているのか、どの依頼を選ぶか相談しているようだ。

人と獣人が半々の割合の彼らのそばを横切って、残った依頼を吟味する。

「あ、これがいいな。荷物の配達依頼。リアさんが、私たちなら安心して任せられるから、配達仕事も請けていいって言ってくれていたし。一件の単価としては安いけど、幾つか効率良く請け負ったら、短時間でそれなりに稼げそう」

「ナギ向きだな。俺の出番はなさそうだ」

「出番がないなんて、そんなことないわよ。配達の後は、この工事現場手伝いの依頼はどう？　資材は私がスキルで運んで、エドが力仕事を担当する。配達依頼の時には、エドに私の護衛をお願いするつもりだし、出番がないってことはないでしょう？」

ちゃんと守ってね？　ナギが悪戯っぽくそう訴えると、存外真剣な表情で「もちろんだ」と頷かれた。

受付カウンターで配達依頼書を提示すると、タレ耳犬獣人の受付嬢リアが場所を詳しく教えてくれる。東の冒険者ギルドが担当する区域の簡単な地図はフェロー主任から貰っているので、丁寧に書き込んだ。

「手紙はギルドで預かっているので、これをそのまま宛先に届ければ良いわ。ちゃんと受け取りのサインを依頼書に貰ってね。荷物の配達は、依頼主を訪ねて荷物を受け取ってから、送り先に運ばないといけないから大変なんだけど……」

「大丈夫ですよ。【アイテムボックス】スキルがあるので」

エド以外には、ナギの【無限収納EX】は【アイテムボックス】として偽っている。【無限収納EX】は規格外すぎるので、隠すことにしているのだ。

「そうだったわね。ナギくんなら安心ね」

「道中の護衛は俺が頑張る」

「うん、エドくんが横で睨みを利かせてくれていたら、更に安心だわ」

その後もリアは親切に色々と教えてくれた。ルーキーや見習いが心配なのもあるだろうが、先日のナッツクッキーの恩恵なのは明らかだ。

周囲に人がいないことを確認すると、ナギはそっと小さな包みを彼女の手に握らせた。

きょとんとするリアに小声で「内緒のお礼です。一人で食べてくださいね？」と囁くと、ぱっと彼女の顔が輝く。

手渡したのは、雑貨屋で見つけた油紙を小さく切って、手作りの飴を包んだものだ。

お砂糖と水で簡単に作れるべっこう飴は大量に作り置きしてある。小腹が空いた時のおやつにはもちろん、ちょっとした賄賂にも最適なのだ。

（クッキーは材料費が嵩むし、たくさん焼き上げるのは大変だけど、飴は一気に作れるしね！）

砂糖は高価なので途中から蜂蜜で代用したが、どちらも美味しく仕上がった。

興が乗ってついつい杏やベリー入りの飴も作ってしまったが、採取や狩猟の合間の補食としても、ちょうど良い。飴にすると、酸味の強いベリーも美味しく食べられる。

「ナギくん、ありがとう。二人とも気を付けて行ってらっしゃい」

飴のひとつやふたつで好感度が上がるなら、どんどん利用するつもりだ。

笑顔で見送ってくれるリアに、ナギもまた笑みを浮かべて手を振ってみせた。

「……ナギ」

「味方とまではいかなくても、なるべく敵を作らないように生きていくのは大事だと思うの」

「それはそうだが、本音は？」

「親しくなったら可愛いお耳を触らせてくれないかなって」

ぽろりと本音をこぼしてしまった。一度肯定して聞き直すって、最近のエドは誘導尋問が巧くなった気がする。

ナギがはっと気付いた時には可哀想な子を見る目で見下ろされていて、エドに窘められた。

「それは、ダメだ。同性同士でもダメだと思うぞ、ナギ」

「違うの……。そういう、あの、変態さんじゃないからね？　獣人さんによって毛の触り心地は違うのかなぁって不思議に思っただけで。受付嬢さんと仲良くなったら、美味しい依頼を回してもらえたり、色んな秘密の情報を教えてくれるかなって下心も、少しはあったけど……」

「思ったより、腹黒い」

「十歳児は逞しく生きなくちゃ」

「前世と合計したら、年齢は四十手前になるが……」

「そういう数え方はどうかと思います」

「……まあ、なんにせよ獣人の耳や尻尾に触れるのはタブーだ。触りたいなら、俺ので我慢しろ」

「えっ、いいの？」

思わぬ棚ぼた展開に、ナギは顔を輝かせた。

エド自身が栄養をたっぷり摂り、毎晩お風呂で綺麗にしている上に、ナギが丹念にブラッシングを施しているおかげで、彼の毛並みは今や最高品質だ。

普段はなかなか触らせてくれないので、この発言は嬉しい。仔狼姿のアキラは多少は撫でさせてくれるが、基本はクールな二人。お預けが続いていたナギには朗報だった。

「勝手に他の獣人に触れて怒りを買うくらいなら、俺が我慢する」

「そんなことしないよっ？」

「いや、ラヴィを見つめる目もかなり怪しかった」

「う……。だって、真っ白の綺麗な毛並みのウサギ耳だよ？　気になって仕方ないじゃない？」

ぴるぴるっと小刻みに震える獣耳は最高に愛らしい。その白くてふわふわの誘惑にどうにか耐えていたのだが、エドには見抜かれていたようだ。

「もう、ちゃんと分かっています！　敏感で繊細な部分だし、獣人にとってはセクハラに当たるらしいし、勝手に耳や尻尾には触りません！」

胸に手を当てて宣誓し、ようやく許された。解せない。

が、エドには触っても良いとお許しを貰えたので、それはそれで良しとしよう。

ギルドで預かった手紙は三通。これはウエストポーチ型のマジックバッグに収納した。

メモを書き入れた地図を広げ、二人がまず向かったのは、市場。

早朝に収穫した野菜を売る農家の人の屋台へ向かい、預かった大量の野菜を飲食店に配達する仕事だ。大きな麻袋に入った野菜を取引先の五店舗へ届ける。

次に向かったのは、卵と牛乳の屋台。隣り合わせで並んで出店していたので、すぐに見つけられた。

「冒険者ギルドで配達の依頼を請けて来ました。荷物をお預かりします」

「牛乳を入れた樽、かなり重いけど大丈夫？」

店先に立つ男性は、声を掛けたナギを見て心配そうに訊ねる。

「平気ですよ。【アイテムボックス】スキルがありますし、こちらのエドは【氷魔法】が使えるので牛乳も安全に運べます！」

「まあ。貴方、【氷魔法】が使えるの？」

なんの気なしの発言だったが、屋台の責任者である牧場の女将さんが反応した。

「お金は出すから、大きめの氷を作ってくれない？　売り物が悪くなるのが心配なのよ」

「……どうする？」

「俺は構わない。時間に余裕があるなら、だが」

「大丈夫。多少の寄り道をしても間に合うように予定を組んでいるから」

「なら、小遣い稼ぎだな」

エドは差し出された大きめのバケツ五個に氷を作った。バケツ一個につき、銅貨一枚の臨時収入だ。

だが、その売上をエドはその場で全部使ってしまうらしい。

「牛乳の大瓶三つ。あと、チーズとバターをこれで買えるだけ欲しい」

「えっ、いいの？　エド」

ナギが物欲しそうに乳製品を眺めていたのを、しっかり見られていたらしい。

「いい。臨時収入だし、その分旨い飯になるほうが嬉しい」

「分かった。じゃあ、今日はチーズ入りのハンバーグを作ろうかな」

「いいな、それ。食ってみたい」

日本円で五千円相当の乳製品を、慎重に【無限収納EX（インベントリ）】に入れていく。せっかくの牛乳だ、瓶が割れてはもったいない。チーズとバターは切り分けてもらったものを皿に移して収納した。

隣の卵屋の配達依頼も請（う）けているので、荷物を預かるついでにカゴいっぱいの新鮮な卵を買い取った。卵はいくつあっても使い切れる自信がある。

「じゃあ、配達に行こうか、エド」

「ああ。まずはふたつ向こうの通りにある定食屋からだな」

いくら大きな荷物だろうとナギの【無限収納EX（インベントリ）】に放り込むだけなので、配達仕事は二人にとって街の散歩と変わらない。初めての通りを歩き、知らない店を覚えながら依頼をこなしていく。

道中で、頼まれていた手紙を配達することも忘れない。樽（たる）ごと預かった牛乳は、定食屋と酒屋、宿屋と順に巡って配った。

配達先の店が用意していた大鍋やガラスの瓶に牛乳を移す作業はエドが担当する。【身体強化】スキルを使って樽ごと持ち上げるものだから、その豪快さに行く先々で喝采を浴びていた。

普通は移し替え用のコップを使うらしい。時短になったし、喜んでもらえたので問題はない。

牛乳が劣化するのが怖くて、エドに頼んで樽ごと冷やしてもらっていたのだが、これが良い評判を呼んだらしく。後日、牧場の女将さんから指名依頼が入るようになったのは、余談だ。

そんな訳で、午前中のうちに市場で請けた配達仕事は全て終わらせることができた。

残りは街外れに届ける手紙が一通と、荷物の配達が二件。荷物の一方と手紙は偶然にも同じ宛名だった。

これは特に時間指定もなかったので、先に昼食をとることにする。小さな公園を見つけて、木の陰に敷物を広げた。

今日のメニューは炊き込みご飯のおにぎりだ。焼きおにぎりにしなくても、水分を少し多めに具と一緒に炊いた米はうまく握ることができたのだ。チャーシューにしたオーク肉の切れ端を根菜と一緒に具にしたのだが、キノコの出汁と醤油のおかげで美味しい炊き込みご飯になった。

シンプルな玉子スープと炊き込みご飯のおにぎりだけではエドは物足りないだろうから、ここにコッコ鳥の焼き串も追加した。モモ肉と胸肉と鶏皮の三種。時間があれば、つくねも作ってみたい。

革のブーツを脱ぎ捨てて裸足で敷物に寝転がると、開放感が心地いい。

「気持ちいいね」

「ああ」

このまま昼寝を楽しみたかったが、まだ仕事は終わっていないのだ。

どうにか居心地のよい敷物から起き上がると、ナギは身支度を整えた。

「さぁ、次で最後。街外れのドワーフ工房へ行きましょう！」

ドワーフ工房は東の砦を出て、南に向かった先にある。

そこは木工所などの作業場が集まった職人区のようで、街中とは違った賑やかさがあった。

ちなみに先程の牧場の女将さんによると、農地や牧場はさらにここから南へ向かったところにあるらしい。産みたての新鮮卵と搾りたての牛乳を求めて、いつか遊びに行こうと思う。

「ドワーフの工房は三軒あるんだね。荷物は食糧品とお酒。手紙はドワーフのミヤさん宛」

「鉄と錆の匂いがする。工房はあそこだろう」

低めの建物が密集した集落に向かう。地図通りの場所にあった家を訪ねると、恰幅の良い小柄な女性が応対してくれた。冒険者ギルドの依頼を請けて来たのだと告げ、預かっていた荷物を取り出す。

大きめの木箱六個と大樽ひとつ。樽からは赤ワインの香りがする。

配達依頼は毎週あるらしいが、この量がどれくらいもつのだろう。

「ありがとうね、助かるよ。大喰らいと大酒呑みばかりだから、買い物が大変なんだ」

「これ、一週間分の量なんですよね……？」

半月は籠城できそうな量だが、すぐに食べて呑み尽くしてしまうらしい。さすがドワーフ。

「あ、あと。ミヤさんはいらっしゃいますか？　お手紙と荷物を預かっているんですけど」

「ミヤなら一番奥の家だよ。隣が工房だから多分そっちにいるだろう」

「ありがとうございます」

お礼を言って、奥にある建物を目指す。

工房や建物の間は万一の延焼を恐れてか、道幅を広めに取っているようだ。火を入れた鍛冶場前を通ると、熱気が伝わってくる。リズミカルな金属音が響いて、まるでオーケストラのように迫力があって面白い。交互に鳴る音が、ほんの少し違って聞こえる。

(これ、相槌を打っているのかな?)

交互に槌を打っている音なのだろう。耳に残って面白い。

エドも興味深そうにピンと立てた耳を揺らしていた。

「あそこが一番奥の工房ね」

他の工房より小さな建物だ。隣に建つ家もこぢんまりとしているが、窓の下に可愛らしい鉢植えが飾られており、居心地はよさそうだった。

金属を叩く音がするので、やはり工房内にいるのだろう。

入り口の扉が開け放たれていて、中の気配を窺いながら声を掛けてみる。

「こんにちは、冒険者ギルドの者ですー! ミヤさん宛の荷物と手紙を配達に来ました」

「はーい、ちょっと待ってね」

快活な返事があった。大人しく外で待っていると、しばらくして、年若い女性が手拭いで汗を拭きながらやってきた。癖のついた赤毛をポニーテールにした、スレンダーな女性だ。

アーモンド型の榛色の瞳は好奇心に輝いており、二十代半ばくらいに見える。白い肌に散るそばかすがチャーミングで、惹き込まれそうな笑顔が印象的だった。

「お待たせ。荷物と手紙の配達だね、ありがとう。重かっただろう？」

「いえ、【アイテムボックス】スキルがあるので大丈夫ですよ」

ナギが【無限収納EX】から取り出した木箱を、エドが【身体強化】スキルで持ち上げる。こちらも食糧品や酒類がぎっしりと詰まっていた。

エドがミヤに顔を向ける。

「どこに運ぶ？」

「家にお願いしてもいいかい？　入ってすぐが倉庫だから、そこに放り込んでおいてくれ」

「分かった」

「あ、手紙はこちらです」

「ありがとう」

ミヤは手紙の裏を返して差出人を確認すると、そのままポケットに押し込んだ。

ナギが依頼書に受け取りのサインを頼んでいる間に、エドが戻ってくる。

「倉庫に置いてきた」

「助かるよ、酒瓶は重いからね」

やはりドワーフ、お酒好きが定番なのか。ミヤは背も高くスレンダーなのであまりドワーフらしくはないが、槌を振るう二の腕はうっすらと綺麗な筋肉を纏い逞しい。

「はい、サインしたよ。……ん？　もしかして、工房が気になるのかい？」

「あ、えっと。すみません。どんなものを作っているのかなって、気になって」

ミヤの視線が外れる隙をついてちらちら横目で覗いていたのだが、バレていたらしい。

顔を赤らめたナギを見て、ミヤが楽しそうに笑う。

「いいよ。時間があるなら見学していくかい？　ちょうど休憩を取ろうと思っていたところだ」

「いいんですか？」

「まあ、冒険者さんにはつまらない作業場だと思うけど」

＊＊＊

配達依頼のために訪れた冒険者見習いの少年ナギとエドを案内したミヤの工房には、たくさんの作品が並べられている。

大きな寸胴鍋、大鍋にミルクパン。鉄製のどっしりとしたフライパンはぴかぴかに輝いている。

作業机に無造作に置かれた包丁に、果物ナイフもあった。

「うちはよその工房と違って、調理器具の鍛冶専門でね。ドワーフの面汚しって笑われているけど、まあそれなりに楽しんでいるよ」

「面汚し？　どうしてですか。こんなに素敵な道具を作っているのに！」

「ふふっ。ありがとうね、冒険者の卵さん」

憤慨するナギをミヤは面白そうに見る。冒険者を目指しているくせに、剣や鎧を作る工房よりもミヤの工房に興味を示したことがおかしかったのだ。

「アタシはハーフドワーフでね。ドワーフの父の血は引いたが、満足のいく剣は打てなかった。だけど、母親のすすめで作ってみた鍋の評判は良かったから、こっちを専門にしたんだ」

ドワーフは良い剣を打てて初めて一人前として扱われる。

剣を打てずに鍋や包丁しか作らないミヤは半端者と見做されていた。鍛冶場を継いだ頃はそのことを悩んでいたが、今は気にしないようにしているのだと笑う。

実際、冒険者の街であるこのダンジョン都市では武具や防具が持て囃されているが、人が生活するには、鍋やフライパン、包丁などの調理器具は必需品だ。

「ドワーフらしくないからって、誰も作らなくなったら困るだろう？　だから、アタシは調理器具を作り続けているのさ。文句があるなら飯を食うなって言ってやるんだ」

「本当ですよ、ご飯はとっても大事です！　……それはそうと、調理器具専門の工房ということは、オリジナルの調理器具の注文も請けてくれるんでしょうか？」

鼻息荒く詰め寄られて、ミヤは驚いた。

手に合った包丁やフライパンの作製を頼まれたことはあるが、どれも依頼人はプロの料理人だ。こんな小さな冒険者見習いの少年にお願いされるとは思わなかった。

いかにも育ちの良さそうなこの少年は、何を求めているのか。

「いいよ。ちょうど、ひと仕事終わったところなんだ。何が欲しいんだい？」

ちょっとした好奇心から、ミヤは気軽に頷いてしまった。

途端、金髪碧眼の可愛らしい少年の瞳がぎらりと光る。その様に戸惑っているうちに、ミヤは大量の依頼を請けることになったのだった。

＊＊＊

「ええと、まずは『泡立て器』？　この竹製の道具を丈夫な金属製に、ね……」

これはなんなのだろう、と不思議そうに角度を変えてソレを観察しているミヤ。

調理器具製作の依頼を請けてくれたミヤにナギが見本として渡したのは、大森林内でエドに作ってもらった、竹細工製の茶せん風泡立て器だ。大事に使っていたが、竹製では劣化しやすく、すぐに壊れてしまった。

使い方を実演して見せるため、ナギは鍛冶場の作業台を借りた。

まずは生クリームを作る。卓上サイズの魔道コンロに小鍋を載せ、無塩バターを投入して溶かす。冷えた牛乳に溶かしたバターを少しずつ加えてテンパリングし、弱火にした小鍋にテンパリング済みの牛乳を流し入れて温める。

「あとは、ひたすら泡立てます。エド、お願い」

「ん、後で俺も食べていいか？」

「もちろん！」

張り切ったエドが、泡立て器もどきでひたすら材料を泡立てる。【氷魔法】で冷やしながら、クリーム状に仕上がるまで念入りに。

「ふわっふわの食感のクリームが作れる道具なんです。とっても美味しいんですよ？　ただこの通り、結構な力仕事なので、金属製の丈夫なものを作ってほしいんです」

生クリームが完成する頃には、泡立て器の先端部分はボロボロになっていた。

収納から取り出した蜂蜜味のスコーンにクリームを添えたものを小皿に載せて、ミヤに手渡す。

紅茶を用意したのはエドだ。自分の分はしっかり確保して、真っ先にスコーンを頬張っている。

香ばしいスコーンと甘い蜂蜜の香り、初めて目にする生クリームの誘惑に、ミヤはあっさりと白旗を掲げた。手掴みでスコーンを口に含み、恍惚としている。

「んんっ？　なんて甘さだい！　こんな菓子は初めてだよ！」

かくしてナギは専属の調理器具製作者と契約を結ぶこととなった。


ナギは足取りも軽く、帰路についている。

最後のドワーフ工房への配達でかなり時間を食ったが、念願の調理器具作製の目処が立ったので上機嫌だ。

「泡立て器にピーラーとスライサー、揚げ物用のバットはもちろん、製菓用の道具も作ってくれるって！　ミヤさんに依頼を請(う)けてもらえて、本当に良かったわ」

「すごい勢いだったからな……」

隣を歩くエドは少し引き気味だ。

たしかに、ほんの少しばかり強引に迫ってしまったかもしれないが、これで美味しいお菓子が食べられるのだと力説するとミヤも乗り気になってくれたので、問題はないと思う。

ハーフドワーフの女性鍛冶師はお酒も好きだが、甘いお菓子も好物だったようだ。

「そんな意地悪を言う子にはマドレーヌやマフィンはあげないよ？」

「マドレーヌにマフィン。何かは分からないが、なんとも甘美な響きだな」

「どちらも、すごく美味しい焼き菓子です！　ミヤさんに型を作ってもらえたら、たくさん焼いてあげるね。私も今から楽しみで仕方ないわ」

頼んだ型はマフィンやマドレーヌ用のものだけではない。ケーキとクッキーの型はもちろん、食パン用の型は特に期待している。

「食パンが自分で焼けるようになったら、ふわふわのサンドイッチが食べられるわよ？」

「ふわふわのサンドイッチ！　あの、真っ白なパンか」

アキラの前世の記憶を覗くことができるエドは、日本製の定番サンドイッチの知識は得ているらしい。

見た目も美しく、美味しそうなサンドイッチが気になって仕方なかったのだろう。

「マヨネーズをたっぷり使った、玉子サンドが美味しいのよ。茹(ゆ)で卵を潰したフィリングが一番好みだけど、厚焼き玉子を挟んだサンドイッチも捨てがたいわね。あれは良いものだわ」

「厚焼き玉子……。あの、ほんのり甘い玉子焼きだな？」

「甘い玉子焼きもあるけれど、出汁入りの厚焼き玉子もあるわよ。私はどっちも美味しく食べられる派です。ご飯だけじゃなくて、意外とサンドイッチにも合うのよねー」

想像したのか、エドの喉がこくりと鳴る。

「ふわふわの食パンが焼けたら、生クリームと果物でフルーツサンドも作れるわね。カスタードクリームやチョコレートも追加すれば、最高に贅沢なサンドイッチになりそう」

「フルーツサンド……！」

エドが息を呑んだ。前世の記憶を覗き見ているのだろう。あの、美しい断面がまるで芸術品のようなフルーツサンドの数々を。

(そういえば、アキラは一時期、フルーツサンドにハマっていたわね……)

デパ地下や有名なフルーツショップに通っては、様々な種類のフルーツサンドを開拓していた。男性にしては珍しい趣味だったので、よく覚えている。

下手なケーキより断然、美味しいから！　と笑顔で主張していたアキラ。

お土産や差し入れにフルーツサンドを貰ったこともあった。高級フルーツショップ内のパーラーで作られたフルーツサンドは絶品だった。

これでもかとデコレートされた豪華なケーキとはまた違った魅力がある。シンプルだからこそ、素材の味を誤魔化しにくいのだ。

お店で買うとなると結構なお値段になるので、渚はもちろん手作り派だった。生クリームを泡立てて、缶詰のフルーツを並べただけのサンドイッチだったが、不思議と美味しく感じた。

「食事というより、スイーツ感覚で食べていたかも。大森林産の果物を使えば、きっととんでもなく美味しいフルーツサンドができるはず」

「……っ」

揺れている、揺れている。あとひと押しか。

ナギはにこりとエドに笑顔を向けた。亡き母に天使の微笑と絶賛された、とっておきの笑顔だ。

「もちろん、揚げたてのオークカツを食パンに挟んだカツサンドは至高」

「ミヤさんに頼んで、最優先で作ってもらおう。食パンの型」

やはり肉食男子にはカツサンドがよく効く。

ナギとしてはスライサーと泡立て器を優先的にお願いしたいが、ミヤも型を作るほうが簡単だろうか。

「でも、まずはパンの種を作らないと、型はあっても食パンは焼けないわよ？」

「パンのたね？」

「やわらかいパンを作るために必要なものよ。成功するか不安だけど、先に仕込んでおく？」

「是非、頼む」

手作りのパンは、前世でも休日の朝によく焼いていた。ただ、スーパーに行けばイーストやベーキングパウダーがあったから、渚でも簡単に作れたのだ。

前世で手作り酵母を使ったパン教室に通った記憶を頼りに、どうにか形になるといいが。

「りんごが失敗しにくいって聞いた覚えがある。あとは、レーズン酵母とヨーグルト酵母？　ヨーグルトは不安だから、とりあえずレーズンとりんごで試してみようかな」

「手伝おう」

「じゃあ、エドにお世話を頼むわね」

「お世話……？」

不思議そうに首を傾げるエドに、面倒な酵母作りを伝授することにした。

仕込みは簡単だ。煮沸消毒した瓶にりんごやレーズンを入れて砂糖と浄水を混ぜるだけ。

あとは気温に注意して、毎日混ぜたり振ったり外気に触れさせる必要がある。

失敗しなければ、およそ一週間以内には完成するはず。幾(いく)つか仕込んで、酵母作りがひとつでも成功すれば、その後は継ぎ足して作っていける。魔道冷蔵庫があるから、パン種の保管も可能。

「あとは食パン作りに向いた小麦粉があれば、できると思うんだけど」

強力粉があればふわふわのパンを焼ける。

「さすがに、一からのパン作りは自信がないなあ……」

何度か作って、美味しい食パンのレシピを自力で見つけるしかない。

「どうやって探すんだ？　そのキョウリキコ、という小麦粉」

「最近【鑑定】スキルのレベルが上がったから、見つけられると思う。知りたいことを考えながら対象物を注視すると、詳細が分かるようになったの」

人物鑑定もそうだが、地味にありがたいレベルアップだった。

このスキルを使いこなせば、パン作りに最適な小麦粉を市場で探し出せるかもしれない。

「あと、【無限収納EX】のスキルで獲物を自動解体できるでしょう？　素材別に解体して、不要な内臓や骨はダストボックス行き。あれと同じ要領で、不純物を取り払うことができたの。これまで多少ゴミや砂が混じっていた穀類を、今後はストレスなく美味しく食べられるようになるわ」

「それはありがたいな、すごく」

「でしょう？　地味にきつかったのよね、砂を噛むのは」

目に見えるゴミは調理前に除けられるが、さすがに小さな砂粒の選別は難しかった。

「チート能力とは無縁だけど、生活に役立つスキルには感謝しかないわよね」

「ナギは充分チートだと思うが」

「そう？　でも私はレベルも低いし、魔道具がないと狩りにも自信がないし」

「あれだけの数の属性魔法を扱えて、宮廷魔法士よりも豊富な魔力量のナギが、弱い……？」

なんとも言えない表情でぼやくエドは放置だ。こんなに非力な少女に対して、失礼な。

ちょうど冒険者ギルドの看板が見えてきたので、無駄口は終了。

「リアさん！　配達依頼、終わりました！」

馴染みの受付嬢を見つけて、ナギはさっそく報告に向かう。

後を追うエドは小さくため息を吐くと、サインを貰った依頼書をポーチから取り出した。

「はい、たしかに確認しました。では、こちらが本日の報酬です」

「ありがとうございます！」

銀貨一枚と銅貨三枚が今日の二人の収入となった。

日本円にして一万三千円か。街中依頼はやはり実入りが少ない。『妖精の止まり木』に一泊し、三食食べるのが精一杯の金額である。

やはり稼ぐには森での採取と狩猟が効率が良いと、あらためて思った。

宿のキッチンを使うとまた臨時のご飯屋さんになりそうだったので、今夜は部屋で調理することにした。

いつも部屋の隅に設置している魔道テントを一旦しまい、更に大きなものを取り出す。

調理用のテーブルや魔道コンロをテントの中に設置した。

「今日は、収納内の部屋に行かないのか？」

エドには不思議に思われたようだけど、ナギなりに不安に思っていることがあるのだ。

「スキルの小部屋にこもりすぎると、現実との時間の流れの差がどうなるのか分からないから。今日はテント内で作るよ」

【無限収納（インベントリ）EX】スキル内の小部屋は亜空間だ。ナギがあの白い部屋にいる間、外の現実世界の時間は停止する。そのため小部屋に長期間滞在すると、本来よりも肉体の老化が早まるのではないか、と心配しているのだ。

（短時間ですぐに戻るなら、あまり問題はないかもしれないけれど。なるべく、必要に駆られた時以外は乱用しないほうが良い気がするのよね……）

そういった事情をつたない言葉で説明すると、エドは「分かった」とあっさり頷（うなず）いた。自分を信用してくれているのかもしれないが、もう少し意見交換があっても良いのでは、とナギは苦笑する。

「まぁ、いいか。テント内の匂いは気になるけど、それは後で浄化することにして。とりあえず、今夜はエドのリクエストにあったハンバーグを作りましょう！」

二人とも部屋着とエプロンに着替えて、準備は万端だ。

「お肉はボアとディアの合い挽き肉です！」

「ん、先日俺が作ったやつだな。ひたすら包丁で叩いて」

「そうだった、ミヤさんには是非ともミンサーを作ってもらわないと！　とっても便利なのよ」

大きな塊肉の扱いはエドが得意なのでずっと任せきりだったが、ミンサーがあればナギでも手軽に大量のミンチ肉を作れるようになる。

「ミンチ肉があれば、ミートボールやミートローフ、そぼろ丼にロールキャベツもたくさん作れるわね！　餃子のタネもたくさん仕込めそう」

「うん、ナギ。分かったから。今夜はハンバーグの日だ」

「あ、そうだったね。つい興奮しちゃった。今夜のメニューはハンバーグ！」

ナギが玉ねぎのみじん切りをしている間に、エドはパンを削ってパン粉を作る。硬めのパンは削りやすいので、パン粉作りには最適だ。できたパン粉は牛乳に浸して柔らかくしておく。

「ボウルにボアとディアの合い挽き肉、みじん切りにした玉ねぎと卵、塩胡椒を入れるから、エドはこれを混ぜてくれる？」

「ん、了解」

よく混ざったところで、牛乳に浸していたパン粉も加えた。つなぎが入ったことで、タネがまとまりやすくなる。そのままエドに肉の成形を頼み、ナギはチーズを取り出した。

市場への配達途中でエドに買ってもらった、新鮮なチーズだ。

「普通のハンバーグとチーズ入りのと半分ずつ作ろう」

成形途中のハンバーグの真ん中にチーズを入れて、小判型に整えてもらう。

エドもナギもハンバーグは好物なので、たくさん作ることにした。エドは大きめのハンバーグをぺろりと五枚は余裕で食べきる。ほっそりとした体型のナギも、二枚は食べられる。

中火で熱したフライパンにオリーブオイルを回し入れ、じっくりとハンバーグを焼いていく。溢れた肉汁はソース作りに使う。醤油ベースの照り焼き風味ソースだ。加えて、市場で仕入れた新鮮卵を目玉焼きにしてハンバーグに載せれば、メインの肉料理は完成。

付け合わせはニンジンのグラッセとマッシュポテト。茹でたブロッコリーも添えて。

今日はチーズインハンバーグがメインなので、主食にはパンを用意した。堅パンを薄くスライスしてガーリックバターを塗り、軽く炙っている。食欲をそそる良い匂いだ。

スープはひよこ豆のトマトスープ。冷製スープなので飲みやすい。

「よし、完成！」

テーブルは既にエドがセッティング済みだ。

メインディッシュであるハンバーグの皿を並べ、二人はうきうきと席に着いた。

「本日の夕食、チーズインハンバーグ！　どうぞ、召し上がれ」

「いただきます」

ナイフで切るのも面倒だったのか、エドはハンバーグにフォークを突き刺し、そのままガブリとかじりついた。

「あっつ！　けど、旨い！」

「火傷に気を付けてねって言う前に……」

仕方ないなぁ、と氷を浮かべた水のグラスを手渡してやる。

グラスの中身の半分以上をひと息で飲み干したエドが、大きく息を吐いた。

「溶けたチーズも肉汁たっぷりのハンバーグも死ぬほど熱かったけど、旨い」

「うん、熱そう。私はもう少し冷ましてから食べようかな」

ひよこ豆のスープとガーリックパンをじっくりと味わう。冷製トマトスープは南国のディナーにはぴったりだ。サクサクのパンも美味しいが、ビールが欲しくなるのは困る。

「さて、本命のハンバーグのお味は……」

ハンバーグにナイフを入れると、とろりとしたチーズが溢れ出る。これは絶対に美味しいやつだと、自然と期待が高まった。

お肉とチーズと半熟の目玉焼きがソースと絡まり合って、口の中に幸せが広がる。肉汁だけでも美味しいのに、そこに美味しいものが幾つも重なって一気に押し寄せてくるのだ。

これはいけない。止まらなくなりそう。唇の端に残ったソースをぺろりと舐め取る。

「美味しい。今日買ったチーズ、当たりだったわね。これはピザにも合いそう」

「ピザか。ピザは知っている。アキラの好物だ」

「ああ、たしかに好きそう。ジャンク系の食べ物ならなんでも美味しく食べてくれそうよね、アキラ」

ちょっとミーハーだけど、なんでも美味しく食べる健啖家の後輩。その食いっぷりは見ていて気持ちが良いほどで、つい色々と食べさせてやりたくなったものだが。

まさか次の世でもこうやって食べさせてあげることになるとは、思いもしなかった。

(ピザか……。うん、いいかも。明日あたり、作ってみようかな)

薪ストーブのオーブンなら、きっと美味しく焼けるだろう。皮はぱりっと中身はもっちり、が渚の好みだった。生地だけ用意しておいて、好きにトッピングしていくのも楽しそう。

「あ、ダメだわ。酵母を作らないと、ピザ生地も焼けない……」

フルーツサンドやカツサンドを熱望する少年と仔狼のために、食パン用の酵母も仕込まなければならない。いずれにせよパン種は必要なので、面倒だけど、この際大量に作ってしまおう。

「エド、美味しいサンドイッチとピザが食べたかったら、お手伝いをよろしく」

チーズのついた自身の口元を指先で拭いながらお願いしてみると、嬉しそうに目を輝かせた少年がこくりと首を縦に振る。言質は取ったので、頑張ってもらおう。

この世界で美味しい食卓を囲むためには、丁寧な下拵えと面倒な準備が必要なのだ。

調理器具の作製を頼んだミヤには、開発費用込みで金貨一枚を前金として手渡している。

十歳の子供の手でも使いやすいように、なるべく軽い金属で作ってほしいと依頼した。北の鉱石ダンジョンから採掘される「クズ石」と呼ばれる金属なら加工もしやすくちょうど良いと、ミヤは快く請け負ってくれた。

すぐにできるものではないので、とりあえず一週間後にまた工房を訪ねる予定だ。

その間、ナギとエドは冒険者見習いとして真面目に働くことにした。

「今日は森で採取と狩りの日ね」

「ああ。オーク肉が少なくなっているから、調達したいな」

二人とも街中の奉仕依頼よりも森での活動を好んでいるため、張り切って砦を出た。

今日はいつもより早めに宿を出ている。森の少し奥まで活動範囲を広げ、常設依頼の薬草採取を基本に、魔獣や魔物がいれば狩る予定だ。

エドは毒蛇を見つけたら捕まえる気でいるようだが、ナギはノータッチを貫き通すつもりだ。

魔力を充填した結界の魔道具を発動させ、ナギは【気配察知】スキルを使う。いつもは使う【隠密】スキルをあえて使わず、魔獣や魔物の類をおびき寄せる作戦だ。

まずは森の浅いところで朝食のハンバーガーを食べて、レモネードでひと息つくと、さっそく採取に取り掛かる。

薬草の種類は把握しているので、ナギの【鑑定】スキルで目当ての薬草は探しやすい。採取し尽くさないよう気を付けながら、森の奥へと移動していく。

エドには周辺の探索をお願いして、獲物や魔獣を見つけたら狩ってもらっている。

浅い場所にはベリーしかなかったけれど、森の奥は魔素が多いのか、豊かな実りが目に付いた。

「イチジクだ」

目敏(めざと)く見つけたのは、エドだ。鋭い嗅覚は、甘い匂いを放つ果実を見逃さない。

少し小振りだが、かじると蜜の入ったイチジクは甘くて美味しかった。

「ジャムもいいけど、型が出来上がったら、このイチジクのタルトを焼きたいな」

フルーツタルトにはエドも興味があったようで、ナギにねだられるままイチジクを採取する。

途中、甘い果実の匂いに誘われたフォレストボアとかち合ったが、エドは危なげなく弓で倒した。

おかげで大きな採取用のカゴいっぱいにイチジクと美味しいお肉を収穫できた。

ナギも採取の片手間に、足元に湧くスライムを短槍(たんそう)で討伐している。

エドに教わり、槍(やり)の扱いにも慣れてきた。レベルが上がり、ステータス値が上がったおかげで、スムーズに武器を扱えるようになったのかもしれない。魔力を巡らせて【身体強化】スキルと併用すると、かなりの威力で短槍(たんそう)を振れるようになった。

「ゴブリン程度なら問題なく倒せそうだな。単体のコボルトでもいけるだろう」

「スパルタ教育は良くないと思います。でもゴブリンは経験として倒しておきたいかな」

緑の肌の小鬼、ゴブリンは大森林でナギも何度か倒したことがある。どれも遠距離からの魔法攻撃や、的中補正のある魔道具の弓を使ってだが。

直接武器で倒すには、二足歩行の魔物はナギにとっては少しばかりハードルが高い。

ちなみにコボルトは二足歩行の犬の魔物だ。こちらも大森林で遭遇して、魔法で倒したことがある。見た目が犬と思うと最初は不安だったが、どちらかと言えばモンスター寄りの凶悪な外見をしていたので、ナギでも心置きなく【風魔法】で首を落とせた。

仔狼のアキラのように可愛らしいポメラニアンの姿だったら、倒せなかったかもしれない。

「ゴブリンよりはコボルトが強いんだよね？　私の槍さばきで倒せるかな……？」

「コボルト程度の弱い魔物なら、結界の魔道具で攻撃を防げる。ナギなら大丈夫だ」

「うう……分かった。見つけたら、頑張ってみる」

採取依頼を請けた薬草は、目標にしていた数を既に見つけている。

しかし、二人はレベル上げと素材目当てに、そのまま森の奥を目指すことにした。

「ホーンラビットが二匹。左は俺が」

「じゃあ、私は右」

鋭い角を振りかざして襲ってくるホーンラビットを躱し、背後から短槍でひと突き。

肉を刺す感触にはまだ慣れないが、血の臭いには耐性が付いたと思う。スライムと違い、血を流して息絶える魔獣の姿には、生きていた命を奪っているのだと実感させられた。

魔素に侵され魔獣と化したとはいえ、これもひとつの命であったことには変わりない。

「ごめんね。せめて美味しく食べるから」

手を合わせて祈ると、倒したホーンラビットを収納する。

刃先に付いていた血を短槍を振って飛ばすと、周囲を警戒しているエドに追いついた。

「魔獣の数が増えてきたな」

「うん、どんどん寄ってくるね。魔道具やスキルで気配を殺していないと、こんなに人に寄ってくるものなのね……」

これまではずっと気配を隠し、慎重に森を歩いてきたので、様変わりした森の様子にナギは驚いていた。一方のエドは特に驚いた様子はなく、むしろ嬉しそうだ。

「こんなに入れ食い状態になるのなら、もっと早く試せば良かったか」

「いやいや、軽率に試さないでね？　エドと違って、私は貧弱なんだから」

「……そうだったな。ナギは危なくなったら遠慮なく魔法をぶっ放せばいい」

「うん、そうするつもりではいるけど。槍（やり）の練習に命は懸けたくないから、無理だと思ったら魔法を使うか、エドを置いて逃げるからね？」

「ああ。とにかく自分が助かることだけを考えて、逃げてくれ」

実戦に強くないのは自覚しているので、いざという時は【無限収納（インベントリ）EX】内の小部屋に逃げることになると思う。一人で逃げるのは申し訳ないが、エド本人にもそうするよう言われているのだ。

根っからの狩人で【獣化】スキルを得て更に好戦的になったエドには、ナギがいないほうが心置きなく戦えるらしい。

昼休憩に使える場所を探す合間にボアを二頭、ディアを一頭、ホーンラビットを五匹ほど討伐し、【無限収納（インベントリ）EX】に収納した。そのうちのホーンラビット三匹は、ナギの短槍（たんそう）で倒すことができた。

これらの素材と魔石の買い取りだけでも、街中での奉仕依頼の数倍の利益を弾き出せる。

「倒木が何本かある場所が、この先にある。そこで休憩にしよう」

「ん、分かった。っと、危ないわね！」

頷きつつ、襲いかかってきていたゴブリンに短槍を突き刺す。急所を狙うよりも、まずは一番貫きやすい腹を狙うほうが良いと学んだ。この程度の魔物なら、それだけで命を奪うことができる。

他の気配がないか注意深く周囲を確認して、ゴブリンの死骸を収納する。

「こっちだ、ナギ」

エドに誘導されて、ようやく休憩場所に到着した。

「邪魔な倒木は片付けようか」

根元から折れた木には、大型の魔獣のものらしき爪痕が残っている。高さからして、クマ系の魔獣の仕業だろう。時間が経っているのか既に乾燥しているようなので、宿への土産にちょうど良い。

「無料の薪ゲット！　エド、後で魔剣を使って、ここら辺の倒木を薪にしてくれる？」

「ん、やっておこう」

昼食後の腹ごなしにはちょうど良い運動だろう。

しかし休憩するには邪魔だったので、倒木はひとまず【無限収納ＥＸ】に放り込んでおく。倒木を四本ほど片付けると、それなりの広さが確保できた。

魔道テントを張り、結界の魔道具を発動させる。

「これだけの広さなら、テーブルセットも出せそうね」

せっかくなので、収納していたテーブルとイスのセットを取り出しておく。

「切り株に座ってメルヘンな気分で楽しむピクニックも良いんだけど、ご飯は落ち着いて食べたい」

結界の魔道具にはナギがたっぷりと魔力を補充しているので、オークの集団程度なら余裕で弾いてくれる。大森林ならともかく、この森にはオークの巣はなさそうだが。

「特に危険そうな魔獣や魔物はいなかった」

周囲の探索に行っていたエドが、フォレストウルフを二匹、手土産に持って帰ってきた。美味しいお肉じゃなかったのが、少し不本意そうだ。手渡された獲物は【無限収納ＥＸ（インベントリ）】で預かっておく。

「今日もおにぎりランチだけど、いい？」

「問題ない。おにぎりは好きだ」

「ふふ、良かった。今日はアキラのリクエスト、しぐれ煮入りだよ」

牛の代わりに鹿を使ったが、味付けはちゃんと同じレシピで作ってある。手で掴んで食べやすいように、今回も焼きおにぎりにした。

テーブルに大皿を載せ、焼きおにぎりを並べていく。メインの具はディア肉のしぐれ煮だ。

おにぎりだけでは寂しいので、コンソメベースの玉子スープとカプレーゼも追加する。

チーズは市場で購入したモッツァレラチーズだ。スライスしたトマトと交互に重ねてオリーブオイルと塩胡椒（こしょう）で味付けてある。バジルとトマトの鮮やかな彩りが目を惹（ひ）いた。

「食後にスコーンを用意してあるから、ランチは軽めにね」

「ああ、充分だ」

いつものエドなら肉が少ないと悲しげに瞳を伏せるところだが、今日は好物のしぐれ煮があるからか、気にした風もなく、焼きおにぎりに手を伸ばしている。

　大きめに握ったはずのおにぎりが、一口で消えていく様は壮観だ。

「どうかな？　牛肉じゃないけど、大丈夫？」

「旨い。鹿肉のしぐれ煮も贅沢な味がする」

　濃いめの味付けだが、気に入ってくれたようだ。しぐれ煮はアキラも楽しみにしていたので、今晩眠る前に振る舞ってやろうと思う。

　ナギも手を伸ばし、焼きおにぎりを頬張った。おこげ部分の食感を楽しみ、二口目で具に到達する。生姜と共に甘辛く煮込んだ鹿肉の臭みは消えており、食べやすい。

　これはお米が進む味だ。

「うん、美味しい。鹿肉のしぐれ煮も良い味だわ」

　炊き立てのご飯の上に載せてかき込みたい誘惑に駆られてしまった。

　日本米に近いお米が見つかったら、是非試してみようと思う。

「これはおにぎりの具として殿堂入りね。しぐれ煮も作り溜めしておきましょう」

「手伝おう」

　好物に関して、エドのフットワークは恐ろしく軽い。

「この、トマトとチーズの料理も俺は好きだな。シンプルだけど癖になる」

「素材がいいからだよ。元々私も好きだったけど、このメニューはお酒が欲しくなっちゃうから困るね」

お洒落居酒屋でよく頼んでいたメニューなので、お酒が恋しくなってしまった。

（あと五年で成人になる。今は我慢よ、我慢……！）

玉子スープを飲んでどうにか衝動をやり過ごし、欲求を誤魔化すことに成功する。

気分を変えて、次はお楽しみのデザートだ。

「食後のデザートは蜂蜜のスコーンです」

砂糖の代わりに蜂蜜を使ってみた。製菓用の型がまだ完成していないため、焼き菓子は簡単なスコーンを作ることが多い。目分量でざっくりと仕上げても美味しいのがスコーンなのです！

「イチジクのジャムで食べてみたかったけど、今日はブルーベリージャムと生クリーム添えで」

ミヤの工房で作った生クリームの余りとジャムを添える。

せっかくだから、紅茶も淹れてみることにした。辺境伯邸のキッチンから失敬してきた、高級な茶葉を惜しげなく使う。スライスしたレモンを紅茶に浮かべて、こちらにも蜂蜜をひと匙。

「うん、いい匂い。いただきます」

焼き立てを収納してあるので、ほくほくのスコーンがいつでも味わえる。どうせ、二人きりの森の中なのだ。マナーなんて気にせず、手掴みでかぶりついた。

蜂蜜とたっぷりのバターの香りに頬が緩む。

「んっ、表面はサクサクだけど、中はしっとりしていて美味しい」

ブルーベリーのジャムをたっぷりと載せて、噛み締めた。さくり。酸味のあるジャムとスコーンの相性はすこぶる良い。ここに生クリームを足すと、更に幸せが広がるのだ。

「口の中でほどけていく甘みと酸味が絶妙……！」

ほうっとため息をこぼしながら、ナギは紅茶のカップを傾ける。

一度口の中をリセットしてからまた口にするスコーンも格別だ。今日はブルーベリージャムだけだったけれど、色々な味のジャムを用意しておいて、食べ比べるのも楽しそうだと思う。

テーブルを挟んで座るエドも夢中でスコーンを頬張っていた。

「工房でも食べたが、蜂蜜味のスコーンも旨いな。クリームとジャムを一緒に食べると、味が変わって面白い。口の中の水分が取られるけど、どっしりとした焼き菓子は食い出があっていいな」

エドの食レポは独特で面白い。たしかにスコーンは口の中の水分を奪う。

しっとりとした、きめの細かい生地の焼き上げに成功すれば食べやすいのだが。

「んー、やっぱり生クリームよりクロテッドクリームのほうがスコーンには合うかな」

「くろてっどくりーむ、とは」

また新しいクリームか！　とエドが耳をピンと立てて瞬時に反応する。

「クロテッドクリームはバターと生クリームの中間みたいなクリームよ。バターより脂肪分が少なくてクリーミーだけど、あっさりとした口当たりなんだよね。スコーンとの相性は抜群！」

「作れるのか」

「たしか、冷やした生クリームを瓶やボトルに入れてひたすら振ったら、作れたような」

水分と脂肪分を分離するだけなので、作るのは意外と簡単だ。

「よし、作ろう」

「言うと思った。まぁ、スコーンが美味しくなるし、パンに塗って食べたいから良いか」

「これよりもっと美味くなるのか……。ナギがクリームを使った菓子を作れることは内緒にしておいたほうが良さそうだな。先日の宿の食堂での光景を繰り返すことになる」

「ええ？　大袈裟だよ。スコーンなんて簡単な焼き菓子だし。……エド？　冗談よね？」

「…………」

「冗談じゃ、なかった……？」

ナギの脳裏にお肉もスイーツも大好きなエルフとウサギさんの姿が過る。

「どうしよう、逃げられる気がしない……」

「知られなければいい……はずだ。たぶん」

エドの曖昧な言葉に、ナギは青褪めて震えながらこくこくと頷いた。

製菓用の道具が完成しても、菓子類は宿の部屋でこっそり作ろう。仕込むのが大変な肉料理は【無限収納EX】の小部屋か、いっそ外で仕込んでおくべきか。

「……渡すにしても、簡単なクッキーくらいにしておくね」

「待て。それは、ふらぐ、というやつでは？」

野生の勘が働いたのか、エドからそんな疑問が飛んでくる。

その指摘をもう少し吟味しておくべきだったと、後々、ナギは悔やむことになる。

夕方前には街に戻りたかったので、少し早めに森を撤収することにした。

大量に獲物を狩れたエドは満足そうだ。

街までの帰り道は姿隠しのローブをはおり、【隠密】スキルを発動した。おかげで、魔獣に遭遇することなく街に戻ることができた。

「素材の査定と買い取りをお願いします」

ギルドの買い取りカウンターに本日の収穫物を提出する。

薬草五種を満遍なく集めているので、素材担当のガルゴに褒められた。

魔獣の素材や魔石はエドのマジックバッグに入っている。今回はそれにフォレストウルフの肉も追加で提出した。

エドが狼族の獣人であることに加えて、単純に肉が硬くてあまり美味しくないということも教えてもらったので、ウルフ系の素材は全て買い取りに回している。

「おう、今日も素材の状態が良いな。買い取り額も上乗せしておこう」

「ガルゴさん、ありがとう！　そうだ。良かったら、これ食べてください」

さりげなく蜂蜜スコーンを手渡す。クマの獣人であるガルゴを目にした時から、蜂蜜入りの焼き菓子をプレゼントしたくて仕方なかったのだ。

「お、なんだ？　焼き菓子か。いいのか」

「たくさん作ったから貰ってください。味の感想が聞きたいんです」

「そうか。なら、遠慮なく」

豪快に一口で頬張るガルゴ。喉を詰まらせないか心配になって、慌ててアイテムポーチから皮の水袋を取り出して手渡した。こちらもひと息で飲み干したガルゴは幸せそうに破顔する。

「旨いな！　見た目より柔らかくて食いやすい。バターと蜂蜜の味が良いな」

「気に入ってもらえたなら、嬉しいです」

見上げるほどの巨体なのに笑顔が温かいガルゴは、前世で人気だったクマさんキャラを彷彿とさせる。ほっこりと笑みを交わしながら、蜂蜜スコーンについて語り合うのが楽しい。

ナギがガルゴに重ねているものに気付いているらしいエドのちょっと呆れたような視線には気付かない振りをした。

「今日の報酬だ。二人とも、お疲れさん」

「ありがとうございます」

笑顔で手を振って、冒険者ギルドを後にする。魔獣の素材と魔石が多かったため、本日の報酬は銀貨三枚。街中の奉仕依頼と足して割ると、平均値より少し上くらいの儲けか。

「やっぱり街中依頼はほぼボランティアだね。仕事自体は結構楽しいけど」

「俺は狩猟のほうが性に合っている。しばらく森にこもって稼ぎまくりたい……」

「悪くないけど、稼ぐならダンジョンがいいんじゃないかな？」

エドは狩人の血が騒ぐのか、森の中では生き生きとしている。採取好きなナギも森は嫌いじゃない。稼ぎも大きいのでできれば森での討伐依頼を中心に活動したいが、見習いから昇格するためには評価ポイントが必要だ。仕方ない。

それに、街中依頼も悪くはないのだ。鍛冶師のミヤに調理器具の作製を依頼できたのもそうだが、その彼女の工房で新たな出会いがあったのだから。

「まさか、あんな上質な紙が安価で手に入るなんてね」

「ああ、あれは驚いたな」

依頼でドワーフ工房を訪ねた日。欲望のままに調理器具の作製を依頼したが、さすがに口頭での説明だけでは伝わりにくかったらしく。『分かりやすく構造を描いてくれ！』とミヤに紙を手渡され、二人は驚いた。

何せ、紙と言えばこの世界では高級品。書籍や契約書の類には今でも羊皮紙が使われているし、隣国シラン国産の、前世での藁半紙に似た紙も、手帳サイズ一枚に銅貨二枚の値がついているのだ。そんな高価な紙の束を無造作に差し出されたものだから、固まってしまうのも仕方ないだろう。

二人の様子に、ミヤは『あぁ』と何かに気付いたように小さく笑った。

そして、作業台に無造作に置かれていたB5サイズほどの木箱の蓋を開けて、中を見せてくれる。

『ダンジョン都市に限るけど、今では紙はそれほど高価じゃないんだよ。ここにいる新種の蟲のおかげでね』

木箱の中にはてのひらサイズの蜘蛛がいた。真っ白の柔らかな体毛に包まれた、綺麗な魔蟲だ。箱の中の白い紙の束が彼の巣のようで、大人しく佇んでいる。

『この蜘蛛をミヤさんが飼っているんですか？』

大人しくて可愛いかもしれないが、蟲……と首を傾げるナギの前で、蜘蛛が小さく身動きした。

『糸を吐いているの？』

『違う、ナギ。糸というより、紙を作っている……』

エドが呆然と呟く。あらためて観察すると、確かに蜘蛛が細い糸を吐き出して、毛糸を編むように紙を編んでいるのが分かった。贅沢に貴重な紙を巣に使っているのではなく、この蜘蛛が紙を作って巣にしていたのだ。

『数年前にダンジョンで発見された新種の魔蟲だよ。卵から育てると人馴れするんだ。餌になる特殊な植物を与えてやって木箱で飼うと、箱の大きさに合った紙を作ってくれる』

『何それすごい！　それに、この紙の質……！』

アイボリーに近い、優しい色合いの紙だ。手触りも悪くない。

隣国産の高価な藁半紙より繊維が細かく、書き味も良さそうだった。

『うちは工房だから、紙をよく使う。だから、冒険者ギルドに依頼を出して、この蜘蛛を買い取ったんだ。飼うのが面倒なら、紙屋で色々なサイズのものを売っているから探してみるといいよ』

餌を与えて適切な温度管理をし、木箱で飼うだけで手に入るという良質の紙は、ダンジョン都市では一枚が鉄貨一枚から三枚ほどで買えるらしい。

良い情報を得たナギはさっそく仕事終わりに紙屋へ行き、手帳サイズの紙を五十枚ほど購入した。メモ紙にするのも良いが、レシピを書いてまとめたかったので、ちょうど良い。

ちなみに調理器具の図解は、ミヤに貰った紙に丁寧に描いて見せたところ、分かりやすいと好評だった。おかげで、予想より早く調理器具が出来上がりそうだ。

『妖精の止まり木』に戻った二人は、部屋で順番に汗を流した。部屋の隅に設置している魔道テントの中に辺境伯邸から頂戴（ちょうだい）した自慢のバスタブが置いてあるので、いつでもお風呂が楽しめるのだ。

楽な服に着替えて、今夜のメニューを考える。

せっかく新鮮なチーズが手に入ったから、チーズを使った料理にしたい。【無限収納（インベントリ）EX】内の食材を確認し、ミートソースドリアを作ることにした。

「今日は薪（まき）ストーブのオーブンを使いたいから、宿のキッチンを借りよう」

「……大丈夫か？」

「うーん。材料もあまりないし。ちゃんと説明すれば、多分大丈夫だと思う……」

乳製品はそれなりに高価な食材だ。それに、宿泊客全員分の料理を作るにはチーズの在庫が心許ない。陶器の皿も数が少ないため、今回は理由を付けて断りやすいはず。

いつものエプロンを着けて、キッチンへ向かう。

キッチンには顔見知りになった冒険者見習い仲間がいて、フライパンで肉を炒めていた。宿泊客たちが差し入れる野菜を使って肉野菜炒めを作っているようだ。肉は自分たちで狩った獲物だろう。

「お邪魔するね」

「ああ、ナギ。エドもお疲れ」

他愛ない会話を交わしながら、ナギは手際良く調理していく。

ミートソースドリアを作るのは簡単だ。

まとめて炊いておいたご飯を陶器の深皿に盛り付け、ボアのミンチ肉と玉ねぎをトマトケチャップで炒めたソースをたっぷりと掛ける。

あとは卵を割り入れて、スライスしたチーズをまぶしてオーブンで焼くだけだ。ミートソースも空き時間に大量に作っておいたので、購入したメモ紙にレシピを記しておけば、エドでもすぐに作れる簡単メニューです。

「簡単だけど、美味しいんだよねー」

「……ナギ。腹の虫が騒ぐ良い匂いがしてきた。まだ食えないのか？」

チーズとミートソースの匂いは食欲を刺激する。ナギは表面にちょっとだけ焦げ目がつくくらいの焼き加減が好みなため、エドには「待て（ステイ）」と告げておいた。

ドリアを焼いている間、作り置きのオニオンスープを温めて、古くなったパンの欠片（かけら）に【生活魔法】の乾燥（ドライ）を使って作ったクルトンを散らす。

「うん、焼き加減もいいかな？　熱いから気を付けてね」

「任せろ」

厚手のミトンをしたエドがオーブンから深皿を取り出した。溶けたチーズの匂いが鼻腔（びこう）をくすぐる。口の中に唾が溢（あふ）れてきた。久々のチーズたっぷりのドリア。しかもボア肉ミートソース味！

それと生野菜をちぎっただけのサラダを用意して、エドの後を追う。

宿の食堂のテーブルに並ぶ、ミートソースドリア。オニオンスープと野菜サラダも並べて、温かいうちに食べようと席に着いた。

慌ただしく「いただきます」を唱えて、さっそく木のスプーンをドリアに差し込んだ。念入りに息を吹き掛けて、そうっと口に含む。

チーズとミートソースの味が口いっぱいに広がって、ナギは空色の瞳を細めた。美味しい。

「んふっ。これは絶品！　溶けたチーズとミートソースは最高の相棒ね」

「熱いけど、旨いな。チーズとこの半熟の卵を絡ませて食うと、更に旨い」

「これはカレードリアにしても美味しそう」

「今度作ってくれ」

「スパイスが集まったらね」

はふはふと熱いドリアを二人で堪能していると、物欲しそうな顔をした美しいエルフが向かいの席にそっと座った。

「それ、とても美味しそう」

「旨いぞ」

「……私も食べたい」

「ごめんなさい。もう材料がないんです」

申し訳なさそうにナギが謝ると、ミーシャはこの世の終わりかと思うほどの絶望に満ちた表情を浮かべた。うっかりほだされそうになるが、ここは我慢だ。

ミーシャの背後から、こちらを窺う気配がいくつもあるのだ。宿泊客たちだ。

この人数分のドリアを作るのはとても面倒くさいし、材料もない。

肩を落とすミーシャにはほんの少し罪悪感を覚えるが……

切なそうなため息を吐くのはやめてほしい。長い睫毛が白皙の頬に影を落とす様に、ナギはとうとう白旗を掲げてしまう。

「もう、そんな顔しないでください！　ドリアは無理ですけど、蜂蜜スコーンをあげますから！」

収納から取り出したスコーンを大皿に並べてテーブルに置いた。物欲しそうに見つめてくる人数分。スコーンの隣にはブルーベリージャムを添えて。クリームは提供するつもりはない。

「もちろん、無料じゃないですよ？　物々交換ですから！」

苦し紛れに宣言すると、途端にわっと人だかりができた。採取してきたらしきハーブや果実、ホーンラビット肉など、たくさん貢がれる。スコーンはあっという間に食べ尽くされた。

しっかり一番にスコーンを手に取っていたミーシャに切なげに「おかわり……」と見つめられたが、作り置きしていた分もこれで完売だ。

「結局、甘やかしている」

「……まあ、いいじゃない。ちゃんと等価交換にしたし？」

テーブルいっぱいの食材に、エドは呆れたようだったが、自分と同じように口許が綻んでいることをナギは知っている。

五日しっかり働いて、二日は休む。そんな風に休日を決めていたナギは、一日目の休みはのんびりと休養し、翌日は自由に過ごす予定でいたのだが。

『ツナマヨが食べたい……っ！　ツナマヨサンドにツナマヨおにぎり！　あと刺身も食べたい――！』

仔狼姿の元後輩にそう駄々を捏(こ)ねられて、仕方なく休み初日に早起きの上、遠出している。

向かう先は、南の砦(とりで)近くの海鮮市場だ。ダンジョン都市の最南端は海に近いため、市場では新鮮な海産品が多く並ぶ。

「南のダンジョンは島の中にあるって聞いたんだけど」

「俺は島そのものがダンジョンだと聞いた」

ナギと親交のある冒険者たちは東の砦(とりで)やダンジョンを中心に活動しているため、他のダンジョンにあまり詳しくない。東の「肉ダンジョン」は楽に稼げて旨みがあるので、移動しない冒険者も多い。

どうせなら東西南北全てのダンジョンを巡って、気に入ったダンジョンの近くに土地を購入しようと考えている二人にとって、他の地区の街はとても興味深かった。

「冒険者に昇格してからの話だけどね。早く冒険者になって、東のダンジョンの次は南の島ダンジョンに潜ってみたいな」

「島ダンジョンのドロップ品はやはり魚介類だろうか？」

「それはそれで楽しそうだけど、魚介類だけで稼ぐのは厳しくないかな」

二人とも育ち盛りで肉食気味ではあるが、中身は元日本人。魚介類ももちろん大好物だった。

「今の俺は湖や川の魚しか食ったことはないが」

「森住みは基本そうだよね。私も王国では新鮮な魚を食べた覚えがないもの」

辺境伯の領地は海から離れていたし、王国民で魚を好んで食べる者自体が少なかった。海沿いの土地以外ではそもそも手に入れることが難しいので、食卓で見かけることはまずない。

オイルサーディンに似た瓶詰めの保存食の魚はあったようだが、あまり人気はなかった。

「お魚、美味しいのに」

「知識というか、記憶はあるが、サシミは不安だな……」

「大丈夫。しっかり鑑定して新鮮で安全な魚介類を選ぶから！」

刺身はもちろん食べたいが、ナギは塩焼きも好きだ。照り焼き、甘く煮付けたものも大好きだ。天ぷらやフライにすれば、エドも食べやすいかもしれない。

(刺身は抵抗があるかもしれないけれど、カルパッチョにすれば、こっちの人たちも美味しく食べられそうだよね……？)

脂の乗ったサーモンで作るカルパッチョは白ワインが進む魅惑の食べ物だ。表面をぱりっと皮ごと炙れば、白身魚も立派なご馳走になる。肉食狼なエドもきっと満足するはず。

そんな風に色々とメニューを考えながら歩いているうちに、無性に魚が食べたくなってきた。

「まずは新鮮な刺身を前菜に、あら煮に焼き魚、ムニエル……」

「ナギ、落ち着け。まだ市場にも到着していない」

「そうだった。ごめんなさい」

微妙に距離がある南の砦（とりで）までは、東の砦（とりで）から出ている馬車の定期便を使って移動する。早起きした二人は朝一番の便に飛び乗り、三十分ほど揺られていた。

ようやく砦（とりで）のそばの停留所に降ろされ、二人は周囲を見渡した。

南の街の地図は持っていない。先に冒険者ギルドに寄ろうか一瞬だけ迷ったが、エドが親指で指し示した方向から賑（にぎ）やかな掛け声がするのに気付く。

どうやら、市場はもう開いているようだった。

砦（とりで）から徒歩五分の広場で、海鮮市場は賑（にぎ）わっていた。

東の市場より規模は小さいが、人通りが多く活気もある。【水魔法】や【氷魔法】が得意な魔術師を雇い、魚介類が傷まないように気を遣っているようだ。

バケツや樽（たる）で泳いでいる魚、氷で冷やされた魚が木箱に詰められて市場で売られていた。

「すごいね！　魚もだけど、貝やエビもたくさんいるわ」

「これが、貝か。初めて見た」

「とりあえず目についたものから買っていこう！」

魚介類の仕入れのために用意したお財布には、予算として銀貨十枚を忍ばせてある。

日本で十万円分の魚介類を買うなんてまずなかったが、今のナギには【無限収納ＥＸ（インベントリ）】があるし、欠食児童二人分の腹を満たすにはそれなりの量が必要なのだ。

ツナマヨと刺身を欲する大食漢の仔狼もいるし、匂いを嗅ぎつけた食いしん坊なエルフとウサギさんがいつ襲撃してこないとも限らない。

「お金が足りなくなったら、その時に考えることにして。とりあえずは今食べたいものを優先して買っていこう！」

「了解。ツナマヨ用の魚は大量に確保しておくのがいいと思う」

精神で繋がるアキラの様子から、それがとても常習性の高い食べ物だとエドは理解しているようだ。

「大物からいく？　じゃあ、カツオかマグロかな。この世界にもいるよね？」

どちらも刺身で食べたい魚だが、今回はツナ作りに利用する。ツナとは別に、お刺身で食べる場合はいったん冷やしておいたほうが断然美味しく感じるので、氷を満たした木箱に魚を入れていき、いっぱいになったら収納する。

「立派なエビ！　えっ、木箱いっぱいで銅貨二枚？　買います！」

「ナギ、この貝も食べてみたい」

「こっちはバケツいっぱいで銅貨一枚？　安すぎない？　当然、買う！」

他にもイカやタコ、牡蠣（かき）などを大量に購入していく。カニが投げ売りされていることに気付いたナギは悲鳴を上げそうになった。

「あの、これはどうして、こんなに安いんですか？」

「カニか？　よく獲れるんだが、デカくて食べにくいから人気がないんだよ」

「え、正気？　いえ、いらないなら買います。ある分だけ引き取ります！　おいくらです？」

前世の価値観とのズレに大いに戸惑いながらも、カニを大量に安価で買い取れたナギは満面の笑みで市場を闊歩（かっぽ）する。エドもアキラの記憶があるのでカニが美味しいものだと理解はしているが、なんともグロテスクな外見に少し及び腰だ。

「あった！　カツオだ。こっちはマグロ？」

目当ての魚はかなり目立つため、すぐに見つけることができた。

さすがにこれだけ大きな魚はそれなりの価格を誇っており、支払いは銀貨だ。が、前世の価値観からしたら、こちらもかなり安い。折角なので切り身ではなく丸ごと一匹買い取り、エドに魔法で氷を出してもらった。

その他にも目についた魚をたくさん。タイ、サーモンにサバ、サンマも見つけた。

ハマチは丸々一本を買い取った。新鮮なうちに【無限収納（インベントリ）ＥＸ】に収納する。お刺身は冷やしておいたほうが断然美味しく感じるので、帰宅したらエドに冷やしてもらおう
予算を少し超えるくらいの爆買いを夢中で終えた頃には、既に昼に近い時間だった。早起きして宿を出たため、空腹も限界だ。市場の隣では屋台が賑（にぎ）わっており、良い匂いが漂ってくる。

「屋台で昼食にしようか？」

「そうしよう。焼き魚の匂いがたまらない」

匂いに誘われるように、二人は屋台通りに向かった。

南地区の屋台通りは東のそれと違い、肉よりも魚料理が多い。マグロの串焼きの他にも貝の串焼きが売られており、肉串しか知らなかったエドは目を丸くしていた。

網焼きだけでなく、鉄板焼きの店もある。驚いたのは、魚介ベースのスープが売られていたことだった。魔道コンロを使い、大鍋で作った魚介スープは木製のボウルのような形の深皿に入れて販売されている。値段は皿も込みで鉄貨七枚。飲み終えてから店に皿を戻すと鉄貨二枚が返ってくる。

よく考えられており、商売上手だと感心した。

「たくさんあるから、何から食べるか迷っちゃうね」

「そうだな。俺はあのマグロの串は絶対に食べてみたいが」

「じゃあ、さっそくマグロの串焼きを買おう」

屋台通りには小さな広場があり、そこにはテーブルとベンチが置かれている。屋台で買った品をここで食べることができるらしい。前世で言うフードコート形式だ。

「食べたいものを適当に各自で買ってこようか。待ち合わせ場所は、そこの広場で」

「了解。俺は焼き物をメインに買ってくる」

「ん、じゃあ私はスープとか主食を買ってくるね」

それぞれ担当を決めて、目当ての昼食を選びに行く。串焼きや鉄板焼きはエドが買ってきてくれるそうなので、ナギは他のメニューを見て回った。

「鮭のムニエルが美味しそう……」

たっぷりのキノコと共に蒸し焼きにされたムニエルを二人分購入する。持ち帰り用にバナナの葉で包もうとするのを断り、収納から取り出した皿に載せてもらった。

スープはミルク味のものを選んだ。魚だけでなく、玉ねぎやジャガイモも入っているスープは街の人々に人気らしく、屋台には行列ができている。

ナギの番になってスープ用の皿を二枚差し出すと、笑顔でスープを注いでくれる。せっかくの温かいスープが冷めるのは嫌だったので、人目がないことを確認して、そっと【無限収納(インベントリ)EX】に入れた。

次に向かったのは、米粉を使った生春巻きの屋台だ。透明な薄い皮に野菜の千切りと茹(ゆ)でたエビが包まれている。真ん中で切った春巻きの断面は色鮮やかで綺麗だ。

味付けが塩とオリーブオイルだけなのが少し残念だが、生春巻き自体は美味しそうだ。

とりあえず、その三つを買ったナギは広場のテーブル席に向かった。エドはまだ戻っていない。

ムニエルをテーブルの真ん中に置き、生春巻きはそれぞれの皿に取り分ける。スプーンとフォークを用意して、スープは食べる直前まで収納内で保温しておくことにした。

南地区は東よりも乾燥していて、気温も高い。乗馬用のハンチング帽では蒸し暑いが、男装しているため、我慢するしかない。冷えたりんごジュースを収納から取り出して楽しんでいると、エドが戦利品を抱えて戻ってきた。

「すまん、待たせた」

「遅かったね。混んでいたの？」

「マグロの串焼きが注文してから焼いてくれる店で、少し時間がかかった」

いる。

「それは良心的なお店！　期待できそう！」

「気になる屋台は全部回って、一番良い匂いがする店で買ってきたからな」

「それなら間違いなさそうね」

エドの鼻は確かだ。更にナギの料理で舌を肥えさせているので、少しばかり味にうるさくなっている。

「じゃあ、食べようか」

「ああ。どれも旨そうで楽しみだ」

海の魚を初めて食べるエドは期待に満ちた眼差しで、テーブルに並んだ料理を凝視している。ナギも気持ちは分かるので、速やかに手を合わせた。

「「いただきます！」」

二人揃(そろ)って真っ先に手を伸ばしたのは、マグロの串焼きだ。ぱらりと塩を振って焼いただけの料理だが、焼き加減が素晴らしい。外側は少し香ばしかったが、中はきちんと赤身が覗いている。

焼きすぎたマグロの身はパサつくものだが、赤身の部分もしっかり楽しめた。

「美味しいね。外側と中、両方を楽しめるし、これは当たりだなー」

「ん、旨い。肉とはまた違った風味だが、赤い身のところが、特に好きだ」

「そっか、良かったね」

赤身が好みということは、刺身も食べられそうだ。市場で購入したカツオもマグロも、まずは生で堪能するつもりでいるナギは、心の中でにんまりと笑みを浮かべる。東地区の市場で見つけた西洋ワサビもしっかり入手しているので、美味しく刺身を食べる環境は整っていた。

「海鮮焼きも鍋いっぱい買ってきた」

「わ、いい匂い！」

オリーブオイルで焼いた魚介類は塩とレモンで風味を付けているようだ。食欲をそそる香りに誘われるまま、小皿に取り分ける。

白身魚はタイだろうか。柔らかくて、ほろりと崩れる身は優しい味わいだ。綺麗に色付いたエビの殻を丁寧に剥がして口に放り込む。エビミソの甘苦い味をうっとりと噛み締めた。

「イカも入ってるんだね。ぷりぷりしていて、すごく美味しい」

「この白いのがイカか。アキラの記憶にあったイカヤキというのも探してみたんだが、見当たらなかった」

「イカ焼きなら作れると思うよ？　醤油ベースの味付けになるけど」

「いい。醤油味は好きだ。食べてみたい」

「分かった。じゃあ、また今度作ってみるね」

「今度……」

「ダメだよ。今晩は新鮮なお魚を刺身で食べるんだから！　イカ焼きは明日以降ね？」

「……分かった。我慢する。我慢するから、タコヤキも食べてみたい」

「私も食べたいけど、あれは専用の調理器具がないとね」

ナギの答えに目に見えて落ち込んだ少年の口に、鮭のムニエルを押し込んでやる。驚いたように目を瞬かせたが、素直に口の中の魚を咀嚼した。ごくりと飲み込んで、顔を輝かせる。

「この魚も美味しいな」

「鮭だよ。ムニエル、美味しいよね。焼いてほぐしたのをおにぎりの具にしても美味しいんだよ」

「食べてみたい」

「じゃあ、次のお弁当に入れようか」

ついさっきまで拗ねていた子供がもう笑っている。変わり身の早さに、ナギはこっそりと苦笑した。大人びて見えるけれど、こういうところは年相応の子供みたいで可愛らしい。

「これはなんだ？　餃子の皮とは、少し違う」

「生春巻きだね。こっちの世界にもあって私も驚いたよ。ぷりぷりのエビが美味しい！」

だけど味付けがシンプルすぎて物足りなかったので、収納から手作りのポン酢を取り出した。生春巻きとポン酢の相性が悪い訳がなく。

「うまい。サラダみたいだな」

「ミルクスープも飲む？」

こってりした味付けが好きな彼には少し物足りなかったようだが、ミルクスープは口に合ったようだ。貝は入っていないが、クラムチャウダーに似ていて、とても美味しい。

「魚とミルクがこんなに合うものだとは思わなかった」

「たっぷりの魚介の出汁で旨味が出たから、ミルクに負けない風味になっているみたい。これは宿の皆にも作って出してあげたいね」

下拵え以降はひたすら煮込むだけなので、スープは簡単な料理だと思う。具材をたっぷり投入すれば、それだけ美味しくなる。栄養も豊富だし、パンとこのスープだけでも満腹になるだろう。

「そうだな。今日は少し買いすぎてしまったが、その分も取り戻せるだろう」

「それはそうだけど、いいのかな？　宿の食堂で稼ぐのって」

「問題があればミーシャさんが止めるだろう」

エドの言葉に、ナギはつい苦笑しながら頷いた。

「ミーシャさんはむしろ、お願いしてきそうだよね？　スープを売ってくださいって」

「なら大丈夫だろう。外食するより安い金額であれだけ旨い飯が腹いっぱい食えるんだ。心配しなくても、皆感謝している」

「そうかな？　だったら、嬉しいけど」

エドのストレートな言葉には嘘がないから、余計に胸に沁みる。

照れ臭さもあって、ふにゃりと笑ってしまった。目が合ったエドがなんとなく気まずそうに視線を逸らす。よく見ると、頬がほんの少し赤く染まっていた。

（褒めてくれた本人が照れたら、こっちも照れちゃうでしょう！）

自身の熱くなった頬をぺちぺちと叩いて、ナギは咳払いで誤魔化した。

気が付けば、テーブルいっぱいだった料理はどれも綺麗に食べ尽くされている。夢中で海鮮三昧の昼食を平らげてしまったようだ。【浄化魔法】で綺麗にした皿を重ねて収納する。

狙っていた魚はたくさん買えたし、屋台を楽しむこともできたので、このまま帰っても良かったのだが。

「もう一周だけ、見てきてもいい？」

「休日だし、問題ない」

ナギが手を合わせて上目遣いでお願いすると、エドはあっさり頷いてくれた。

「ありがと。じゃあ、行こう！」

「っ、ナギ！」

気が変わらないうちにと、エドの手を掴んで再び海鮮市場に向かう。恥ずかしいのか少し抵抗されたが、ナギが繋いだ手をぎゅっと握り締めると、諦めたように力が抜けた。

昼を過ぎると、魚はほぼ売り切れる。残った魚介類は値下げして叩き売られていた。

ナギはこっそり【鑑定】スキルを使って、新鮮で状態の良い品を見繕う。ふらりと現れて的確な選択をしていく小さな少年を、市場の連中は相当の目利きだと感心して眺めていた。

「この魚は売り物じゃないんですか？」

「これか？　さすがに小さすぎて売れねぇな。物好きが買ってくれないかと持ってきたが、見向きもされなかったよ」

バケツいっぱいの小魚を売りに出していたのは、漁師のおじさんだ。目の細かい網に大量に引っ掛かっていた小魚を一緒に並べてみたものの、全く売れなかったようだ。

犬か猫の餌にでもするかとぼやくので、ナギはそれを丸ごと安値で買い取った。エドがバケツを覗き込む。

「どうするんだ、それ？」

「煮干しにして出汁（だし）が取れないか、試してみたくて」

市場では昆布などの海藻類は見かけなかった。こちらの世界の海では取れないのか、それとも単に食べ物だと認識されていないのか。

正解は後者な気がするが、手に入れるには自分たちで海へ向かわなければならない。

東のギルドで冒険者に昇格するまでは遠出もできないので、せめて小魚から煮干しを作って出汁（だし）を取りたかったのだ。

「コンソメスープも美味しいけど、お米のご飯を食べる時には和風の出汁（だし）が欲しい」

「そういうものか？」

ナギが作るものならなんでも美味しいと豪語する少年には理解できなかったようだが、煮干し作りは手伝ってくれるとの言質を取った。地味に面倒な作業だったので、とても嬉しい。

目当ての海産品をたくさん仕入れられたので、満ち足りた休日だったと思う。

東の砦（とりで）に帰るため、二人はのんびりと駅馬車の乗り場へ向かった。


午後から夕方までの時間、宿のキッチンは貸し切り状態だ。皆、仕事で出払っている。病気や怪我でもない限り、新人冒険者や見習い連中に休みはない。

週休二日制を取り入れたナギたちが極めて少数派なのだ。

「でも無理して働き続けても、途中で破綻しそうじゃない？　冒険者稼業では、疲れからミスを引き起こしたら生死に関わるのに」

「しっかり休んで英気を養うのは悪くはないと思うが、見習いは働かないと食えないからな」

辺境伯邸からの持ち出しで、ナギはかなりの財を有している。

転生特典のギフトスキルに加え、高価で稀少な魔道具で能力を底上げしているため、魔物や魔獣を狩るのにも困らない。おかげで冒険者活動も順調。稼げている二人が、きっと特別なのだ。

「見習い期間中は仕方がないのかな。ダンジョンで稼げる冒険者になったら、さすがに休みは取るんだよね？」

「中堅以上の冒険者はきちんと休むと聞いた。一度のダンジョンアタックで武器や防具の損傷もあるし、直しに出している間は物資を補充したり怪我を治したりで、休まざるを得ない」

「そうなんだ。体が資本なんだから、ちゃんと休息が取れる体制になれば良いのに」

のんびりと会話を交わしながら、エドは真剣な表情で魚を下ろしている。指導するのはもちろんナギだ。【無限収納ＥＸ（インベントリ）】スキルの自動解体が魚にも有効かどうかを試すつもりだったが、エドに止められたのだ。

肉の解体はお手の物な元狩人の少年に魚の解体も覚えたいと頼まれて、仕方なく教えている。が、手際良く肉を解体できるエドは、すぐに魚の三枚下ろしを会得した。

アジに似た小魚も丁寧にワタを取って処理する。今では教えたナギよりも手際がいいかもしれない。タコとイカも綺麗にさばいて、今はエビの背腸を丁寧に抜いている。

「うん、もう教えることはないよ、エド。すごく上手」

「そうか。ありがとう」

さばいた魚は、本日使う分はエドが作り出した氷の皿に並べて、残りはナギが収納している。

大物のマグロやカツオはさすがに前世の渚もさばいたことがなかったので、スキルで解体した。

「ツナマヨツナマヨうるさいワンコのために、まずはツナを作っちゃいましょう」

ツナのオイル漬けにはカツオを使う。半身をそれに、残りはタタキで美味しく頂く予定。

オイル漬けは、ツナマヨに興味津々なエドに作業を丸投げすることにする。

「カツオのサクに塩をまぶして水分を取って、鍋に黒胡椒(こしょう)とローリエ、スライスしたニンニクを入れてオリーブオイルで煮る。魚の色が変わってきたら弱火にして二十分くらい煮るだけ。簡単でしょ？　あとは冷やして、煮沸消毒した瓶にオイルごと詰めたら、完成！」

すぐに食べるよりは、しばらく置いてからのほうが馴染んで美味しいのだ。

(残念だけど、ツナマヨはまだお預けね)

カツオは丸ごと一匹分を購入したので、身は大量にある。ツナは使い勝手が良いから、大量に購入してある瓶に詰められるだけ作ってもらおう。

「さて、その間に私はカルパッチョを作ろうかな。サーモンとレタス、ハーブ各種にミニトマトを使おう。ドレッシングはオリーブオイルとレモン、塩胡椒(こしょう)に、あと何か香辛料をひとつ加えたいな」

サラダの材料は水洗いし、ザルで水気を切ってある。サーモンは薄くスライスして、魔道冷蔵庫で寝かせているところ。味の決め手となるドレッシングをどうするか……

ナギは宿の中庭にふと目をやって、ミーシャが育てているハーブに目を止めた。

「バジル……。そうだ、バジルソースをプラスしよう。きっと味が引き締まる」

たしか収納にバジルソースを保管していたはず。いいアクセントになるだろう。

そうと決まれば、皿にサラダとサーモンをセットする。そこへ、ガラス瓶に手作りしていたソースを収納から取り出してスプーンですくい、そっと回しかけた。

期待通り、見栄えの良い、美味しそうなカルパッチョの完成だ。【生活魔法】で冷やして【無限収納EX(インベントリ)】に収納しておく。

「せっかくだから海鮮丼も作ろうかな」

前世では刺身はお酒のお供派だったのでご飯とはなんとなく合わない気がするが、海鮮丼と寿司は大好物だ。お酢はないが、ワインビネガーはある。砂糖と合わせれば酢飯が作れるはず。

「マグロとブリとイカ、エビの刺身で海鮮丼！　イクラとウニが見つからなかったのは残念だけど、充分豪華だよね？」

「色々な種類の魚を使うんだな」

「海鮮丼は、海の宝石箱だからね」

適当なことを言いながら、薄く切った魚で酢飯を飾る。色とりどりの魚介類が目に鮮やかだ。ワサビを添えると、それだけで更に華やかさが増したように見えるのが不思議だった。

「あとは、ブリのなめろう！」

「なめろう？」

「お皿を舐(な)めるくらいに美味しいから、なめろうって名付けられた料理らしいよ。味噌がないからお醤油味になるけど」

なめろうをメニューに選んだのは、単にナギの好物だからだ。肉はユッケ、魚はなめろう。お肉の味をダイレクトに感じられるので、レアで味わえる食材はとても美味しい。

「ニンニクと生姜(しょうが)。大葉はないから、似たような野草を使おう。ネギはある。うん、大丈夫かな?」

味付けは醤油と砂糖、お酒とオリーブオイルをほんの少し。薬味はみじん切りにして、細切れにしたブリと混ぜて包丁で叩く。ねっとりしたら食べ頃だ。

見た目は微妙かもしれないが、ナギにとっては久しぶりのご馳走だった。

「さて、ここまでは生のお魚が中心の料理。これだけだと、エドが食べられなかった場合に可哀想すぎるから、焼き魚も用意します!」

「頼む」

生魚に自信のないエドはしおらしく頭を下げてきた。それほどか。

ここは素直にアキラに交代したほうが良いのにとナギは思うが、魚料理自体は食べてみたいらしく、頑なに拒まれた。

「焼き鮭はどう? 綺麗なサーモンが手に入ったことだし」

鮮やかな桃色のサーモンの身を切り、塩を振る。

網焼きにすると身が焦げ付きそうだったので、フライパンで焼くことにした。オリーブオイルを引き、鮭の切り身を二枚並べて焼いていく。

「鮭はこの皮の部分をパリパリになるまで焼くのが好きなんだよね。身も美味しいけど、香ばしい皮を摘みながら呑むお酒は美味しかったな……」

脂の乗った鮭の焼ける匂いは格別だ。冷酒が呑みたくなってしまう。

「あと五年の我慢だ」

「五年は結構遠いね？」

「我慢した先の酒はきっと旨いぞ？」

悪戯（いたずら）っぽくエドに宥（なだ）められると、何も言えなくなる。

たしかに、我慢したサウナ後の冷たいビールは格別だったが。

「焼けたようだぞ」

「っと、少し焦げちゃったかな」

慌てて皿に移し、熱いまま【無限収納（インベントリ）ＥＸ】に入れておく。

魚料理は全て収納し、キッチンも片付けたので証拠隠滅は完璧だ。宿の客に見つかってまたねだられるのも面倒だったので、このままこっそり部屋で夕食にするつもりだったのだが。

「――ここで食べないの？」

「っ⁉　ミーシャさん、相変わらず気配がしない……」

エドに食いしん坊キャラと認定されている麗（うるわ）しきエルフの女将（おかみ）がいつのまにか二人の背後に立っていた。

きらきらと輝く翡翠（ひすい）色の瞳でナギを見つめながら、可愛らしく小首を傾げている。なんという、あざとさか。……いや、可愛いけれど、これに屈しては、せっかく作った魚料理を食い尽くされてしまう。

「えっと、今日は部屋で食べようかなって」

「食堂で食べていけばいいわ。部屋のテーブルは狭いでしょう？」

「ひと皿ずつ食べるから大丈夫です」

「お皿の後片付けも、キッチンの隣の食堂だと便利ですよ？」

「【浄化魔法】で綺麗にするから平気です」

「………」

すげなく断り続けると、ついにミーシャは黙り込んだ。綺麗な翡翠色の瞳でじっと見つめられる。

「ナギさん」

「は、はい……？」

「エルフの里名物の水蜜桃と交換でどうですか」

「カルパッチョを差し上げましょう」

そっと差し出された大きな桃と、作り置き用に除けておいたひと皿を粛々と交換する。

素晴らしきかな、物々交換。

「カルパッチョは生のお魚を使っていますが、大丈夫ですか？」

「悪い匂いはしないし、【鑑定】スキルも問題ないと判断したから大丈夫」

すん、と匂いを嗅いでうっとりと微笑むミーシャ。お気に召したようで何よりだ。

立派な桃は傷まないよう気を付けながら、そっと収納した。今夜のデザートにしよう。

「では」

円満に和解できたミーシャに手を振り、二人は借りている部屋に戻った。

邪魔な家具を片付けて、食事用のテーブルを設置する。先程作った魚料理をテーブルいっぱいに並べると、エドと向かい合って席に着いた。

「苦手だったら、無理して食べなくてもいいからね？　では、召し上がれ」

「いただきます」

エドが真っ先に手を伸ばしたのは、焼き鮭だ。器用に箸を使って旨そうに食べる。

お次はカルパッチョ。サラダ感覚で食べているようだが、最初は恐る恐る口にしたサーモンが美味しかったらしく、あっという間に食べ尽くしそうだ。

「カルパッチョは刺身が苦手な人でも比較的食べやすいのよね。……うん、美味しい！」

ナギは海鮮丼に舌鼓を打っている。タイ米風の米で作った酢飯はコレジャナイ感が強いが、念願のお刺身と一緒にかき込むと美味しく食べられた。ツン、と鼻にくるワサビが郷愁を誘う。

マグロが美味しい。ブリも最高。イカもエビもほんのり甘くて、いくらでも食べられそうだ。

「美味しい……幸せ……。こっちの魚介類はかなり大ぶりだけど、味はちゃんと美味しいね。大味になりそうなものなのに、最高すぎない？」

お箸ですくって口にしたブリのなめろうも絶品だった。

味噌がなかったので心配だったが、ブリが新鮮なため、それほど気にならない。

「せっかくブリがあるんだから、アラ汁を作れば良かったなあ」

刺身を食べるのだ！　と張り切ってしまい、すっかり汁物の存在を忘れていた。

「また作ればいい」

「そうだね。今度はブリ尽くしにするのもいいかも。ブリしゃぶにブリ大根、ブリのアラ汁。ブリの煮付けも捨てがたい。カマは塩焼きがベストかな」

「どれも旨そうだ。あと、刺身も美味しかった」

「エド、生魚大丈夫だったのね？」

ナギが海鮮丼を堪能している間に、エドは生魚への怯えを断ち切ったようだ。醤油とワサビのおかげで、ナギと同様、海鮮丼も美味しく平らげていた。

「なめろうも、不思議な食感だが旨いと思う。生魚の臭みは全く気にならなかった」

「ふふふ。美味しいでしょ？　海鮮市場には定期的にお魚を買いに行きたいわ」

「そうだな。肉が一番だが、魚も旨いから、また買いに行こう」

食事を終えると、エドはすぐにアキラと交代した。二人で魚料理を食べている間、仔狼は切なく鳴いていたらしい。キュンキュン鼻を鳴らして喜ぶ可愛らしい姿に、胸がほっこりする。

念願のお刺身をようやく堪能できて、アキラは幸せそうだ。

『ところでセンパイ、ツナマヨは？』

「ツナのオイル漬けは馴染ませたいから、明日以降のお楽しみかな？」

落ち込むアキラを慰めるため、ミーシャにもらった水蜜桃を二人と一匹で食べることにした。

大森林の奥深くか、エルフの里にしか実らないと言われている稀少な果実、水蜜桃。取り出した淡い黄金色の桃は、馨(かぐわ)しい芳香を放っていた。

「いい匂い！　すごく美味しそう」

『渚センパイ！　早く食べましょう！』

興奮した仔狼が甘えた声で鳴きながら、くるくると部屋中を走り回る。もっと厳しく「待て」を躾(しつ)けるべきか……。ナギがちらりと一瞥(いちべつ)すると、アキラは空気を読んだのか、慌ててお座りした。

「せっかくだし、皆で味わいたいから、三等分にしよう」

『俺たち、同じ肉体なのに？　二等分でいいんじゃないですか』

「エドにも貴方にも味わってもらいたいもの。美味しいものは独り占めするより、皆で食べたほうがもっと美味しく感じるでしょう？」

彼らのうちどちらかだけが食べるのを、「三人で食べた」とはナギには思えない。

「それともアキラはご飯やお菓子を食べたくないの？　エドだけが食べる、それでいいのかな？」

『……良くないです。ごめんなさい、俺も食べたい。味わいたいです……』

「はい、よくできました」

ちゃんと謝罪ができる子は大好きだ。ふかふかの毛並みを撫(な)でて褒めてあげた。

あらためて、ナギは手の中の桃をじっくりと観察する。完熟していればもう少し柔らかいはずだが、どっしりとした、重い実だ。

「水蜜桃って、日本でも普通に見かけたよね？」

『たしか、中国から入ってきた桃の品種ですよね。そんなに珍しくはなかったような』

「そうなのよね。日本で品種改良されて甘くて瑞々しい桃になったけど、普通にスーパーで買えたはず。こっちの世界では桃が珍しいのかな？」

不思議に思いつつ、収納から取り出した皿をテーブルに並べた。果物ナイフも取り出す。

「でも、水蜜桃って名前はすごく素敵な響きじゃない？　甘い蜜のような果汁がたっぷりの高級なゼリー、っていう印象が強くて。子供の頃にわくわくしながら食べたら、美味しいけど普通の桃で、ちょっとガッカリした記憶がある」

『センパイも？　俺も名前に騙されたー！　って、叫んだ記憶があります』

顔を見合わせて、二人で噴き出した。こんなところでも似た者同士か、と笑いながら、ナギは水蜜桃にナイフを押し当てる。薄い皮を剥こうと、そっと力を込めたところで驚愕した。

「ええっ？」

普通の桃の皮を剥くつもりで押し当てた刃物が触れた場所から、とろりとした蜜のような果汁が溢れてきたのだ。慌てて滴り落ちる果汁を皿で受け止める。

「ええっ？　こっちの水蜜桃は本物の蜜でできているとか？」

『落ち着いてください、センパイ。とりあえず、皿がいっぱいになりそうだから、こっちを』

仔狼が咥えて差し出してくれた皿で、再び蜜を受け止める。あらかじめ三人分の皿を出しておいて良かった。

「うん、もう果汁は出ないね。皮と種しか残ってない」

『果物じゃなくて、果汁の実だったんですね、これ』

蜜はたっぷりと内包されていたようで、結局、三人がジュースとして楽しめるほどの量を集めることができた。

果汁はとろりとしていて、甘い香りは前世でもよく飲んでいた桃のジュースを思い出す。

「せっかくだし、飲もうか」

『はいっ！』

鑑定結果も特に問題はなかったので、そのままひと息に飲み干した。濃厚な桃の香りが鼻を抜け、喉を滑り落ちていく。香料や人工甘味料の味がしない、天然の桃のジュースを夢中で味わった。

「美味しかった……」

『懐かしい日本製の缶ジュースに似てるけど、もっと高級な味でしたね！』

「言い方はあれだけど、うん、たしかに。鑑定ではこのジュース、ネクタルって言うみたい」

『は？　ネクタルって神々が飲む霊薬とか霊酒とかいう……？』

さすがファンタジー好きな後輩、知っていたか。ゲームのアイテムとしてもたまに見かける名前なので、ナギもぼんやりとした知識ならある。

「これには普通の栄養ドリンクくらいの効果しかないみたいだけどね。エルフの里の特産品扱いだし」

不老不死の効果はないが、美肌効果はあるらしい。

『そっか、良かったー。やばいアイテムかと思った。でも美味しかったから、その桃の種？　育ててみてほしいです！』

「え？　この水蜜桃の種を？」

戸惑うナギに、【獣化】を解いて自分の分の水蜜桃ジュースを飲み干したエドが真顔で頷いた。

「育てよう、水蜜桃」

「そんなに気に入っちゃったのかー……」

まあ、確かに美味しかったので、拠点を見つけたら植樹するのは良いかもしれない。

種は植木鉢に植えて、苗木になるまで育てればいいのだろうか。

「勝手に育てて大丈夫なのかな？　エルフの里に怒られない？」

「そんなに貴重なものをほいほい他人に渡さないだろう。ただ、育てるのが難しいとは聞いたことがある」

「明日、ミーシャさんに育て方を聞いてみようか」

大変そうだが、自宅の庭に水蜜桃の木があるというのは、楽しそうではあった。実が育つまで何年かかるかはまだ分からないが、美味しい果汁が心置きなく楽しめる生活には憧れがある。


夕食とデザートを楽しみ、のんびりとお風呂も堪能した。

再び仔狼の姿をしているアキラはベッドの上で気持ち良さそうに伸びている。

『センパイ、まだ寝ないんです？』

「ん、今日は魔力を使ってないから、充電してからね」

充電する先は、魔道具の魔石だ。魔道具の動力源は魔物や魔獣の核となっている魔石で、使い続けるとそれらが保有する魔力は消耗していく。

ランタンのようなシンプルな魔道具に使うのは、ゴブリンから採れる小さな魔石だ。魔石ひとつで一週間はもつ。道具屋で売られているゴブリンの魔石の価格は鉄貨二枚。

その程度の魔石なら、魔力を補充するよりは買ったほうが効率が良い。

だが、ナギがよく使う結界用の魔石――結界石ともなると、魔石自体も高価だ。元はAランク級の魔物の核であっただろう大きな魔石には、金貨十枚以上の値がつけられる。専門の魔術師に魔力の補充を頼むこともできるが、銀貨が数枚は飛んでいくのだ。

「さすがに毎回買い換えるほどの余裕はないし、あり余っている魔力の有効活用になるから」

魔道具を酷使すると、魔石は色が薄まり、輝きが弱まる。せっかくの便利な魔道具が突然機能を停止しないように、ナギはこまめに魔力を補充していた。

あとは眠るだけという暇な夜は、余力があれば使い果たす勢いで魔道具に魔力を充電することにしている。どうせ寝て起きたら魔力量も元通りに復活するのだ。魔力を使い果たして眠ると少しずつだが魔力量も増えることだし、悪くない内職だと思っている。

魔道具の点検と魔力の補充を終えて、まだ余っている魔力はアクセサリー型の魔道具に使う。

『それも魔道具なんです？』

「うん。攻撃魔法を使える、綺麗だけど物騒なアクセサリーよ」

『攻撃魔法？　指輪に？』

興味を持ったアキラが近寄ってきて、アクセサリーケースの匂いを嗅ぐ。

「たとえば、このサファイアに似た色の魔石の指輪には、ウォーターカッターの魔法を込める。こっちのルビー色の指輪にはファイヤーアローの魔法を」

それぞれの属性の攻撃魔法を仕込めるのが、装飾型魔道具の良いところだ。

ネックレスやブレスレット、イヤリングなど様々な種類があり、見た目には綺麗な装飾品にしか見えない。魔石も加工すれば宝石と変わらないので、良いカモフラージュだと思う。

『えぇぇ怖いなぁ。このアクセサリーを着けて着飾ってパーティに参加したら、テロし放題じゃないですか』

「そういった場所には魔道具を感知する魔道具があるんじゃない？　知らないけど」

貴族社会関連のことからは徹底的に身を引く予定のナギはそっけない。

興味もないし、あの家族を思い出して嫌な気分になるので、これから先も貴族に近寄るつもりは毛頭なかった。

「これはダンジョンで危険な目に遭った時にぶっ放す用の最終兵器だもの」

『ぶっ放す……』

「うん、魔力切れでピンチになった時に使えるかなって」

『かなり多めに魔力を込めているみたいですから、強力な最終兵器にはなりそうですけど。そんな場合はまず逃げることを考えてください』

もちもちの肉球に額をつん、と押された。ひんやりしていて気持ち良い。

「当然！　危険な魔物が出たら、エドを抱えて【無限収納EX（インベントリ）】の小部屋に逃げ込むに決まっているわ。そのつもりだけど、何が起こるか分からないから、念のためにね？」

『そうでしたね。センパイ、昔から思い切りが良いし、逃げ足が速かった……。ところで、その規模の攻撃魔法だとオーバーキルになりそうなんですけども』

「あ、アキラにも【氷魔法】を仕込んでもらおうかしら。このアクアマリンカラーのネックレスに」

ナギが笑顔で差し出したのは、綺麗な水色の魔石付きのネックレス。

求められているのは攻撃魔法ではないな、と察したアキラがため息を吐く。

『……冷気を込めればいいんですよね？　夏を快適に過ごせるように』

返事は満面の笑みとサムズアップだった。

第四章　美味しいパンは夢の味

初めての休日二日目はのんびりと二度寝を楽しんだ。

「おなかすいた……」

もう少し眠っていたかったけれど、空腹には耐えられない。欠伸(あくび)を噛み殺しながら、ナギは寝台から起き上がった。

宿のベッドは【無限収納EX(インベントリ)】に片付けて、母が使っていたキングサイズの豪奢(ごうしゃ)なベッドを愛用しているため、居心地のいい柔らかなシーツから離れがたい。

「ふわぁ……ねむい……もふもふで気分転換しよう……」

ヘソ天で爆睡している小さな狼のお腹に顔を埋めて、ひと息。猫吸いならぬ、仔狼吸いだ。

「んふふっ。想像以上にふわっふわだぁ」

その柔らかな毛並みに陥落したナギがうっとりと呟くと、腹を吸われていた仔狼が飛び起きた。

『くすぐったい!』

キャン! と非難の声を上げる仔狼の頭をそっと撫(な)でて、ナギは笑みを浮かべて誤魔化(ごまか)す。

「おはよ、アキラ。朝ご飯はツナマヨサンドにしようか」

『ツナマヨ! ツナマヨ〜!』

「やばい。うちの子、ちょろ可愛い」

大喜びで衝立の裏に駆けていくアキラを見送って、ナギも普段着に着替えることにした。

エドとアキラの間でどういうやり取りがあったのかは分からないが、日中はエド、夜はアキラがその肉体を使っている。たまにアキラが昼間に顔を出すこともあるが、人前では基本的にエドがナギの傍らにいた。

どうやら彼らなりにナギのボディガード役を張り切ってこなしているらしい。

しかし、『俺が夜の護衛役です！』とドヤ顔で胸を張る小さな黒狼は、毎晩ナギの枕元でヘソ天姿を披露しながら爆睡している。

「今日は特にお出掛けの予定もないし、楽な服装でいいかな」

半袖のチュニックにハーフパンツ、お気に入りのサンダルを履いて、休日スタイルの完成だ。

「髪はどうしよう？　冒険者ギルドには行かないけど、知り合いに見られたら困るよね」

金色の砂糖菓子のような長髪はナギの自慢だ。エドのお気に入りでもある。

前世での癖のなかった黒髪と違い、柔らかな猫毛はとても絡まりやすい。特に寝起きは、まるで鳥の巣のよう。シルクのナイトキャップの必要性をこうも実感するとは思わなかった。

エドが丁寧に櫛とブラシで絡まった髪をほぐしてくれなければ、ナギはとっくに腰までの長髪を切っていたことだろう。

最近はハンチング帽の中に詰めてしまうので、ナギの髪を弄れないとエドは拗ねているが。

「休日くらいは髪を触らせてあげたいけれど、誰かに見られたくないのよね……」

緩くまとめた髪をリボンとピンで留めて、ハンチング帽をしっかりと被る。

これで、いつもの冒険者見習い、ポーターのナギ少年の完成だ。長い睫毛(まつげ)や空色の大きな瞳は母親似だと誤魔化(ごまか)しているが、可愛い男の子だと評判らしい。

「さて、少し遅めの朝ご飯にしようか」

懐中時計で確認したところ、時刻は午前九時を少し過ぎた頃。

泊まり客の冒険者たちは皆とっくに出払っているため、宿の中は静かだ。

同じく準備を終えたエドと共に部屋を出て一階に下りてみたが、女将(おかみ)のミーシャも不在らしく、受付用のカウンターにはクローズドの木札が立て掛けてある。

「キッチンも貸し切り状態。うん、今がチャンスよ、エド！」

誰もいない今なら、存分に腕を振るえると言うもの。食事を売ってくれと迫られることもない。

そんな訳で、二人は宿のキッチンを占領して、少し遅めの朝食を作ることにした。

「今朝はサンドイッチを作るわね」

「アキラのリクエストのツナマヨサンドだな。いつものようにマヨネーズを作ればいいのか？」

エドの休日スタイルもナギとそう変わらない。半袖のチュニックとデニムに似たパンツ姿だ。

最近の彼の二の腕にはうっすらと筋肉が付いてきていて、大森林で衰弱していた頃の面影は全くなかった。美味しいご飯をたくさん食べて、すっかり回復したようで頼もしい。

「面倒だけど、お願いします。ミヤさんの工房に泡立て器を取りに行くのは三日後なの」

使いやすくて便利な金属製の泡立て器は、それまでお預けだ。

「せっかくだから、茹(ゆ)で卵も作るわ。マヨネーズで和えてミックスサンドにしようっと」

「なら、マヨネーズは多めに作っておこう」

真剣な表情でボウルを抱え込むエド。竹細工の茶せん風泡立て器を使い、お手製マヨネーズの製作に集中している。何度もナギに指導されたため、レシピはしっかり覚えているようだ。

マヨネーズは卵黄と塩、ビネガーとオリーブオイルで作れる。サラダオイルと穀物酢で作る食べ慣れた味とは少し違うが、素材が良いためか、充分美味しいと思う。

「ツナマヨと玉子サンドの他は、やっぱりお肉系がいいよね」

ナギは【無限収納EX(インベントリ)】の収納リストをステータス画面から確認して、鶏ハムを取り出した。

以前狩ったコッコ鳥の肉を使って作り置いたハムだ。長時間低温で調理したコッコ鳥の胸肉はしっとりと柔らかく仕上がっている。ハーブと塩胡椒(こしょう)で味を付けておいたので、そのまま食べても美味しかった。

「鶏ハムはレタスとトマトでサンドしようかな。マスタードを加えたマヨネーズにすれば、味も引き締まって美味しくなるだろうし」

まずは具材を揃(そろ)えようと、レタスをちぎり、トマトをスライスしていたナギに、エドがボウルを差し出した。

「ナギ、マヨネーズができたぞ」

「ありがとう、エド！ ん、良い出来だよ。とっても美味しいマヨネーズだわ」

中身をさっそく器に移し替えて、ナギが笑顔でエドに空のボウルを返す。

「分かった。もう一度作れば良いんだな？」

心得たもので、エドは軽く顎を引くと、再びマヨネーズ作りに没頭する。

既にその腕の動きは抹茶を点てる熟練のそれに近い。ハンドミキサーに比肩する働きぶりだが、
残念ながら手製の泡立て器はすぐに壊れてしまうので、使い捨て状態で毎回具合が変わってしまう。

「やっぱり三日後が待ち遠しいね。早く工房に引き取りに行きたい」

食パンがないので、今回はバゲットサンドにすることにした。

宿の近くにあるお気に入りのパン屋で買った、焼き立てのバゲットだ。冷えて時間が経つと硬く
なるが、焼き立てはまだ柔らかい。バゲットを半分に切り、バターを塗っていく。

「昨日仕込んでおいたオイル煮は美味しく馴染んだかしら？」

ナギがうきうきと【無限収納EX】から取り出したのは、ツナのオイル漬け。

しっかりと漬けるために収納には入れずに、魔道冷蔵庫で寝かせておいたのだ。

「うん、なかなか良い味に仕上がっているわね」

無言で訴えてくるエドにも味見をお願いした。ぱっと輝きを増した琥珀色の瞳は何よりも雄弁だ。

「じゃあ、このツナをマヨネーズと和えます！」

オイルを切ったツナとエドの手作りマヨネーズを和える。もちろん、二人とも味見は忘れない。

十年ぶりのツナマヨはとびきり美味しかった。オイルももったいないので炒め物に使おう。

潰した茹で卵とマヨネーズを和えてフィリングも用意した。

「後は好きな具材をパンに挟むだけ。エドは何が食べたい？」

「ぜん――」

「全部載せはダメだよ？　具材が溢れて食べにくいし、味も混ざっちゃう」

「なら、少しずつ載せて、全種類のサンドイッチを食べる」

「ふふっ。いいわね、私も賛成。食べやすいように、三等分に切りましょう」

バターを塗ったバゲットにレタスを敷いて、スライスしたトマトとツナマヨを挟み込む。

玉子のフィリングはレタスと、鶏ハムはレタスとトマトをサンドした。予想通り、マスタードマヨとよく合う。

「そういえば、元実家から持ち出した中にピクルスがあったような……」

収納から取り出したピクルスは鶏ハムとの相性がすこぶる良かった。

「この鶏ハムにオリーブ漬けを添えて呑む冷えたビールはきっと最高に美味しい」

「ナギ、我慢だ。鶏ハムにチーズをサンドしても旨いぞ、きっと」

「エドは天才では？　やってみる！」

鶏ハムに薄くスライスしたチーズとピクルスを載せる。うん、これは絶対に美味しいやつだ。

「俺はこんなのを作ってみた。贅沢サンドだ」

エドが自信満々に差し出してきたのは、ツナマヨと玉子フィリングと鶏ハムサンド。

「うん、贅沢サンドだね。野菜が皆無。まぁ、今日くらいは良いかな？」

色々な組み合わせで作ったバゲットサンドを包丁で三等分に切り分ける。

真ん中の一番大きなサンドイッチを、マヨネーズ作りに貢献してくれたエドに進呈した。端っこはナギとアキラの分だ。具材をたくさん挟んだので、少し溢れているのが嬉しい。

「余ったツナマヨはおにぎりの具にするからね」

「ツナマヨおにぎり……！」

エドが物欲しそうに眺めてくるが、ダメです。これは明日のお楽しみ。

「だーめ。今日はツナマヨサンドの日！」

レモネードをグラスに注ぎ、食堂のテーブルで少し遅めの朝食を楽しむことにした。

五種類のサンドイッチを大皿に並べて、手を合わせる。

「「いただきます！」」

ナギがまず手に取ったのは、ツナマヨサンドだ。

初めて一から作ったので心配だったが、ちゃんとツナマヨの味がして、文句なしに美味しい。シャキシャキのレタスの食感とトマトの酸味が味を引き締めてくれている。マヨネーズのおかげでバゲットも食べやすい。

「ツナマヨ、美味しくできたかな？」

「旨い。オイルに漬けると、魚もこんなに食べやすくなるのか」

「そのオイルも色んな味付けが楽しめるのよね。調味料も塩だけでなく、胡椒やハーブを使うのもいいわね。ガーリックオイルに漬けても絶対に美味しいはず」

「天才はナギだと思う」

「ガーリック風味のツナのオイル漬けは、お米やパン、パスタとも相性が良さそうだよね」

パスタを茹(ゆ)でて、オイルごとガーリック風味のツナと混ぜれば、それだけで一品完成だ。鷹の爪を加えればペペロンチーノにもなる。絶対に美味しい。

「ツナのガーリックオイル漬けは今度作ってみよう。オイル漬けは保存食にもなるから優秀よね」

「保存食……カンヅメか？」

「うん。この世界では瓶詰めになるけど」

「保存食として定着したら、冒険者も喜ぶと思うぞ？」

ダンジョンに長期間潜る冒険者用の保存食は「軽くて嵩張(かさば)らない」をモットーに作られているため、味は二の次の物が多い。

主食は堅パン、それと干し肉に干し野菜。人気はないが、干したキノコもある。甘い物が恋しい女性陣はこのラインナップにドライフルーツが加わる。

干した食材を湯で戻してスープを作り、堅パンを浸しながら食べるのが、平均的な野営食だ。肉の旨い魔獣を狩ることができれば、そこに肉串が追加される。

また、匂いに釣られて魔物が集まることがあるため、ダンジョンではセーフティエリア以外での調理はあまり推奨されていないらしい。

「匂いもそれほどなくて、栄養があって、何より旨い。最高だろう」

「オイル漬けは、漬けた後のオイルも使えるからね。パンに付けて食べても美味しいし」

「瓶詰めだと、割れやすいのと重いのが難点か」

「鉱山ダンジョンで採掘できる軽い金属で缶詰が作れたら、便利になるかもね。そうしたら、クズ鉄扱いされていた金属も再評価されるかも」

ドワーフ工房のミヤに製作を依頼した調理器具に使う、例のクズ鉄だ。アルミっぽい素材になるのではないかと、少し期待している。

おお、と尊敬に満ちた眼差しを向けられて、ナギは慌てて首を振った。

「……私が作るつもりはないからね？」

儲けが出るのは嬉しいことだが、下手に動いて目立ちたくない。

エドやアキラとの異世界生活が楽しすぎてうっかり忘れそうになるが、ナギはこれでも逃亡者なのだ。今のところ何事もないが、辺境伯家や祖国グランド王国からの追っ手が来ないとも限らない。

「それに私たちの目標は冒険者になることでしょ？　発明家も悪くないけど、私は冒険がしたいの」

「そうだな。俺も発明家よりは冒険者が良い」

意外とあっさり頷いて、エドは鶏ハムサンドを幸せそうに頬張っている。なんとなくの思い付きによる発言だったのだろう。単に缶詰が食べたかったのかもしれないが。

「ツナマヨや他の具は旨いが、やはりパンが少し残念だな」

「これでも、色々とパン屋を巡って美味しいパンを探したつもりなんだけどね」

オーブンや窯を使うには薪や魔石といった燃料が必要だ。燃料は消耗品なので、パン屋は一度に大量のパンを焼き上げる。そのため、長持ちのする硬いパンを作ることが多い。

どっしりと重いパンは腹持ちがいいので労働者には好まれている。子供やお年寄りには硬すぎるので、皆スープに浸して食べるのだ。

「たまに食べるなら堅パンも悪くはないけど、柔らかい食感が大好きな元日本人としては、ふわふわの食パンが食べたいのよね」

「食パンもだが、俺は菓子パンや惣菜パンも気になる」

「エドは焼きそばパンとかホットドッグが好きそうだね」

そういえば、エドに任せていたパンの酵母はどうなっただろう。

訊ねてみると、エドは自信ありげに頷いた。

「順調だ。ナギが作った干しぶどうとりんごの二種類を、それぞれ五個ずつ仕込んでいる。日に何度か混ぜて空気に触れさせているが、ちゃんと育っていると思う」

「ミーシャさんに頼んで、キッチンの隅で寝かせてもらっているのよね？」

「ああ。何を作っているのか、不思議そうだった」

ちょうどバゲットサンドを食べ終わったので、酵母の瓶を確認することにした。

酵母を育てる際に大事なのは、新鮮な空気を与えることと、撹拌して水分に触れさせること。最低でも一日に二回、撹拌した瓶の蓋を開けて、中に溜まったガスを抜く必要もある。

キッチンの出窓に並べられたガラス瓶を覗き込んで、ナギは小さく息を呑んだ。

「残念ながら、このふたつはカビが生えているわ。あと、レーズンのほうもひとつ、ダメになっているかも」

「干しぶどうのほうもダメなのか？　カビは生えていないようだが」

「そうなんだけど、腐敗臭がするから多分ダメになっていると思う。でも、残りの七つはいい感じに育っているから、パン作りに使えるんじゃないかな」

毎日気遣っていた酵母が失敗していたことを知って肩を落とすエドにそう言って慰める。元々幾つかは失敗する前提で、多めに仕込んでいたのだ。半分以上が生き残っているなら成果は上々だ。

「明日か明後日くらいには使えそうだね。【鑑定】スキルで確認して特に問題がないようなら、パン種を作りましょう」

酵母エキスと小麦粉で元種を作るのにも丸一日かかるので、大きめなガラス瓶が必要だ。

「元種ができたら、色んなパン作りに挑戦できるわよ。食パンは拠点を構えて落ち着いてから作ろうと思っていたけど、休日の宿でパンを焼くのも楽しそうね」

酵母からパンを作るなんて、前世では絶対に挑戦しなかっただろう。

とはいえ、パンが焼ける匂いのするキッチンは幸せなイメージがある。

「パンを焼くの？」

酵母を仕込んだ瓶を眺めていたナギの背後から、涼やかな声が降ってきた。

エドが驚いて飛び上がる。獣人の耳や鼻を欺く隠密ぶりに、ナギは慄いた。

いつのまにか背後に立っていたミーシャは、戦慄する二人をよそに柔らかな微笑を浮かべている。

（スキルレベルもそうだけど、レベル自体が桁外れに高そうなのよね、ミーシャさん……）

スキルやレベルを鑑定するには、相手よりもレベルが高く、魔力も多くなければ難しい。名前や種族、自分たちに好意を持っているか等は、ナギの【人物鑑定】で分かるのだが……

（でも、勝手に覗き見するのは、すごく失礼なことだよね？）

だからナギは【鑑定】スキルが警告してこない限りは、なるべく人を調べようとは思わない。そもそもナギ自身知られたくないことが多いので、他人のプライベートな部分に踏み込むつもりはなかった。

「今から焼くのかしら」

目の前のエルフ女将（おかみ）は、パンが気になって仕方ないようだ。艶（つや）やかな銀髪をさらりと耳の後ろに流しながら、切れ長の双眸（そうぼう）を真っ直ぐこちらに向けてくる。

「酵母を仕込んでいるところなので、パンはまだ焼けません」

「そう、残念だわ。いつ頃焼けるのかしら？」

「酵母作りが成功して、パン種を作って。あとは、ミヤさんの型が完成したら、ですかね？」

ナギの指を折り言葉を区切る言い方から、かなり先のことだと理解したのか。目に見えて落ち込むエルフの姿に思わず笑みがこぼれそうになる。食いしん坊な美人さんはいつもナギの料理を絶賛してくれるので、どうにも憎めなかった。

「焼き立てじゃないですけど、さっき作ったサンドイッチ、食べます？」

「食べます！」

「ふふっ、じゃあ、どうぞ。テーブルに着いてください」

「ナギ……」

「エドの分はちゃんとあるから、心配しないの」

「なら良い」

こんなに綺麗なエルフのお姉さんが目の前にいるのに、食べ盛りのエド少年はサンドイッチの在庫のほうが気になるらしい。

木の皿にツナマヨサンドと玉子サンド、鶏ハムサンドを並べて、レモネードと一緒に差し出す。

ミーシャの顔がぱっと喜色に満ちた。うん、眩しい。女神さまのように麗しい笑顔だ。

眼福だなと噛み締めながら、美味しそうに平らげていくエルフの麗人を眺める。

あっという間に食べ尽くしたミーシャはレモネードを飲み干した後、ふいに真顔になった。

「サンドイッチの対価は？」

「えっ」

ナギが戸惑っている間に、ミーシャが懐から財布を取り出す。

もしかしてお金を払うつもりなのか。慌てて、首を横に振った。

「お金はいらないです！　自分たちの朝食の余りでしたし」

「でも、あんなに素晴らしい食事を無料で貰うのは……」

「ナギ。対価として、水蜜桃の栽培について教えてもらえばいい」

そんな助け舟を出してくれたのはエドだ。なんとなく嬉しそうに見える。

そんなに水蜜桃が欲しいのか。

「……水蜜桃の栽培？」

「あ、はい。昨日貰った水蜜桃の種を育てられたら良いなと思いまして」

「あれは滅多に種が生じない果実。だけど、その手にあるのなら許されたということ。美味しいサンドイッチのお礼に教えてあげましょう」

大抵は種なしで、あのジュースのような蜜と皮しかないものらしい。

「いいんですか？」

「特に秘匿しているわけでもないから、構わないわ」

ミーシャに手を引かれ、食堂から中庭に出た。

水蜜桃の種はポケットに入れてある。アーモンド型の黄金色の種だ。

てのひらに乗せてミーシャに見せると、翡翠色の双眸が柔らかく細められた。

「水蜜桃は魔力を糧とする。だから、土は【土魔法】で、水は【水魔法】で与えなければ、芽を出さないの」

「分かりました。土……【土魔法】で、作る？」

言葉少ないミーシャはそれ以上のヒントはくれないようだ。

ナギはしゃがみ込んで、中庭の土に手を伸ばす。パサパサに乾いた、細かい砂まじりの土だ。

正解は分からないが、とりあえず栄養豊富な土を想像しながら【土魔法】を発動する。てのひらから生まれてこぼれ落ちる土の塊を、エドが慌てて植木鉢で受け止めた。

「お見事。とても良い土です。種を植えてあげましょう」

「はい……」

これでいいのかな？

【土魔法】で作り出した土は、足元のそれと比べても黒くて湿気を帯びている。腐葉土に近い匂いがするが、成功したのだろうか。

人差し指で土に穴を開けて、そこに水蜜桃の種を入れる。そっと柔らかな土を上に被せた。

「では次。【水魔法】で水やりです」

「水やり……。えっと、細かいシャワーみたいに降らせてあげたらいいのかな……」

細くて優しい霧雨をイメージし、種を植えた鉢の土全体をしっとりと濡らしてやる。

水はあまりやりすぎないほうが良いだろうかと、適当なところで止めた。

「良い水加減です。土も喜んでいます。では、最後は【光魔法】で祝福を」

「祝福？　ええっと、そんなスキルはないのですが……」

困惑するナギに、ミーシャが笑顔を向けてくる。何やら強い圧を感じる。

逃げられそうにないなと諦めて、植木鉢に向き直った。

（祝福、はよく分からないけど。とりあえず光合成ができるように、柔らかな光の玉を出してみよう……）

目を閉じて、集中する。ふわりと蛍のように小さな光の玉が浮かび上がったのが、閉じた目蓋ごしに分かった。エドが息を呑む気配がする。

意識して、その光の玉を植木鉢へとゆっくりと下ろしていった。

「素晴らしいです。属性魔法をきちんと使いこなせていますね。毎日、それぞれの魔力を与えてやれば、やがて芽吹くことでしょう」

「あ、ありがとうございます……？」

成功したのかどうか、自分ではよく分からないが、ミーシャの様子から悪くはないようだと理解する。見下ろした先の植木鉢にはまだなんの変化もないが、新しい楽しみができた。


冒険者見習い稼業は順調だ。

森での活動だけでなく、街中の奉仕依頼も良い経験になっていると思う。

配達依頼の他にも、雑貨屋の店番に、屋台の手伝いもした。二人とも計算は得意だし接客も問題なく行えたので、派遣先からは高評価を貰えている。

冒険者ギルドの職員にも気に入られたおかげで、割の良い仕事も回してもらえるようになった。

その日、受付嬢のリアに紹介されたのも、人気のある依頼先だ。

「明日からの派遣依頼なんですけど、お二人にどうかと思って」

そう言って手渡されたのは、とあるレストランの臨時求人の依頼書だった。

「料理の下拵えが中心の厨房手伝いと……護衛もできる給仕？」

顔を寄せ、二人で依頼書に目を通す。依頼期間は三日間。昼前から夕方までの七時間労働、一時間の休憩あり。支払われる給金も悪くなかった。しかも、昼食の賄い付き。

「美味しいレストランだから、人気の依頼なのよ。でも、求められる水準が高くて、なまじっかな子は紹介できなくて。でも、貴方たち二人ならピッタリでしょう？」

「厨房のお手伝い、面白そうですね。評判のレストランなら、賄いも楽しみです」

にこにこと乗り気のナギだが、隣のエドは難しそうな顔をしている。

「護衛はできると思うが、給仕……」

「エドは体幹が鍛えられていて姿勢も良いから、向いていると思うけどな」

料理をたくさん載せた重いトレイも軽々と運べそうだ。

「だが、俺は接客向きの性格じゃないぞ？」

たしかに、エドはあまり愛想は良くない。きっちりと丁寧に仕事をこなすので信頼されているのだ。

「大丈夫ですよ、エドさん。味が勝負のお店ですから、愛想も不要。求められているのはオーダーをきちんと覚えられる記憶力と清潔な身だしなみ、それと何かあった時の腕っぷしだけです！」

いかなレストランといえど冒険者の街なので、たまに店内で喧嘩騒ぎが起こるらしい。

「そういうことなら……」

渋々とはいえエドが頷いたので、明後日の午後から三日間、レストランでの勤務が決まった。しばらく街中依頼が続くことになるが、これも経験だと楽しむことにする。

「午後は荷物運びが一件だったよね？」

「ああ、定例のドワーフ工房地区への荷運びだ。それが終われば今日の仕事は終わり」

「ちょうど注文からも一週間経ったし、ミヤさんのところへ完成品を受け取りに行きたいな」

昨日は採取依頼で出向いた森の奥で、オークの集団と遭遇した。エドの弓矢とナギの魔法であっという間に制圧し、十頭分の素材を手に入れることができたのだ。

オーク肉は人気食材のため、買い取り額も大きい。さすがに量が多すぎたので、二頭分の肉をギルドに卸したおかげで、二人ともお財布には余裕がある。

「昨日の報酬で調理具の後金も余裕で支払えそう」

「オークに感謝しなくてはな。パン種もうまくできたし、これで食パンが焼ける」

「エド、頑張っていたものね……」

仕込んでいた酵母が三つダメになったことを、彼なりに悔やんでいたようで。エドは日に何度も瓶の中身を確認しては安堵する、を繰り返していた。

おかげで酵母は無事に育ち、昨日の夜のうちにパン種を仕込んでおいた。今朝見た感じでは順調に膨らんでいたので、帰ったら念願のパンが焼けるはずだ。

「色んなパンに挑戦してみたいけど、エドが楽しみにしているから、まずは食パンね」

「サンドイッチも良いが、シンプルにトーストして食べてみたい」

「いいわね。バターを塗って焼くだけでも美味しいもの。でも、焼き立てはそのまま食べても最高に美味しいのよ？」

焼き立てだけの、特別な味。ほんのりと甘くて柔らかく、バターもジャムも必要ない。少し焦げたパンの耳さえご馳走だ。

前世で初めて自宅でパンを焼いた時には、一人で半斤をあっという間に食べ尽くした覚えがある。

「魔性の味なのか。心しておこう」

「私も食べ尽くさないよう、気を付けなくちゃ」

他愛ない会話を楽しんでいるうちに、工房地区に到着した。契約商店から預かった食糧入りの木箱と酒樽をいつものようにドワーフの長の女将さんに届け、ミヤの工房へ向かう。

「ミヤさーん、配達に来ました！　それと、頼んでいた調理器具の受け取りも」

「ああ、あんたらかい。いらっしゃい」

ナギが呼びかけると、赤毛のポニーテールを揺らすミヤが奥から顔を出した。

エドがミヤの自宅の倉庫に食糧と酒樽を置いてくると、さっそく二人で工房の奥に案内される。

「この一週間で完成したのは、これだよ」

「泡立て器とピーラー、スライサーもある！」

台に置かれた調理器具はどれも銀色に輝いている。恐る恐る手に取ってみると、とても軽い。握り心地もよく、ナギの小さな手でも使いやすそうだ。

「念のため、使えるかどうか試してみてくれ。気になるところがあったら、すぐに修正するから」

「ありがとうございます。あ、こっちがパンの金型？」

長方形の金型には蓋が付いている。保水性が高いので、これで柔らかいパンが焼き上がるはずだ。

他にもクッキーの型や、マドレーヌやマフィン、パウンドケーキの金型まで作ってくれていた。

「とりあえず、一個ずつ作ってみた。試しに使ってみて問題がなければ、頼まれていた予備分も作ることにするよ」

「うん、ありがとうございます！　じゃあ、帰ったらすぐに使ってみますね」

「今ここで使えばいい。そうしたら、すぐに直せるしさ」

「それは良い考えだと思う」

すかさずエドがミヤの提案に賛同する。

ミヤは出来上がりが気になるのだろうが、エドはパンが食べたいだけだろう。

「残念だけど、ここでパンは焼けないよ？　パン種は宿にあるもの」

「あ……」

失念していたのか、エドが肩を落としてわかりやすく落ち込む。

「でも、他のお菓子は作れるよ。せっかくだから、ミヤさんにも食べてもらう？」

「！　俺も手伝う」

「お願いするね」

工房横にあるキッチンを自由に使っていいと言ってくれたので、甘えることにした。

「じゃあ、まずはマドレーヌを作ろう」

「混ぜるのは俺がする」

自分の使い所を理解している男は優秀だ。ぴかぴかの泡立て器とボウルをエドに手渡して、さっそくバターをホイップする地味に面倒な任務を与える。

バターが柔らかくなったところで、ザルでふるった砂糖を加えて混ぜ、溶き卵を加えた。

「蜂蜜を加えるから混ぜてね。次は小麦粉。この木のヘラでもったりと混ぜてくれる？」

指示を出しながら、ナギはそれぞれの材料を秤(はかり)で計測する。昔懐かしい、錘(おもり)で測る秤(はかり)だ。分銅をピンセットで摘み上げ、慎重に計測する。

雑貨屋で見かけて思わず買ったものだが、菓子作りには大いに役立ってくれていた。製菓材料の分量は昔作っていた時の記憶を参考にしているが、材料が異世界産なため、都度調整が必要なのだ。

「うん、そのくらいでいいよ。次は、型にバターを塗って、生地を流し込む」

ミヤが作ってくれた金型は、ひとつでてのひらサイズのマドレーヌが九個作れるようになっている。難しいかとも思ったが、ミヤはちゃんと貝殻の形の金型を作ってくれていた。

ナギがバターを塗った型に、エドが大振りのスプーンですくった生地を流し込む。

とりあえずはお試しということで金型ひとつ分、九個を焼いてみることにした。

「あとはオーブンに任せよう。だいたい十五分くらいで焼けると思うけど、見ていてくれる？」

「喜んで引き受けよう」

従順な大型犬のように、エドはオーブンの前に椅子を移動させ、そこに腰を据える。じいっと睨み付けているが、お菓子は逃げないよ？と、ナギとミヤは二人で小さく噴き出した。

「さて、マドレーヌが焼き上がるまでの間に、クッキーを作ろうかな」

幸い生地は暇な時に作って収納しておいたので、あとは型抜きをして焼くだけの状態だ。調理台にまな板を置き、そこで生地を伸ばしていく。ミヤが興味深そうに覗き込んできた。

クッキーの型は丸と四角、花形をお願いしたが、どれも歪みなく綺麗な形をしている。

「ミヤさん、さすがの腕前ですね。どの型も綺麗な形にくり抜けます！」

「このくらいはお手の物さ。それで、どんな菓子ができるんだい？」

「お手軽だけど、美味しい焼き菓子ですよ。また違う形の型をお願いしてもいいですか？」

「金属を薄く伸ばして曲げるだけだから、形さえ教えてくれればなんでもできるよ」

「ありがとうございます！　食パンとパウンドケーキとマフィンの型は、宿に帰ってから試してみますね」

そうこうするうちに、周囲に甘い匂いが漂い始めた。バターと蜂蜜の匂いだ。オーブンの前に陣取っていたエドがそわそわとこちらを窺って（うかがって）いる。

「ナギ、もう良いと思うのだが、焼き具合はどうだ？」

「ちょっと待ってね」

オーブンから取り出して、マドレーヌに金串を刺してみる。生焼けの部分はなさそうだ。美味しそうなキツネ色に、自然とナギの口角が上がる。

「うん、完成！　ミヤさんも一緒に味見しましょう」

「茶の準備をしよう」

エドにテーブルセッティングを任せ、今度はオーブンにクッキーを入れた。

（クッキーはマドレーヌよりも焼けるのが早いし、お茶を飲んでいる間に焼き上がりそうね）

キッチンの片隅に置いた丸テーブルに三人で座る。真っ白のテーブルクロスにティーセット。紅茶は高価なのでミヤが遠慮するかもしれないと、自家製のハーブティーを淹れた。

同じく高価な砂糖の代わりに蜂蜜の瓶を添えて、マドレーヌを大きめの木皿に並べる。

「じゃあ、食べましょう！」

「いただきます」

「どうぞ、ミヤさんも」

「ん、ありがとね」

ナギがミヤにすすめる頃にはエドはもう三個目を食べ終わっていて、四個目に手を伸ばそうとしている。残り五個となった皿を遠慮がちなミヤに差し出すと、はにかみながら受け取ってくれた。

＊　＊　＊

変わった冒険者見習いの少年二人組と知り合って、仕事を依頼された。

聞いたことのない調理器具を作ってほしいとお願いされて、面白そうだから請けてみたのだが、これが結構大変だった。特に、泡立て器とやら！　見本にと渡された竹細工を参考に試行錯誤して、どうにか作ることができた時には、謎の達成感に包まれたものだった。

（武器も作れない半端者とバカにされてきたけど、アタシもなかなかやるもんじゃないか？）

パンや菓子の金型作りはお手の物だ。スライサーは大工の鉋を参考にした。ピーラーは細かな作業が面倒だったが、納得のいくものを打てたと思う。

久々に良い仕事をしたと満ち足りた気分でいると、ちょうど少年たちが依頼品の受け取りに訪ねてきた。完成品を渡すと、可愛らしい人間の少年ナギは飛び上がって喜んでいる。

悪い気はしなかった。だから、ここで使い心地を試してみたらいいと軽い気持ちで誘ってしまった。

前回ご馳走になった焼き菓子が美味しかったから、少しだけ下心もあったが……まさかこれほどに美味しい菓子をご馳走になれるとは。

恐る恐る、完成したばかりのマドレーヌという焼き菓子を口に運んだミヤは大きく目を見開いた。

「美味しい……っ！　蜂蜜とバターの味が濃くて、舌の上で踊っているみたいだ……」

香ばしい焼き色の菓子はとんでもなく美味しかった。焼き菓子と言えば硬いものだと思っていたミヤは、その柔らかな食感に感動する。

「お口に合って良かったです。ちょっと膨らみが小さいけれど、焦げや崩れた箇所もないし、さすがドワーフ工房、素晴らしい出来上がりです！」

ナギはじっくりと菓子を確認して、満足そうに微笑んでいる。狼の少年は二個目をぺろりと平らげ、この上なく幸せそうな顔だ。その気持ちはミヤにもよく分かった。

天上の食べ物とは、きっとこんな味をしているに違いない。

「この世界で初めて食べたお菓子のひどい味と比べても、天と地ほどの差がある……」

自分にはよく分からないナギの発言も気にならないくらいに、ミヤは夢中でマドレーヌを食べた。

「あ、エド。マドレーヌは一人三個までだよ？」

「……すまない」

四個目に手を伸ばそうとした少年に、しっかりと釘を刺すナギ。皿にひとつ残ったマドレーヌに無意識に手が出そうになっていたミヤも、びくりと肩を揺らしてしまった。狼の少年の尻尾が力なく垂れている。ミヤも同じ気持ちだ。腹いっぱいにこの菓子だけを詰め込みたい。

「あ、クッキーが焼けたみたいです。今度は、皆で型抜きしたクッキーを食べましょう」

お次はミヤと狼の少年も手伝ったクッキーだ。型を抜く作業が面白くて、つい競うように大量に型を抜いてしまった。大人げなかったと、少し反省している。

「どうぞ。少し冷やして固まったほうが美味しいんですけど、焼き立ても美味しいから」

ナギは二人が食べている間、スライサーやピーラーの使い心地を確かめるようだ。本来ならばミヤも同席するべきだったが、クッキーの誘惑には敵わなかった。

花の形をしたクッキーを摘んで口に入れる。さくり。マドレーヌとはまた違った食感だが、こちらもとても美味しい。マドレーヌほどしっとりとはしておらず、バターの量も少ないのかもしれないが、一口サイズで食べやすく、これも手が止まりそうにない。

「このクッキーって菓子も、とんでもなく美味しいね」

「ああ。ナギが言うには、このクッキーも色んな種類があるらしい。楽しみだ」

こんなに美味しい完成された菓子が、他にもたくさんあると聞いて驚いた。料理上手な少年の作り出すご馳走にありつける狼の少年が、羨(うらや)ましくて仕方ない。

「ミヤさん！　どれも素晴らしい出来栄えでした！　同じものの追加もお願いしていいですか？」

「良いよ。一度作ったやつならすぐに打てる。だが、まずは依頼された品の残りを作るよ」

「そうでした。残りはまた一週間後ですね。素晴らしい調理器具をありがとう！」

笑顔のナギから後金を受け取って、ミヤもにやりと笑ってみせる。

「新しい道具を作るのも面白かったし、美味しいお菓子も貰(もら)えたし。楽しかったよ」

明日からは、ナギ専用の包丁を打つ予定だ。切る食材によって異なる包丁を使いたいのだと、こちらもまた変わった依頼である。腕が鳴るというものだ。

「この泡立て器とピーラーとスライサーは、雑貨屋に預けたら人気商品になりそうだが。ナギは売るつもりはないのかい？」

　ミヤの提案に、二人は顔を見合わせた。考えもしなかった、といった表情だ。

「もちろん発明料は渡すよ。雑貨屋での売上の何割かもアンタたちにいくように契約もする。今回の作製依頼料もすぐに回収できるし、悪い話じゃないと思うんだけど」

「ええと、とても良い話ですけど、売れるたびに貰うのは申し訳ないですし、私が発明したものでもないので発明料は頂きづらいです……」

「せっかくの素晴らしい調理器具なのに、もったいないねぇ」

「では、その利益を、他にお願いした調理器具の作製費用にあててくれますか？　自分たちは冒険者を目指しているので、他のことであまり目立ちたくないんです」

　まだ成人前の少年二人の顔を見返して、ミヤは頷いた。

「分かった。次回からの作製費用は貰わないでおくよ。出来上がった調理器具のお代もいらない。私がアンタたちの取り分だと思った金額を除けておくから、そこから使わせてもらう」

「いいんですか？」

「もちろん。こんな便利な道具、広めないと申し訳ない気持ちになるからね。お礼と言うなら、またアンタの作る美味しい菓子を食べさせてくれたらいいさ」

「ふふっ。喜んで！」

　ほっそりとした小さな手と握手を交わし、ミヤは見習い冒険者の二人を笑顔で見送った。

＊＊＊

「食パンを作ろう」

ミヤの工房から宿の部屋に戻り、ひと息つく間もなく、エドが嬉しそうに宣言する。

宿に入るや否な、甘い匂いがすると言って美女二人がかりで追及され、大量のクッキーを押収されたばかりだ。ベッドに寝転がっていたナギは胡乱（うろん）な眼差しをエドに向ける。

「いや、まずは夕食でしょう。晩ご飯を食べた後でパンを仕込んで、焼くのは明日かな」

「明日？　どうしてだ」

「パン種を薄力粉と混ぜてひたすら捏（こ）ねて、濡れ布巾で覆って寝かせたり、寝かせたりと意外と面倒な作業があってね」

「寝かせる、を二度言った……？」

「二回寝かせるから」

絶望に満ちた表情でエドが項垂（うなだ）れる。今夜中に仕込んでおけば、明日には焼き立ての食パンが食べられるのだが、そんなにすぐに食べたかったのか。

「仕方ない。なんとかするから、まずは夕食を食べよう。生地を捏（こ）ねるのは任せてもいい？」

「全力で応えよう」

「そこそこの力でお願いします」

今から夕食を作るのは面倒だったので、今夜は作り置きを食べることにする。

ご飯はいつでも大鍋いっぱいの炊き立てを収納しているので、問題ない。メイン料理に選んだのは【無限収納EX（インベントリ）】から取り出したボア丼だ。

「スープは野菜たっぷりのキノコ汁。食べすぎると焼き立てのパンが食べられなくなるからね」

エドほどではないが、ふわふわの食パンはナギも楽しみたいので、夜は腹八分にするつもりだ。

（食パン作りは手間暇が掛かって地味に面倒だから、たくさん焼いておこうかな。エドが張り切っている、今のうちに）

混ぜて捏（こ）ねるのにかなりの体力と腕力が必要なので、ナギ一人では大変なのだ。

テーブルを片付けてくれたエドにお礼を言い、二人で食卓を囲む。

ボア丼を盛り付けてあるのは、大きくて深い木皿だ。雑貨屋で見つけた木皿が丼椀にそっくりだったため、大喜びで買い占めて愛用している。

甘辛く煮付けたボアの肉とお米の相性は抜群だ。玉ねぎをとろとろになるまで肉と一緒に煮込んである。温泉卵を割り入れて、スプーンで慎重に崩して食べる。至福の時。

「ボア丼も旨いな。手早く食えるのが良い。おかわりは何杯までだ？」

「ほどほどにね。いくら成長期とはいえ、太るよ？」

「む……」

渋々箸を下げたエドをじっと見つめる。

食べ過ぎを注意はしたが、実はそこまで心配していない。

毎食あれだけ爆食いしても、ほっそりとした少年の肢体はそれほど変わってはいなかった。出会った当初よりは身長も筋肉も増えたが、冒険者にしてはスマートな体格だ。

あれだけの量のカロリーはどこに消えているのか、謎すぎる。単に燃費が悪いのか。それとも、食べる以上に動いているから太らないのか。

「食パンを食べたいなら、腹八分が良いんじゃない？」

結局、健啖家の少年はおかわりを一度だけで諦めた。普段の食事量からしたら、驚きの事態だ。

「じゃあ、食パンを仕込もうか」

「たくさん作るのか」

「うん、手間が掛かるから、一度に作っておきたくて」

パン作りは【無限収納EX（インベントリ）】スキル内の小部屋で行うことにした。

キッチンを借りたら、宿の連中に味見と称して試食をねだられるのが目に見えている。それに空間内にいる間は時間経過もないので、余裕をもって作業できるだろう。

元種はきちんと発酵されていたようで、綺麗に膨（ふく）らんでいた。食パンに適した小麦粉と砂糖と塩、牛乳を混ぜたものに加えて、粉っぽさが消えるまで指で混ぜる担当はエドだ。

そのまま十五分ほど生地を捏（こ）ねてもらった。

「バターとオリーブオイルを入れて、更に十分。捏（こ）ねてください」

「意外と体力がいる作業だな」

「日本だとホームベーカリーに任せられたんだけどね。あいにく、この世界では手作業です」

エドがいてくれて良かった。心の底から、本気でそう思う。

自分一人だったら諦めて、レシピを提供して誰かに作ってもらっていたところだ。

「で、ここで生地を発酵させる。本来なら室温で一晩寝かせます」

「一晩……」

「そのつもりだったけど、食パンを楽しみにしているエドのために、今回はズルをします」

大量の生地を文句も言わずに捏ねてくれたお礼だ。

幸い、今日は魔力を使っておらずあり余っているため、魔力を大量に消費するので普段は滅多に使わない【時間経過】のスキルを発動する。濡れた布巾で丁寧に包んでいた生地を、ナギは瞬時に発酵させた。

布巾を外すと、中の生地は二倍ほどの大きさに膨れ上がっている。

「すごいな。こんなに大きくなるのか」

「感心しているところ悪いけど、生地を折り畳むようにして、中のガスを抜いてくれる？」

「やってみる」

ぎこちない仕草で、エドが生地を折り畳み始める。それを横目に、ナギはオーブンに火を入れた。

ガスを抜いた生地はふたつに割って、丸めて再び濡れ布巾を被せる。

「これで三十分くらい寝かせてね」

ベンチタイムをとると、生地が緩んで成形しやすくなるのだ。

三十分が経ち、ボウル五個分の生地をせっせと丸めていく。あとは麺棒でガス抜きしながら楕円形に伸ばし、折り畳みながら形を整えたら、オイルを塗った型に生地を入れて、二次発酵。

だいたい一時間半ほど寝かせておくのだが、これもナギのスキルで短縮だ。続けざまに魔力を消費して、少し頭がクラクラする。エドにバレないよう、さりげなくイスに座った。

しんどかったが、あとは焼くだけなので ほっと息を吐く。

温めておいたオーブンで金型に入れた食パンをじっくりと焼き上げていく。

【鑑定】スキルは優秀で、じっとオーブンの中を睨んでいると、焼き上がりが分かるようになった。おかげで生焼けになることも焦げ付くこともなく、綺麗にパンを焼き上げられる。

「出来上がり！」

厚手のミトンで型ごと取り出し、調理台の上で少し乱暴に型の側面を叩くと、綺麗にパンが落ちてくる。良い焼き色の、見事な山型に仕上がっていた。

懐かしいフォルムに自然と口許が綻ぶ。ミルクをたっぷり使った食パンは優しい香りがした。

「これが食パン……。食べてもいいか？」

「もちろん。せっかくだから、焼き立てを味見しちゃおう」

もう少し冷やして固まらないと切りにくいため、今はちぎって食べることにした。

指先で摘んだパンは綺麗なきつね色をしている。まずは耳部分を堪能。香ばしくて美味しい。その下から現れた白パン部分は仄かに甘くて、その柔らかさに感動した。

「おいしい……」

前世と比べても遜色ないほどの出来栄えに、ナギはうっとりと幸せを噛み締める。

「すごいな、このパンは。力を込めて噛み切らなくても、口の中で溶けていくようだ」

エドは夢中で食パンを味わっている。この様子ではすぐに一斤食べ切ってしまいそうで、ナギは慌てて残りの生地を金型に流し込み、オーブンで焼き始めた。

「これはりんごの酵母パン？　ほんのり甘酸っぱいりんごの香りがして美味しいわ」

「ん、当たりだ。今焼いているパンが干しぶどうの酵母を使っている」

二斤用の金型は今のところひとつだけなので、五回ほどオーブンを稼働して、ミルク食パンを焼き上げた。そのうち、卵を使う食パンや、砂糖の代わりに蜂蜜を使ったレシピも試してみたい。

「試食はこれで終わり。明日は食パンを使った料理を作るから、今日はもうお預けよ」

「明日はサンドイッチが食べられるのか？」

「ふふふ。明日はふわふわ食パン祭りよ。お楽しみに」

「分かった」

パン祭りの響きが胸に響いたのか、エドは食パンに伸ばしかけていた手を素直に下ろす。残りを食い尽くされる前に、ナギは素早くそれらを【無限収納EX（インベントリ）】に片付けた。

予想以上に美味しく焼き上がった食パンは、食いしん坊の美女二人には絶対に隠し通さなければ。ツナサンドはもちろんだが、生クリームたっぷりのフルーツサンドの存在を知られるのは危険だと、ナギの本能が叫んでいる。

「見つかりそうになった時のために、パンの耳ラスクを用意しておこうかな……」

この時の行動を後々、「グッジョブ自分！」と褒め称えることになるのだが、それはまた後日の話。

焼き立ての食パンを堪能して、その夜はぐっすり眠った。

翌朝、待ちきれない仔狼のアキラに早くから起こされて、ナギは眠い目をこすりながらサンドイッチを作っている。

『ツナマヨサンド……！』

「はいはい、ツナマヨサンドですよー」

【無限収納EX】から取り出した食パンをサンドイッチ用に薄く切る。パンの耳も慎重に落とし、別に除けておいた。ツナマヨは大量に作り置きしてあるので、あとは簡単。

薄くスライスした玉ねぎをパンに敷き、その上にツナマヨをたっぷりと塗りたくる。サンドしたパンを半分に切ったら完成だ。

待ちきれないとばかりに前脚で床をタップするポメラニアン似の黒狼が愛らしい。

「はい、どうぞ。念願のツナマヨサンドです」

『……っ！』

いただきますも忘れて、アキラはサンドイッチの皿に飛びついた。かふかふと音を立てながら夢中でツナマヨサンドを食べている。忙しなく振られる尻尾はまるでトルネードだ。

『美味しい！　すごい！　ツナマヨサンドだぁ』

「ふふ。おかわりする？　それとも違うサンドイッチにしようか」

『ツナマヨもうひとつ食べたいです！　それで、ラストはフルーツサンドで締めたいですっ』

「欲望に忠実な姿、潔くて私は嫌いじゃないよ？」

軽やかな笑い声を響かせながら、ナギは二度目のツナマヨサンドを手際よく用意する。

完成したそれをアキラに差し出して、フルーツサンドの準備をした。カットした果物と生クリームをテーブルいっぱいに並べ、リクエストを聞きながら作ることにする。

『はぁ……っ、ツナマヨ美味しい、幸せ……。お腹いっぱい食べたいですけど、フルーツサンドも食べたいから我慢……！』

「エドも味見したいだろうし、腹八分にね？」

『分かっていますよー。でも、今回は俺の好物ってことで、いっぱい食べてもいいってエドに許可を貰っているんです！　さあ、次はフルーツサンド！』

「エドは本当に良い子だよね……」

『俺も良い子ですよ？　だから、フルーツサンドください、渚センパイ！』

キャン！　と可愛らしい鳴き声で訴えかけてくるのはずるい。仕方ないなぁ、とおねだりを聞いてあげたくなる。

「フルーツはオレンジと木イチゴ、バナナにぶどう、パイナップルがあるよ。どれがいい？」

『全部！』

「……えっ？」

聞き間違いかと思ったが、アキラは笑顔で『全部詰めで！』とお願いしてきた。無茶振りがひどい。

「さすがに全部は無理だと思う」

『俺、前世でフルーツを買えるだけ買って全種載せたサンドイッチを食べるのが夢だったんですよ。結局叶えられず、夢のまま終わりましたけどね……？』

「くっ……もう、しょうがないなー！」

チョロいと思われようが、この手の話にナギは弱い。ナギ自身、前世でできなかったことを今世で果たしてやろうと考えているので、尚更だ。

「フルーツを薄く切ってクリームと交互に挟んだら、どうにかなるかな？　専門店みたいに断面を可愛くお花柄にするとかは無理だけど、全部載せならなんとかできそう……」

カットするのは諦める。無理に挟み込んだため、かなり分厚くなってしまったが、生クリームもたっぷりサービスしたゴージャスなフルーツサンドの完成だ。

全部載せだー！　と喜ぶアキラの姿を見られて、謎の達成感に包まれる。

『美味しい！　ショートケーキみたい！　生クリームもたくさんで天国みたいです！』

全部載せのフルーツサンドがお気に召したようで、ぺろりと完食した。上機嫌で転がり、ぽんぽんと自分のお腹を撫でている。

しばらくすると、エドと肉体を交代するため、アキラは上機嫌で衝立の向こうに駆けていった。

「ふふっ、口許をクリームだらけにして可愛かったな」

次はエドのために、ツナマヨとミックスサンドを用意する。

「お昼はおにぎりがいいかな？　二食続けてサンドイッチはさすがに飽きるだろうし」

「あれだけ旨いサンドイッチなら飽きることはないと思うが」

「あぁエド、おはよう。じゃあ、お昼もパンでいいの？」

「おはよう。もちろん、パン祭りを開催してくれるのだろう？」

「あっ……」

そういえば昨夜そんなことを話したっけ。

ちょうど今日は森での採取と狩猟の日だ。午前中に手早く済ませて野営場所で調理すれば、美味しく食べられるだろう。ずっと食べたかった、あのメニュー。朝食を終えたら、仕込んでおこう。

「焼き立てをそのまま食べるのも美味しかったが、ツナマヨのサンドイッチはまた格別だな」

エドもツナマヨサンドが気に入ったらしい。玉子サンドにハムサンドも豪快に食べ尽くし、フルーツサンドはバナナとオレンジを生クリームで包んだ物を選んで、こちらも堪能していた。

ナギはミックスサンドだけでお腹がいっぱいになったので、フルーツサンドはミニサイズに切ったものをおやつの時間に取っておくことにする。

「ところで、それはどうするんだ？」

「ああ、パンの耳？　バターで炒めてお砂糖をまぶしておやつにするの。美味しいのよ？」

パンの耳ラスクはサンドイッチを食べた日の工藤家定番のおやつだった。油で揚げたラスクも好きだが、バターで炒めた、しっとりとしたラスクもまた格別なのだ。

エドが朝食の後片付けをしてくれている間に、フライパンでパンの耳ラスクを作る。

興味深そうに覗き込んできたエドにフライパンを任せ、ナギは昼食の仕込みに移った。

「このくらいでいいか？」

「うん、美味しそう」

ラスクは木製の深皿に盛り付けて収納する。物欲しそうなエドのために、人差し指サイズのラスクを味見させてあげた。ナギも一口かじってみたが、懐かしい味にほっこりする。

「じゃあ、冒険者ギルドに寄って、森へ行きましょうか」

「ああ。その前に浄化魔法を念入りに」

「ん、ミーシャさんとラヴィさんに気づかれないようにしないとね」

どこから嗅ぎ付けてくるのか。二人には美味しい食べ物情報が筒抜けなのだ。肉料理のお裾分けならともかく、パン作りは大変なので秘密にしておきたい。

気配を殺して、宿を抜け出す。朝が早いこともあってか、幸い二人には出くわさずに出掛けることに成功した。


「薬草の群生地を見つけられたし、美味しい木の実も採取できたわね！」

「狩猟も順調だ。フォレストボアとコッコ鳥が三羽、ワイルドディアも狩れた。午前中の成果としては上々だろう」

お互いの成果を確認し、自然と笑顔になった。午前の成果が良いと、午後は余裕を持って行動できる。

「そろそろお昼休憩にしようか。この辺りは野営場所がないから、作っちゃおう」

エドが周囲を警戒している間に、ナギが広場を作る。間伐にちょうど良さそうな木を選び、手を触れて【無限収納EX(インベントリ)】に放り込んでいくだけの簡単な作業だ。

収納した木々は【生活魔法】で乾燥し、薪(まき)に変える。宿のキッチンで費やした分を補充しなければならない。野営時にも使うので、薪(まき)はいくらあっても無駄にならない。

木を抜いた後の地面を【土魔法】でならして、ちょうど良い広場の完成だ。

収納から取り出した結界の魔道具を発動させて、続いて調理台とテーブルセットを設置する。

「さて。今日のお昼は甘いパンです」

「？　フルーツサンドか」

「サンドイッチじゃないよ。フレンチトーストです！」

「ふれんちとーすと」

ナギの作るフレンチトーストはシンプルだ。砂糖と牛乳と卵を混ぜて作った卵液に、半分に切った食パンを漬け込む。あとはたっぷりのバターを溶かしたフライパンで焼くだけ。

「朝から卵液に漬け込んでおいたの！」

綺麗な焦げ目が付くまで焼いたフレンチトーストに蜂蜜を回しかけ、粉砂糖で飾れば完成だ。

「いつもは古くなった食パンを使ってたから、焼き立てのパンを使うのはもったいないかなと思ったけど。フレンチトーストがどうしても食べたくて」

「これも耳を切ったパンを使うのか」

「卵液が染み込みやすくなるからね。切った耳はちゃんとラスクにするから安心して」

じっくりと弱火で焼いたので、フレンチトーストには綺麗な焦げ目が付いている。バターと砂糖の溶ける匂いは官能的でさえあった。

「甘い味付けだから、さっぱりとした口当たりのミントティーを一緒にどうぞ。蜂蜜を垂らすと飲みやすいと思う」

木皿に盛りつけたフレンチトーストとミントティーを前に、二人で手を合わせる。

「いただきます！」

フォークとナイフを使い、一口サイズに切り分けて口に運ぶ。

カスタードプリンにも似た口当たりに、自然と口許が綻んでしまう。トーストを噛み締めると、じゅわりとバターや蜂蜜の味が口中に広がった。念願の味を、ナギはうっとりと堪能する。

かなり甘めのランチとなったが、甘味も好物なエドには問題なかったようだ。食後の皿は舐め上げたように綺麗で、「旨かった」のお墨付き。

これだけでは物足りない少年のために、朝の残りのサンドイッチも追加で提供する。それもぺろりと平らげて、食後の腹ごなしとばかりに【気配察知】スキルに反応した獲物を追いかけていった。

「今日は一日パン祭りだから、夕食用の料理も考えないと」

のんびりとイスに腰掛けて飲むミントティーは気分をスッキリとさせてくれる。癖のある香りも、大森林産の美味しい蜂蜜を垂らせば飲みやすい。

エドは「ふわふわパン祭り」という響きが気に入ったようだ。期待に応えるべく、気合を入れて用意しなければ。主食のみならず、おかずにもなって、お腹に溜まるレシピ……

「ガーリックトーストにピザ風トースト？　パングラタンは前に作ったことがあったよね。オニオングラタンスープは絶対に作りたいかも。野菜とお肉たっぷりのキッシュも良さそう」

ソーセージを食パンで包んで揚げて、アメリカンドッグにしても美味しそうだ。ピロシキもいい。

「どれが良いかエドに選ばせたら、全部食べたいって返ってくるだろうな」

反応を想像して、くすりと笑みがこぼれる。時間と体力があれば、考え付いたパン料理を全て作ってみるのも楽しそうだったが、さすがに翌日にも仕事を控えた身には厳しい。

「さて、ゆっくり休憩もとれたし、私も何か狩ってこようかな」

少し離れた場所で感じる気配は一頭のオークのそれだ。はぐれオークは美味しい獲物！

なるべく傷を付けずに仕留めるためには、【風魔法】か【水魔法】が最適だ。不可視の刃で首を落とすのがスマートな狩猟法だと思う。

「うん、明日のランチはオークカツサンドに決定！」

ナギは笑顔でオークの気配のする方向へ足を向けた。

フレンチトーストのランチを終えたナギは、エドと一緒に歩きながら、森を注意深く観察した。

森の採取地や狩場は定期的に変えるようにしている。狩り尽くすことはないだろうが、その近辺の生態系を狂わせる訳にはいかないので、狩る場所は毎日変えていた。

この日二人が足を延ばした場所はあまり人が踏み入っていない地だったらしく、たくさんの魔獣を狩ることができた。森の奥には珍しい薬草と手付かずの果実も見つけられた。

「梨だわ。しかも、かなり大きい」

「随分と立派な実だな。りんごよりデカい」

「味見してみましょう！」

梨の実は少し高い位置になっていたので、エドが採ってくれた。【浄化魔法】で汚れを落とし、二人で皮ごとかじり付く。【鑑定】で食用可であることは確認済みだ。

「甘いわね。果汁がたっぷりで瑞々(みずみず)しい」

「身体を内から冷やしてくれそうだな。これは旨い」

日本産の梨と遜色ない味だ。そのまま食べてスイーツ並みに甘い果実は、この世界では珍しい。

「熟している実は全部欲しいかも」

「なら、木ごと収納して、拠点の庭に植えるか」

「んー、それはやめておくわ。大森林の木ならともかく、ここは外の森だから。この実を楽しみにしている人もいるかもしれないし」

「そうだな。じゃあ、実をもいでくる」

「えっ？」

ふ、と微かに笑みを浮かべたエドがリュックサックを地面に放り出し、するすると木を登っていく。さすが元森の住民、黒狼族の少年は慣れた様子で果実を収穫している。

エドの腰のポーチはマジックバッグ仕様なので、大きな梨の実でも気にせずに放り込めるようになっている。細い枝の先は諦めていたが、食べ頃の梨をたくさん手に入れることができたようだ。

「エド、ありがとう」

「俺も食べたかったから。それより、地面に落ちた梨の実を狙って魔獣が集まってくるぞ」

「これは猪と鹿系の魔獣の気配だね」

「ちょうど良い。ここで待ち構えていれば、大漁だな」

ニヤリと好戦的に笑う黒髪の少年に、ナギは苦笑した。

「狩り尽くしちゃダメよ？」

「分かっている」

フォレストボアの気配を嬉しそうに追う様子から、これは好物の角煮をねだられる流れだと察する。まぁ、ボアの角煮はとびきり美味しいから仕方ない。

「お米があるから、角煮丼が作れるね。ふわふわの食パンを使った角煮まんもいけそう。余った角煮で炒飯（チャーハン）も久々に食べたいし……」

メニューを想像すると、ごくりと喉（のど）が鳴る。ワイルドボアに比べて、柔らかな肉と脂身を持つフォレストボアは使い勝手がいい。猪というより、豚肉に近い肉質なのだ。

角煮はもちろんのこと、カツや煮込みとも相性が良く、ポテンシャルが高い。

「ポークチャックもいいな。食パンと合わせて食べても美味しいのよね」

お肉はもちろん、皿に残ったソースをパンで拭って食べるのがお約束。シンプルな生姜（しょうが）焼きとご飯の組み合わせも最高だし、手間はかかるが、チャーシューにすると食べ応えがある。

「とはいえ、鹿肉も大好きよ？」

ナギは悪戯（いたずら）っぽく微笑み、振り返って背後に佇（たたず）むフォレストディアの首をウォーターカッターで斬り落とす。ゴトン、と落ちる頭はかなり大きい。立派な角（つの）は細工物のように見事だ。

地面に血だまりができる前に、頭と胴体の両方を【無限収納（インベントリ）ＥＸ】に収納する。

「今日の夕食は鹿肉の唐揚げね！」

鹿肉は独特な臭みを苦手にする人が多いが、猟師のおじさん直伝のマヨ醤油に漬け込んで揚げるレシピを試してみたら臭みも消えて、美味しく仕上がった。鯨（くじら）の竜田揚げに匹敵する美味しさだと、ナギが前世から個人的に気に入っているレシピだ。

「油を使うなら、オークカツもついでに揚げちゃおうかしら。コッコ鳥の唐揚げも作って、味比べをするのも楽しそう。野菜やキノコの天ぷらもあれば栄養バランスも良さそうだし」

今から夕食が楽しみだ。それにしても、しみじみと思うのは。

「転生して一番嬉しかったのは、若返った体で揚げ物をたくさん食べられることよね」

年下で健啖家の後輩はまだフライ系が胃腸にダメージを与える年齢ではなかったので、特に感謝もしていないようだが。

「胃もたれ胸焼けで、好物がちょっとしか食べられない辛さときたら……！」

その上【治癒魔法】が使えるので、この世界では年齢を重ねても美味しく揚げ物料理を楽しめるのだ。素晴らしい。くふふ、と小さく笑っていると、ボアを狩ったエドが戻ってきた。

「おかえり、エド。ちょっと早い時間だけど、もう帰らない？」

「ああ、今日は大量に狩れたから、これで最後にするか」

ディアとボアは収納内にも大量に確保してあるので、買い取りに出してもいいだろう。

真面目に冒険者見習いを頑張っているので、お金はそれなりに貯まってきている。冒険者ギルドには前世の銀行のようにお金を預かってくれる制度があったので、二人はそれを利用していた。まだ金貨二枚しか入っていない口座だけど、きちんと自分たちで稼いだお金なので、特別に嬉しく思う。

「貴重な薬草も採取できたから、高価買い取りが期待できそう」

「狩猟も順調だ。ボアが五頭、ディアが三頭、ウルフが七匹か。鳥とウサギの肉もあるぞ」

誇らしげに指折り数えるエドの成果に驚いた。いつの間にそれほど狩っていたのか。

「ウルフは肉も素材も売り払おう。他は肉以外を売り払う、で良いか？」

「いや、肉をもう少し売ろう。ガルゴさんがお肉も売ってほしいって言っていたわよね？」

「……肉は自分たちで食べたい」

少し俯き加減の上目遣いで、悲しそうに言う。どこでそんな小手技を覚えてきたのか。

(後輩(アイツ)だな？　後輩(ヤツ)に決まってる！)

ぺたんと寝かされた獣耳とか、力なく揺れる尻尾とか、あざといにも程がある。

脳裏に過(よぎ)るのは、最近己の可愛らしさをしっかりと把握して利用してくる、黒い小悪魔(ポメラニアン)の姿。

「もう、仕方ない。今回だけだからね？　【無限収納(インベントリ)EX】にも肉はたくさん置いてあるんだし、少しは放出しないと」

肉を売られないと知るや否や、ぱっとエドの顔が輝く。ぴんと立ち上がった凛々(りり)しい獣耳に力強く振られる尻尾。確実に黒い小悪魔の影響を受けている。

(今夜はお仕置きとして、ふかふかのお腹を枕に寝てやろう)

そっと心に誓うと、ナギはエドと森を後にした。


冒険者ギルドでの買い取り額は想像以上で、二人は足取り軽く宿に戻った。そのまま二階の自室に帰ろうとしたところで、ほっそりとした、しかし力強い指先がナギの手首を掴む。

「えっと、ラヴィさん？」

「ずるい！」

しっかりと掴まれて逃れられないでいると、潤(うる)んだ深紅の瞳で詰(なじ)られる。

「ずるいわ、今日もとっても美味しそうな匂いをさせて！　ねえ、なぁに？　これは、なんの匂いなの？　私も食べたいわ」

「あー……」

昼に食べたフレンチトーストの残り香を嗅ぎ取ったのだろうか。そういえば、【浄化魔法】を掛けるのを忘れていたかもしれない。

「ごめんなさい。お昼に全部食べてしまって、もうないんです」

「そんな……っ」

「他に甘味はないのかしら？」

床に崩れ落ちるラヴィルの背後から音もなく現れるのは、エドにクノイチだと疑われている、エルフのミーシャだ。綺麗な翡翠色の瞳に搦め捕られ、ナギは早々に白旗を掲げた。

「……あります」

腰のアイテムポーチから取り出したのは、パン耳ラスク。力なく床にしゃがみ込んでいたはずのラヴィルが素早く立ち上がり、ミーシャと並んでラスクを覗き込む。

「今はこれしかありません。料理を気に入ってくれるのはありがたいんですけど、冒険者活動もあって、皆さんの分まで作る余裕が、今はないんです。ごめんなさい」

「対価を支払っても、ダメなのかしら？」

「プロの料理人でもないのにお金を貰うのはちょっと違うかなって思い直したんです」

ナギが差し出したお皿をラヴィルは素早く受け取った。そばから手を伸ばしたミーシャが、皿からパン耳ラスクを摘み上げ、さくりと噛み締める。

「美味しい」

「あっ、ミーシャずるい！　私も食べたい！」

夢中でラスクを食べる二人の隙を見て、ナギとエドはそっとその傍らを通り抜ける。

階段を上り切ろうというところで、ふとミーシャの涼やかな声音が背を追ってきた。

「対価として、魔法を教えるわ」

「ミーシャ？」

「魔術に長けたエルフ直伝の魔法講座よ？　対価としては悪くないと思います」

「魔法？　えっ、いいんですか！」

ナギの魔法は全て自己流だ。誰からも教わっていない。辺境伯家の図書室にあった魔法書を読んだだけで、あとは実戦で身に付けたもの。それが正しいのかどうかも分からないまま魔法を使ってきたので、きちんと教えてもらえるのはありがたい。

ナギの反応が良かったことに焦ったのは、ラヴィルだ。紅い瞳がうろうろと周囲を彷徨い、ナギの背後に立つエドに狙いを定める。

「じゃ、じゃあ、私は！　そこのオオカミくんに体術を教えてあげるわ。大蜥蜴の魔獣くらいなら倒せる蹴りを直伝するわよ？」

「大蜥蜴を、蹴りで」

蜥蜴と呼ばれているが、亜竜の一種で、体長が五メートル以上はある立派な魔獣だ。Cランク、大きさによってはBランク相当の魔獣を素手で倒せる体術とは凄まじい。

エドも興味を惹かれたようで、ラヴィルのほうに身を乗り出した。

ナギとエドはそっと視線を交わし、小さく頷き合う。

「分かりました。では、その対価と引き換えにお菓子を用意すればいいですか？」

「お菓子もいいけど、食事も美味しかったのよねー」

「夕食。たまにデザート付きで。毎日でなくてもいい。貴方たちの休日に余裕がある時に」

ミーシャの提案が、二人にはちょうど良かった。さすがに毎日四人分を作る余裕はない。

週に二回ほど二人から教えを乞い、対価としてデザート付きの夕食を作る。悪くない交換条件だ。

「では、その条件で交渉成立です」

「ふふっ、よろしくね」

「楽しみです」

笑顔で二人の美女と握手を交わす。

こうして、見習いの二人に、美人で食いしん坊な師匠ができたのだった。

「じゃあ、さっそく明日の早朝にオオカミくんに稽古をつけてあげる」

「では、ナギも早朝に魔法の訓練をしましょうか」

交渉成立後、大量に揚げた鹿肉とコッコ鳥の唐揚げをお裾分けしたところ、大層気に入った様子のラヴィルに上機嫌でそう提案された。隣の席で無心に唐揚げを頬張っていたミーシャもこくりと頷く。

Bランクの大蜥蜴を討伐できるほどの体術を早く覚えたいエドは大喜びだ。一方のナギは、ちょっとしたアドバイスをくれるくらいだろうな、と呑気に考えていたのだが——

翌早朝。稽古としてかなり厳しめの修行を課されてから、「これは意外と本格的なものでは？」と焦り始めたのだが、時既に遅く。

「逃げちゃ、ダメ」

「ふぇ……っ」

半泣きのナギの額を優しい指先が突く。

清楚で儚げな雰囲気のミーシャだが、修行はスパルタ方式だった。

「まずは、ナギの魔法を見せて？」

稽古が始まった当初、花のような微笑を浮かべた麗人に小首を傾げておねだりされ、ナギは張り切った。

せっかくだからと、得意の攻撃魔法を中心に魔法を披露する。街中では危ないから、と砦を出た先の草原での修行だったので、周りを気にすることなく各属性の攻撃魔法を放ったのだが……

「どれもダメ。無駄に魔力を込めただけのヘナチョコ魔法でした」

「へなちょこ……」

自慢の魔法はこっぴどく貶された。

へこむナギに「これが見本」と涼やかに囁いたミーシャが見せてくれた魔法は圧倒的だった。披露されたのは、初級魔法。消費している魔力は極小。

なのに、魔法の威力は先程のナギが放ったものより強い。

彼女が「無駄な魔力」と切って捨てた意味が、その魔法ひとつでナギにもよく分かった。

「ナギは魔力操作があまり巧（うま）くないようだから、まずはその練習を」

「……はい」

魔力を練り上げて、針穴に糸を通すように繊細な操作を可能にする。そんな課題を割り当てられて、ナギは絶望した。何せ自分が繊細さとは程遠い性格なのは自覚している。魔獣を狩る際も、基本的には豊富な魔力でのゴリ押しか、レベルアップの恩恵で得た腕力頼りなのだ。

「【水魔法】からにしましょう。水球を出せる？　……そう、その大きさなのね。じゃあ魔力を絞って少しずつ小さな球にして。親指の爪くらいの大きさまで」

「んんっ？　意外と、大変……」

ぬるぬると魔力がこぼれ落ちていく。水道の蛇口が締まり切らずに、水を垂れ流しているような。

ナギの額に汗が滲（にじ）む。少しでも気を抜いたら魔力が霧散しそうで、集中を切れない。

そんなナギの様子を分かっているだろうに、ミーシャは矢継ぎ早に指示を出してくる。

「じゃあ、次はその水球を空高くに飛ばして。もっと高くに。最後にそれを散らして雨を降らす。できる？」

「やっ、てみます……！」

食らい付いて叫んでしまったのは、負けず嫌いな一面が顔を出したのか。

けれど、後になって反省した。そこそこで適当に失敗しておけば良かったのだ。

細く練り上げた魔力で打ち上げた水の球を花火のように弾けさせて、小雨を降らす。否、小雨というより、霧雨か。前世のミストシャワーを意識して魔法を放ち、小さな水球は、柔らかに肌に触れる霧の雨へと変化した。

「……やるわね」

「ありがとう、ございます」

ナギは慣れない魔力操作を頑張ったために息も絶え絶えだが、師匠であるエルフの魔法使いは大いに発奮したらしい。

「これは鍛え甲斐があります」

「ふぇ？」

ぽつりと呟かれた言葉は、地獄への招待状だった。張り切ったミーシャは次々と難しい課題をナギに与えていく。泣き言もさらりと聞き流す鬼畜エルフに、ナギは震え慄いた。

かくして、豊富なはずのナギの魔力がゼロになるまで、過酷な修行は続いたのだった。

「も、無理。これ以上は死にます……たぶん、ぜったい……」

「仕方ないですね。今日のところは、これでおしまいにしましょう」

「ううぅ、良かった。ありがとうございました……」

どうにか礼を言い、ふと、同じく修行中のエドはどうしているのだろうか、と背後を振り返って。

ナギはふたたび戦慄した。

「うん、反応速度は悪くないけど、肉体が全然ついてこられていないね？　あと、もうちょっと体力をつけないと、どうしようもないぞー？」

「……っ」

「えええ、エドーッ？　ラヴィさん、何しているんですかー！」

「え？　修行？」

不思議そうに、こてんと小首を傾げて天使の微笑を浮かべる、白ウサギさん。

（うん、すごーく可愛らしいけれど！　普通にアウトだから！）

ズタボロの少年が足元に転がっているのを、その愛らしい笑顔ひとつで誤魔化すのは、さすがにどうかと思う。最近はかなり身長も伸びて大人びてきたが、エドは十歳の少年なのだ。

「なんでエドがサンドバッグ状態なんですか！」

「え？　なんでって……弱いから？」

「だからって……！」

「……ナギ、いい。師匠は稽古をつけてくれただけだ」

食って掛かろうとしたのを止めたのは、当の少年だ。ボコボコに殴られ、蹴られて腫れ上がった痛々しい顔で。それでも、琥珀色の瞳の力強い光は変わっていない。

「それだけ師匠と力の差があるんだ。面白い」

「ああ……体育会系のスイッチが入っちゃった……」

ナギは肩を落としてため息を吐く。こんな表情になった男を止めるのは難しい。

アキラもそうだった。普段はいい加減で飄々としているくせに、自分の中の譲れない何かに触れてしまうと、途端に融通が利かなくなるのだ。

(悔しいけれど、止められない。それに、こういう顔をする奴はちゃんと成し遂げるんだよね)

夢中になれることがある彼らを、渚は羨ましく見守っているだけだったが……

胸に宿る強い想いに、ナギは拳を握った。

(今の私は、渚じゃない。私も魔法をちゃんと使いこなせるようになりたい)

見習いから冒険者へ正式に昇格し、ダンジョンに挑戦するには、それは絶対に必要なこと。

ミーシャと自分の魔法の違いは明らかだ。何においてもあれだけ魔力を無駄遣いしていたら、どれだけ魔力量に自信があっても、すぐに打ち止めになるだろう。

「じゃあ、エドはラヴィさんとの修行を続けるんだね？」

「ん、分かった。私もミーシャさんに魔法を教えてもらう」

「ああ、当然だ」

「……大丈夫か？」

「全然大丈夫じゃないけど！　空元気で頑張る」

小声で啖呵を切ったのを、二人の師匠はしっかりと聞き取っていたらしい。ぷふっ、と銀髪のエルフが笑いを堪える横で、赤い眼のウサギさんは腹を抱えて爆笑している。

「仕方ないじゃないですか！　ほんっとにキツいんだから！　元気なんて跡形もなく消滅していますよっ、もう！」

ぷんぷん怒りながらナギが訴えると、目尻に滲んだ涙を拭いながら、ラヴィルが言う。

「いや、ミーシャの無茶振りも甚だしい特訓についていけたんだから、立派よ？　空元気でも、元気は元気。二人とも期待しているわよ」

「……どうも」

「ありがとう、ございます？」

褒められたような気がしたので、とりあえずお礼を言う。

疲れた、と大の字になって地面に横たわるエドの姿は痛々しいが、ナギもまだ魔力が回復していないので【治癒魔法】はお預けだ。当のエドは怪我よりも気になることがあったようで。

「……腹が減った」

「元気だね、エド」

呆れたように見下ろすが、エドはお腹を押さえて切なそうに呻いている。そういえば、早朝からの修行だったため、もういつもの朝食時間を過ぎていた。何やら期待している気配も別に二人分。

「皆で朝食にしましょうか」

仕方なく、四人分の朝食を用意することにした。

収納から取り出したのは、焼きおにぎり。先日の海鮮市場で購入していたタコを使った炊き込みご飯をおにぎりにして、炭火で焼いたものだ。スープはボア汁。これだけでは足りないとエドの腹が訴えるので、残っていた鹿肉の唐揚げも大皿いっぱいに盛り付けた。

いつものテーブルセットを取り出すのは諦めて、草原に敷物を敷いて食べることにする。

「あり合わせの食事ですけど、どうぞ」

「あら、充分豪華よ？」

「ん、とても美味しそう」

炊き込みご飯の具は根菜類とキノコ、そしてメインのタコだ。出汁が良い仕事をしており、とても美味しい。炭火で焼いた、おこげ部分が香ばしくてたまらない。

「っ、何これ？　不思議な食感だけど、やけに癖になりそうな」

「美味しい。これは、海産物？　知らない香りです」

「ミーシャさん、食べたことないです？　タコですよ」

「タコ……」

「東のダンジョンを拠点にしている冒険者は海のものはあまり食べたことがないのよ。魚よりも肉のほうが断然美味しいし。でも、これはすごく美味しいわ！」

肉食女子は二人とも、タコの炊き込みご飯を気に入ってくれたようだ。

鹿肉の唐揚げは昨夜も提供したが、相変わらずの大好評。五人前はあった量が見る間に空になった。鹿肉はコッコ鳥と比べて少し筋肉質で硬めだが、気にならなかったようだ。マヨネーズと醤油、にんにく、生姜に漬け込んで片栗粉で揚げただけなのだが、言葉を尽くして絶賛されて、満更でもない。

「また作りますね」

「ほんと？　嬉しいわ！」

「是非、お願い」

ボア汁で喉を潤し、腹の底まで温めたところで撤収だ。食事をとり休憩できたのもあって、ナギの魔力は少し回復している。

「エド、【治癒魔法】を掛けてあげる」

「魔力は大丈夫なのか」

「ん、ちょっと回復した。たぶん大丈夫だと思う」

鍛(きた)えられたばかりの要領を思い出して、細く長く魔力を練り上げ、エドの肩に指を這わせて【治癒魔法】を発動する。柔らかな光がエドを包み込んだ。

「……治った」

「ほんと？　痛いところは他にない？」

本当なら、いつもよりだいぶ少ない魔力しか消耗していない。

「どこも痛くない。完治している」

「さっそく修行の成果が現れたようね」

どことなくドヤ顔のミーシャは嬉しそうだ。その隣でラヴィルが面白くなさそうに唇を尖(とが)らせる。

体術の修行なんて即効性のあるものではないだろうから、これ以上のスパルタは勘弁してあげてほしいのだが。

「で、貴方たち、今日の仕事は？」

「――あっ！」

「午後の街中依頼……！」

今日から三日間、レストランでの仕事が入っていたのを、すっかり失念していた。

師匠への挨拶もそこそこに、二人は慌てて駆け出した。

「急げ、ナギ」

「急いでいるのよ、これでも！」

焦れたエドに小脇に抱えられて、街へ向かう。

（ここはお姫さま抱っこでは？）

俵担ぎでなくて良かったと胸を撫で下ろすべきだろうか。

とりあえず、厳しい修行をお願いするのは休日だけにしようと、あらためて思った。


「現地集合で良かったね。どうにか、約束の五分前に間に合った」

汗で汚れた全身を【浄化魔法】で綺麗にして、身だしなみを整える。お互いの全身を確認し合ってから、レストランの裏口の扉をノックした。

出迎えてくれたのは、レストランを経営している夫婦だ。

「いらっしゃい。時間通りね」

開店時間は二時間後。その間に仕事を教えてもらうことになっていた。

「補助の料理人と給仕係が急に辞めちゃってね。商業ギルド経由で求人募集を掛けて、四日後から来てくれることが決まったのだけど」

「その合間の臨時雇いってことですね。分かりました。頑張ります」

客席はカウンター席が五つ、四人席のテーブルが四つ。満席でも二十人ほどのようだ。

夫がオーナー兼料理人、妻が給仕係を担当しているらしい。

ナギはさっそくエプロンを身に纏(まと)い、厨房に入った。

「坊主は【調理】スキル持ちか？　なら、さっそくで悪いが、野菜の皮剥(む)きを頼む」

「はい。あ、持参の調理器具を使ってもいいですか？」

「自分の包丁を持っているのか？　それは構わないが……いや、なんだ、それは？」

ナギがアイテムポーチから取り出したのは、ミヤに作ってもらったピーラーだ。T字型のピーラーは幼いナギの手にしっくり馴染む。

不審そうなオーナーに「こうやって使うんです」とジャガイモの皮をするすると剥(む)いてみせた。

「便利だな。それに、手で剥(む)くよりも皮が薄い」

バケツいっぱいの根菜の皮をあっという間に剥(む)き終えたナギをオーナーは頼もしく思ってくれたようだ。レストラン名物のシチューの仕込みを任された。

その頃、エドはオーナー夫人に服装をダメ出しされ、他の服はないのかとアイテムポーチの中身を確認させられた結果、執事服を発見されていた。ナギが辺境伯邸から持ち出したもので、獣人の街ガーストでドレス類を売り払った際にエドを執事に仕立て上げた代物だ。

「まぁ、とっても素敵な服ね！　上品で洗練されているわ。この服で給仕をしてちょうだい」

「この服で!?　いや、これはその、とある筋から手に入れた貴族家の使用人の衣装で……」

「あら、本物だったの？　尚更素敵じゃない！　女性客にも受けそうだし、これで決定！」

口下手なエドには、それ以上オーナー夫人に抵抗することができなかった。ナギから押し付けられていた執事服を着て、レストランの給仕係をすることになったのだった。

エドの前世アキラには、学生時代に居酒屋やカフェでバイトした経験があった。その記憶を引っ張り出して、オーナー夫人の助言を参考に、エドは給仕を頑張った。

価格設定が近辺の食堂や酒屋よりも高い小綺麗なレストランには女性客が多く、執事服を身に纏って給仕するエドはたちまち人気者になった。

所作が丁寧で洗練されており、その衣装も相まってお嬢さま気分が味わえるお店だと、あっという間に口コミが広がったようだ。何より、エドは顔が良い。まだ成人前の、少しだけ幼さが残る繊細な容貌は女性陣の母性本能を大いにかき立てるようで、連日レストランは大賑わい。

当のエドは無駄に笑顔を振り撒くことなく淡々と給仕をこなしていたのだが、そこがかえってミステリアスでクールだと受けたらしい。大喜びのオーナー夫人にエドの評判を聞いたナギは「執事カフェかな?」と思ったが、賢明に沈黙を守った。

そんな風に二日が過ぎ、三日目の今ではオーナーもナギの腕前を認めてくれて、下拵えだけでなく、一緒に並んで肉料理を担当している。更に賄い料理も任されたので、肉の切れ端を使ったハンバーグやクズ野菜のスープを作って提供したら、オーナー夫妻に大絶賛された。

「この肉料理、うちのレストランのメニューにしてもいいか？　女性客に人気が出そうだ」

「もちろん、その分のお給金も上乗せするわ！　エドくんのお給金もね！」

悪くない申し出だったので、ナギは快諾してレシピを提供した。オーナーから郷土料理を教えてもらえたし、知らない食材の知識も増えて、大満足の三日間だった。

「俺はもう、給仕係はいい……」

エドのほうは疲労困憊で三日間の依頼を終えた。体力的には余裕でこなせる仕事だったが、秋波を送ってくる女性客をあしらうストレスにやられていたらしい。

酔っ払いの冒険者がレストランに乱入してきた時だけは、生き生きと撃退していた。ストレス発散の相手にされたのは気の毒だが、酔っ払って暴れる男には自業自得だろう。

暴漢から守ってもらった女性客はうっとりとエドに見惚れていたようだ。

(執事姿の美少年に護衛される令嬢気分を味わえる執事レストラン……うん、流行りそう)

アキラは「そこはセンパイが可愛いメイド服を着て、異世界にメイドカフェ文化を浸透させるのが王道では？」とうるさいが、たとえ今の姿が美少女でも、元アラサーには耐えられそうにない。

(エプロンメイド衣装は可愛いけれど、私は料理を作る裏方のほうが楽しいもの)

オーナーが便利なピーラーを欲しがったため、ミヤの工房を紹介しておいた。たくさん売れるほど新しい調理器具の開発費用にあてることができるので、紹介状は喜んで用意する。

「お疲れ、エド。今回も高評価が貰えると思うし、冒険者昇格へまた一歩近づいたはずだよ？」

明日からは再び、森での狩猟と採取生活だ。

師匠たちとの修行も再開するため、今夜は美味しいご飯を食べてゆっくり休もう。

＊　＊　＊

「疲れた……」

「大丈夫か、ナギ」

うつ伏せの姿勢で寝台に倒れ込んだまま動けないでいるナギを、エドが気遣ってくれる。

「うん。でも、エドのほうが大丈夫じゃないよね？」

「すまない。動けない」

どうにか宿まで辿り着けはしたが、部屋まで階段を上がるのがまたひと苦労だった。ナギはベッドにダイブできたが、エドはひんやりとした床に転がったまま、ひたすら回復に専念しているようだ。

【浄化魔法】をかける余裕もなく、服や手足は汗と泥に汚れている。エドは擦り傷や捻挫(ねんざ)がないだけ初日よりはマシに見えるが、疲労の色は濃い。

「目に見える怪我がない分、成長しているだろうから偉いよ、エド」

「……すまない。多分、肋骨が折れている、と思う」

「え？　いや、それは我慢していたらダメなやつ！　早く言って！」

慌てて寝台から立ち上がり、エドのもとへ駆け寄った。【無限収納(インベントリ)ＥＸ】から取り出した魔道具の指輪を親指に嵌(は)めて、エドに向けて【治癒魔法】を発動する。余剰魔力を移して溜めておく魔道アクセサリーで、充電式バッテリーのような魔道具だ。

ついでに【浄化魔法】も発動して訓練での汚れや汗を落とし、二人ともスッキリした。

「助かった。魔力は大丈夫なのか」

「暇な時に充電しておいた分だから平気。こういう時のために使うものだし」

どうにか身を起こしたエドだが、まだ体力は復活していないらしく、床に座ったままだ。

ナギは寄り添うように、その隣に座る。ほんのりと冷気を放つタイルの床に直接触れると気持ちが良い。火照（ほて）った肌をクールダウンしてくれるので、南国仕様のタイルはありがたい。

元上級冒険者（ミーシャ）と現役の上級冒険者（ラヴィル）の二人から訓練を受け始めて、二週目。週に二度の約束で、今はちょうど四回目の特訓を終えたところだった。

「その肋骨、ラヴィさんの蹴りが当たったの？」

「いや、どうにか避けることはできた。が、無理な姿勢からバランスを崩して倒れて、折れた」

「そっか……。でも、避けられたのなら、成長したってことじゃない？」

「そうだといいが。そう言うナギは？」

「ふたつの属性魔法を同時に使う練習中」

「すごいな、できたのか」

「二分が集中の限度かな……」

「そうか……」

「………」

週に二度の稽古は、早朝から昼前までの数時間ほどで集中して行われている。

師匠は二人ともそれぞれに忙しい身なので、丸一日付き合ってもらう訳にはいかなかったし、弟子二人の体力や魔力がもたなかったのだ。

稽古が終わると、ナギとエドは這いずるように宿の部屋に戻り、夕方前まで気絶したように眠る。

目が覚めて風呂で汗を流した後は、四人分の夕食作り。

メインはエドとラヴィルのリクエストで肉料理が多い。デザートは採取してきた果実か、焼き菓子を出すようにしている。どちらも喜ばれるが、やはり焼き菓子のほうがより歓迎された。

朝稽古の二日以外は、二人とも真面目に冒険者見習いとして働いている。

稽古で教わった動きや魔力操作を意識して魔獣と戦うと、以前より動きが滑らかになったのが、自分たちでもよく分かった。身体が軽く、思った以上に動けることが楽しくて仕方ない。

「ワイルドボアを蹴りだけで狩ることができた」

「エド、すごいね！　私も魔法の発動が早くなったし、威力も上がっているみたい」

それだけ、今まで無駄が多かったのだろう。省エネ、すごく大事。実践を経て納得してからは、更に真面目に稽古に従事している。目に見えて成果が現れると、やる気も出るというもの。

「休んだら体力が戻ったわ。とりあえずお昼ご飯を食べましょう」

「腹一杯食いたいが、さすがに今回はヤバい気がする」

「今日は消化に良いリゾットにしようか。栄養たっぷりで美味しいし」

キノコとベーコン、玉ねぎを投入したチーズリゾットだ。ガーリックと黒胡椒(こしょう)の風味も良く、適当に具材を放り込んで作ったのだが、とても美味しく仕上がった。

温泉卵をスプーンで割り、とろとろの半熟卵と一緒に頬張るのが至福の逸品だ。

無言でリゾットをかき込んで、二人は再び寝台に倒れ込む。

今日ばかりはエドも獣化スキルを発動する余裕もなかったようだ。寝台が広いのをいいことに、そのまま眠りに落ちてしまった。

誰かに優しく頭を撫(な)でられた気がして、ナギはぼんやりと睫毛(まつげ)の先を震わせた。

何度か目を瞬かせると、視界が鮮明になってくる。室内を照らしているのは、柔らかな夕焼け。

数時間ほど熟睡していたらしい。おかげで疲れはとれたようだ。

覚醒しきらずころりと寝返りを打った先で琥珀(こはく)色の煌(きら)めきに迎えられる。

とろりとした蜂蜜に似た、とても綺麗な瞳だ。切れ長で少し冷たい印象を与える、その瞳が自分を見つめて優しく綻(ほころ)ぶ瞬間が好きだった。

こんな風に甘やかに微笑みながら、ぶっきらぼうな口調で名前を呼んでくれる——

「ナギ。起きたのか」

「ふぇっ？　え？　エド？」

慌てて飛び起きた。周囲を見渡し、疲れて寝落ちしたことを思い出して、ほっと息を吐く。

「ビックリした……」

「どうした？」

乙女心を斟酌(しんしゃく)しない朴念仁は、不思議そうに首を傾げている。

「誰かに頭を撫(な)でられた気がして目が覚めたら、エドがいて驚いただけ」

「そうか、すまない。俺が触っていた」

「えっ？　本当に触っていたの？」

動揺するナギに、鈍いエドもさすがに気付いたらしい。慌てて居住まいを正し、頭を下げる。

「すまない。髪を解かず寝てしまっていたから、盛大に絡んでいて」

「絡んで？　あっ、ほんとだ！　すごい寝癖」

「気になって触ってしまった。本当にすまない」

「謝らなくてもいいわ。これだけ盛大に爆発していたら、それは気になるよね」

むしろ、変に意識した自分がとんでもなく恥ずかしくて、こちらのほうこそ謝りたい。

ナギの肉体である『アリア』の髪質は猫毛に近い。黄金色の柔らかな髪がなびく姿はとても美しいが、手入れは地味に大変だ。いつもはきつく編み込んで帽子の中に押し込んで誤魔化しているが、解くのを忘れてそのまま寝落ちしてしまったため、恐ろしいことになっていた。

「鳥の巣状態だわ……」

「可愛らしい小鳥の巣だな」

ナギがげんなりとぼやくと、エドが優しくフォローしてくれた。気を取り直して、リボンを外し、髪に指を突っ込んでほぐそうと試みるが、なかなか頑固な寝癖に苦戦する。

「貸してみろ。俺がする」

「エドが？」

「たぶんできる。と、アキラが」

そういえば、アキラには年の離れた妹がいた。この髪をエドが綺麗に編み込めるのも、アキラの記憶のおかげだ。

「ナギ。……触っても？」

「お願いします……」

後頭部までくちゃくちゃに縺れた髪を自分では直せそうにはない。諦めてお願いすると、面倒だろうに、どことなく嬉しそうなエドがコーム型の櫛を手ににじり寄ってきた。

「痛かったら言ってくれ」

「ちょっとくらいなら我慢するから平気よ」

信頼している他人に髪を触れられるのは、心地いい。少し背の高いスツールに腰掛けて、ナギは足をぶらぶらと揺らす。穏やかな夕陽の残光の下で、エドが器用に髪をほどいて梳いてくれている。意外なほど丁寧に、長い指先が絡まった髪を宥める様が、なんとなくくすぐったい。

「できたぞ、お姫さま」

「ありがとう、黒髪の執事さん」

渡された手鏡には、美しい黄金の長髪を誇らしげになびかせる、澄ました顔の少女が映っていた。


夕食はメンチカツにした。ボア肉とディア肉が大量にあったので、エドに合い挽き肉を作ってもらい、玉ねぎとニンジンのみじん切りと合わせ、可愛らしい丸型に成形して揚げる。残りは小判型に成形して、パンに挟んでメンチカツバーガーにする予定だ。

メンチカツを揚げている間、エドにはキャベツの千切りをお願いした。

「スープは野菜をたっぷり食べられるから、肉食女子二人用にポトフにしよう。ウサギさんとエルフなのに野菜があまり好きじゃないって、イメージと違いすぎて不思議」

ポトフはベーコンと腸詰入りなので、野菜嫌いでも美味しく食べられるはず。

パンはエドが仕込んでくれたレーズン酵母を使った、ちぎりパンだ。前世で作ったレシピを思い出しながら、フライパンで作ってみた。

「フライパンでパンが作れるなんて、知らなかった」

パンはオーブンや窯で焼くものだと思い込んでいたらしいエドは、とても驚いていたが。

「パンケーキもフライパンで作ったけど」

「あれはケーキだ。パンとは違う、と思う」

そういうものだろうか、と首を傾げつつ、揚がったメンチカツを盛り付ける。

「ちぎりパン、美味しくなかった？」

「旨かった。ミルク食パンほどではないが、柔らかくて。肉と一緒に食べるのに最適だった」

好評で何よりだ。さて、お師匠さんたちは気に入ってくれるだろうか。

少し不安だったが、宿の食堂の片隅で四人は夕食を囲んだ。大皿をワンプレートにして、おかずもパンも全部載せてみた。ポトフは大きめのスープボウルに盛り付けて、それぞれに配ってある。

「お肉を油で揚げた料理です。どうぞ、召し上がれ」

本日の豪勢な『対価』に、ミーシャもラヴィルも歓声を上げた。

「丸くて可愛い料理ね、いい匂い」

「こんなにキャベツはいらないのですが」

「いただきます」

マイペースに会話する妙齢の美女をよそに、エドがさっそくメンチカツにフォークを突き刺した。揚げたてのメンチカツを、あぐりと口に入れる。

「は、ふっ！　ん、むっ」

「熱いから火傷しないでね？」

冷やしたレモン水を差し出すと、エドはひと息に飲み干した。

「ふぅ、旨い。ハンバーグと似ているが、こっちのほうが肉汁がすごいな」

「んっふっふ。美味しいでしょう？　肉汁で溺れそうになるメンチカツにしたかったんだー」

前世では難しかったが、こちらの世界の魔獣肉――特にフォレストボアの肉は甘い脂をたっぷりと腹に溜め込んでいるのだ。しかも揚げる油はオーク製のラードを使っている。

お上品な植物油ではなく、獣脂。それもオークの！　不味い訳がなかった。

「美味しい肉汁と脂にまみれても太らない成長期って素晴らしいわよね。丈夫な胃腸にも感謝」

「よく分からんが、メンチカツが最高に旨いのは理解した。おかわりが欲しい」

「私も欲しいです。とりあえず、十個ほど」

「なっ、ミーシャずるいわよ？　私もまずは十個！」

さくさくのメンチカツをうっとりと味わっていた師匠二人が空の皿を差し出してくる。千切りキャベツも綺麗に完食していた。野菜は嫌いでも、特製ドレッシングは気に入ってくれたようだ。

「今日は大量に作ってきましたからね。たんと食べてください！」

収納から取り出した大盛りのメンチカツを目にして、二人の美女が歓声を上げる。

見惚れるほどに麗しい光景だが、エドはそんな二人には目もくれず、ひたすらメンチカツを幸せそうに咀嚼していた。溺れそうなほどの肉汁を孕んだ揚げたてのメンチカツに勝るものはないので、それも当然かもしれない。

大量に揚げたメンチカツをぺろりと完食し、更にデザートのパウンドケーキも美味しく食べ切った師匠たち。エドが「これが別腹……」と震撼していたのが印象的な夜だった。


「一ヶ月、よく頑張ったね」

東の冒険者ギルドの受付カウンター前。事務方主任、壮年の男性職員フェローが笑顔でナギとエドに新しいタグを手渡した。

「おめでとう、二人とも。これで貴方たちも立派な冒険者とポーターね」

「フェローさん、リアさん。ありがとうございます！」

垂れ耳が愛らしい犬獣人の受付嬢リアも祝福する。

新しいタグは見習いから昇格した証だ。木製の仮のものから鉄のプレート状のタグへ交換してもらえる。自分の名前が彫られたタグを手にして、ナギとエドは笑みを浮かべた。

さっそくタグをネックレスに通す二人をギルドの職員たちが微笑ましそうに見ている。

一ヶ月間の見習い期間を終えて、晴れて冒険者とポーターへ昇格することができた。地道に奉仕依頼をこなしたことで貢献ポイントが充分溜まっていたようで、短期間での昇格となった。

ギルドを出て、しげしげと胸元のタグを眺める。

「いいのかな、こんなに簡単で。てっきり昇格テストでは、腕試しコースがあると思っていたわ」

「ラヴィ師匠が言うには、鑑定したレベルとギルドへの納品内容で、ある程度の能力は把握されているらしい。よほど素行が悪くない限りは問題なく昇格させてくれるそうだ」

「そうだったんだ」

「もちろん街中の奉仕依頼の働きぶりもきっちりと確認されていたみたいだが」

「ちゃんと真面目に働いていて良かったね、エド」

長いようで短い一ヶ月だった。前半はのんびりと楽しみながら、後半は過酷な修行期間を挟んだが、おかげで自信を持って冒険者活動を始められそうだ。

「今日は臨時の休日にして、ミーシャさんとラヴィさんに報告しよう。夜はお祝いだよ！」

「お祝い……」

ぴくりとエドの耳が揺れる。誕生日祝いとしてケーキを振る舞われたことを思い出したのだろう。

期待に輝く琥珀(こはく)色の瞳を前に、ナギの返事は決まっている。

「お祝い用のケーキも作るよ。その代わり、ちゃんと手伝ってね？」

「当然だ。生クリームとマヨネーズを混ぜるのは任せろ」

「あとお肉を切り出すのと、パン作りも」

「……努力する」

今回はご馳走をたくさん用意するので、時間が停止する【無限収納EX】スキル内の小部屋で調理する予定だ。時間泥棒のパンや菓子作りも小部屋で頑張れば、夕食時間に間に合う。

お祝いされる側が用意するのも変かもしれないが、今回は協力してくれた師匠たちにお礼がしたいので問題ない。

宿に到着し、さっそく受付に座るミーシャに見習い期間が終わったことを告げた。

ミーシャは柔らかく微笑むと、ほっそりとした繊手で帽子ごとナギの頭を撫でる。

「頑張っていたものね。おめでとう」

「ありがとうございます、ミーシャさん」

「エドくんもおめでとう。ダンジョンではナギを守ってあげてね」

「この身に代えても」

「もう、エド！　重いから！」

生真面目に頷く少年の袖を引き、二人の師匠を夕食に招くべく、ミーシャを見返した。

「今夜はちょっとしたご馳走を用意するので、楽しみにしていてください」

「嬉しいわ。楽しみにしています」

「ラヴィさんは東のダンジョンを攻略中でしたっけ？」

「夕方には戻ってくるから、伝えておくわ。場所は……宿の食堂だと暴動が起きかねないですね」

「もう、ミーシャさんまで、そんな大袈裟な」

「……いや、起きるな、確実に。無駄な血は流さないほうが良い」

「え、そんな物騒な話だった？」

夕食のお誘いが、なぜ流血云々の物騒な話になるのか。戸惑うナギの肩に、そっとエドが手を置いた。

「あのお祝い用のケーキを出すんだろう？　確実に暴動が起きる。普段の肉料理でも、周囲の連中がどれだけ悔し涙を流していることか。そんな場所で、あのケーキを無事に食べられると思うか」

「最悪、宿が半壊するわね。とても困ります。怒り狂うラヴィを止めるのも面倒だし」

「そんなに？」

「それほどの価値がある」

重々しく頷(うなず)くエドの様子にミーシャの期待は否が応でも高まったらしく。そっとナギの手を握りしめてきた。

「うちのダイニングルームを提供するので、そこでお祝いをしましょう。ちゃんと綺麗に掃除して、お酒はこちらで用意しておきます。その、けぇき？　というご馳走をよろしく」

「は、はい。お口に合うかどうかは分かりませんけど、用意しておきますね」

勢いに押されて、ナギはこくこくと頷(うなず)いた。途端に笑顔で握った手を解放される。

（暴動に、宿が半壊の恐れ？　恐るべし、異世界でのスイーツ事情……！）

宿の裏にある小さな一軒家がミーシャの自宅だ。夕方お邪魔することを約束して、部屋に戻る。

「とんでもなくハードルが上がった気がするんだけど？」

「いつものように、ナギが食べたいものを作ればいいだけだ」

「えーと、でもご馳走って」

「ナギの作る食事はどれもご馳走だ」

さらりとそんなことを言ってのけるのだから、天然のイケメンには敵わない。言葉を尽くして褒められるのも嬉しいが、なんでもないことのように不意打ちで褒められるのは心臓に悪い。

「っ、じゃあ、本当に自分が食べたいものだけ作っちゃうよ？」

「ああ、それでいいと思う。お祝い用のケーキを忘れていなければ、問題ない」

「どれだけケーキ推しなのよ、エド。そんなに気に入ってくれたのは嬉しいけど」

大森林の洞窟でささやかにお祝いした際の誕生日ケーキが、エドは忘れられないようだ。

(あの時は材料が揃ってなかった。スポンジもうまく膨らまなくて、出来も悪かったのに)

そんな出来損ないのケーキをエドは幸せそうに頬張ってくれたのだ。

あの時の子供らしい全開の笑顔をもう一度拝むために、今日は最高のケーキを作りたい。

「ミヤさんのおかげで泡立て器やスポンジの金型もできた。材料も揃った今なら、もっと美味しいケーキを作れると思う」

「あれ以上に美味しいケーキが……？」

「うん。だから、手伝ってくれると嬉しいな」

「全力を尽くそう」

よし、力仕事担当ゲット。さっそく【無限収納EX】の小部屋を開き、エドと二人でクッキングタイムだ。それぞれエプロンを着けて、夕方の宴会に向けて下拵えに専念する。

まずはパン作り。食べやすいようにバターロールを作ることにした。パン作りはエドの担当だ。酵母からパン種を作り、生地を練り上げるのも、既にプロ並みの腕前である。

作り置きのパン種を使い、生地を麺棒で伸ばしていく。伸ばした生地をくるりと巻く作業も、ナギが一度目の前でやって見せると、すぐに覚えて再現した。

「エドは冒険者を引退したとしても、パン屋さんで食べていけそうね」

「再就職先として候補に挙げておこう」

ナギはスポンジケーキのレシピメモを取り出して、材料を確認する。小麦粉と卵、砂糖、バターに牛乳。卵と牛乳は新鮮なものがあるし、小麦粉は【鑑定】スキルでケーキ向きのものを見つけて買い溜めしてある。

「バターロールを仕込んだら、スポンジケーキのほうもお願いしても良い？」

「ああ。作り方だけ教えてくれ」

実演するため、卵を泡立てて砂糖を加えたものを湯煎しながらひたすら混ぜる。が、一分ほどで腕が疲れてしまい、エドに戦力外通告された。

仕方なく、ナギはスポンジケーキ作りをエドに任せ、成形されたバターロールに濡れ布巾をかぶせた。寝かせ終わったら、卵の黄身を薄めたものを表面に丁寧に塗って焼くだけだ。

エドが混ぜていた卵がもったりしたら、小麦粉を二回に分けてふるい入れる。その間に、ナギはバターと牛乳を湯煎にかけた。

「粉っぽさがなくなるまで混ぜて、この溶かしバターと牛乳を生地に合わせるの。出来上がった生地はホールケーキの金型に流し込んで、温めておいたオーブンで焼き上げましょう」

幸い、エドの【鑑定】スキルもレベルが上がっているので、焼き加減の確認は任せられる。

スポンジケーキが焼き上がるのを待つ間、他の料理に取り掛かった。

前菜はエビとブロッコリーのカクテルムースだ。カクテルグラスは辺境伯邸から持ち出したものを使う。ヨーグルトとクリームチーズでムースを作り、ボイルしたエビとブロッコリーで綺麗な層を積み上げた。

我ながら芸術品のような出来栄えの一品だ。魔道冷蔵庫で冷やしておく。

「前菜の次はサラダね。生ハムのカルパッチョにしようかな」

鹿肉を使った上質な生ハムだ。レタスにトマトにオニオン、臭み消しの野草やハーブを少し散らして、生ハムのカルパッチョの完成。摘み食いしたくなるが、ここは我慢。

「スープはビシソワーズ！　ジャガイモの冷製スープは夏にぴったりよね」

ミキサーがないので、具材をじっくりと煮込んでザルで濾すことにした。ジャガイモに玉ねぎとセロリ。バターと牛乳、コンソメスープで美味しいスープが作れる。

鍋ごと魔道冷蔵庫で冷やしておいて、食べる直前にパセリを散らせば、完成だ。

エドはまだオーブンの前でスポンジケーキとロールパンの焼き加減の確認中。次はメインの肉料理に取り掛かる。

参加者の四人ともお肉が大好きなので、何を作れば喜んでもらえるのかはなんとなく分かった。

これまで食べたことのない肉料理と食べ応えのある肉料理、二種類を用意することにする。

さて、今宵のお祝いメニューを全て作り終え、二人でまったりと読書を楽しんでいた、約束のちょうど一時間前。ナギはふと、読んでいた本から顔を上げた。

「エド、どうしよう……」

「どうした？」

「肉料理と一緒に出そうと思っていたヨーグルトジュースなんだけど」

「ヨーグルトジュース？」

「ベリーと蜂蜜で味を付けたドリンクね」

「旨そうだな。今から作るのか」

「それが、ヨーグルトを全部使っちゃって……」

「なら、俺が買ってこよう。【身体強化】スキルを使えば、一時間もあれば牧場を往復できる」

「ごめんね。ついでに、ドワーフ工房のミヤさんに、ケーキのお裾分けを届けてくれると嬉しい」

「分かった」

後日渡そうと別に作っていたケーキを取り出すと、エドはそれを慎重にマジックポーチに収納した。

優しい彼に申し訳なく思いながら、身軽く駆けていく相棒の後ろ姿を見送って、すぐに踵を返す。

向かう先は一時間後にお邪魔する予定の、ミーシャの家だ。

緊張に震える手をきゅっと握り締めて、樫の木のドアを叩く。

しばらくして、開いたドアの隙間から銀髪の麗人が顔を出した。

「ミーシャさん、こんにちは」

「ナギ？　時間にはまだ少し早いけど」

不思議そうに首を傾げながらも、ミーシャはナギを快く中へ招き入れてくれる。

ナギは真剣な表情で、魔法の師匠であるエルフの麗人を見据えた。

「——お願いがあるんです」


エドがお使いから帰ってきたのは、約束の時間ギリギリだった。部屋に先にミーシャの家へお邪魔する旨をメモで残しておいたので、すぐに訪ねてくる。

「おかえり、エド」

「遅いぞ、オオカミくん」

「待ちかねたわ」

のんびりと紅茶を飲みながら談笑していた三人が笑顔で出迎えると、ものすごい形相でナギを二度見する。驚愕のあまり、少し意識が遠くなっているようだ。

呆然とした様子で凝視されるが、ナギは素知らぬ振りで笑顔を向けた。

「お使い、ありがとう。ミヤさんは喜んでくれた？」

「それはもう飛び上がって喜んでいたが」

「そっか、良かった。味も気に入ってくれたら、嬉しいんだけど」

「ずるいなー。私たちはまだ、けぇき食べられないのに」

「ラヴィさん、すぐですよ。食後に出すから、食べすぎないでくださいね？」

「デザートは別腹だから大丈夫！」

「甘いものはお腹のアイテムボックスが収納する、とエルフの里では言われていたわ。懐かしい」

和気藹々と和やかに会話を交わしていると、ようやく復活したエドが割って入ってくる。

「ナギ！　その頭はどうした？」

「室内で帽子をかぶっているのは変でしょ？　だから、脱いだの」

「そうではなくて！　髪！　なぜ、そんなに短くなっているっ⁉」

絶望に満ちた眼差しを向けられて、少し呆れてしまう。

ナギの腰までの長さを誇っていた黄金色の髪は、ばっさりと切り落とされていた。前世風に言うならば、今の髪型はミディアムショートヘアだろうか。

随分と軽くなった頭を振って、ナギはにこりと少年に微笑んでみせる。

「ミーシャさんに切ってもらったの」

「なぜ――」

「昇格してダンジョンに潜れるようになったことだし、記念にね」

「何も切ることはなかっただろう……」

「暑くて蒸れるし、邪魔だったんだもの。帽子をやめたくて、髪を切ってもらったの。ダンジョン内で帽子をかぶるのも変だし、室内でもずっと脱がないでいたのは違和感があったでしょう？」

ミーシャとラヴィルは素知らぬ表情で紅茶のカップを傾けている。聞かない振りをしてくれているのだ。ナギの意思を尊重してくれた彼女たちには感謝しかない。

「だが、帽子を脱ぐにしても、何もそこまで髪を切らなくても」

「エド？　私たちの目的はダンジョンに潜って稼ぐことよ？　ついでに厄介な追っ手に素性がバレないようにする、これでしょ？　髪を伸ばしている男の人もいない訳ではないけど、ここまでの長髪だと、女だってすぐにバレてしまうもの。仕方ないことよ」

「それはそうだが……あ、ナギ、師匠たちには」

今頃彼女たちの存在を思い出して慌てているエドの姿に苦笑する。

「大丈夫。というか、二人とも最初から私の性別を分かっていたみたい」

「そうなのか？」

「物腰から、すぐに分かったわ」

「私は匂いかな？　鼻の利く獣人なら、オスメスは分かるでしょ」

「そうだった……！」

愕然とするエド。おい、おい。それはナギも初耳だったので、ほんの少しエドを睨んでおいた。

「……なら、別に髪を切らなくても良かったんじゃないか？」

「私が隠したいのは、王国関係の連中にだけ。追っ手がかかるとしても相手は人族だから、匂いでバレることはないわ。獣人さんたちと違って、王国の、特に貴族階級では短髪の女の人は存在しないから、私の性別が疑われることはないと思う」

髪色を染めることも考えないではなかったが、質の良い染粉は少ない。水で洗うとすぐに落ちてしまうため、頻繁に染める必要がある。染粉の値段も銀貨数枚はするので、諦めた。

もっとも、この金髪碧眼という組み合わせはありふれた色彩なので、性別さえ上手く誤魔化せれば、ナギが元貴族令嬢のアリア・エランダルだとはバレないだろうと考えている。

自由な気質の冒険者が人口の多くを占める南国と比べて、封建制度の王国民は頭の固い連中が多いと聞く。懐古趣味の彼らは、まさか令嬢が男装して冒険者に、だなんて考え付きもしないだろう。

「エドがそんなに私の髪を惜しんでくれるのは嬉しいけど、今はまだ冒険者になったばかり。もっと力を付けて、自分で自分を守れるくらいに自信がついたら、また髪を伸ばすね」

「……そうだな。すまない。ナギの事情を知っていたのに、頭に血が上ってしまった」

「ふふっ、別にいいよ。エドが私の髪を気に入ってくれているのは知っていたし。切ってもらった髪はちゃんと大事に持っているからね。床屋さんでウィッグに加工してもらえるみたい」

「！　そうか。なら、ドレスも着られるな」

「ん？　そうね、付け毛で編み込んで誤魔化せば、ちゃんとレディには見えると思うけど」

「なら、我慢する。俺も力を付けて強くなるから」

「う、うん……？」

よく分からない間に、落ち込んでいたはずのエドはしっかり浮上したようだ。傍らで素知らぬ振りをしてくれていたはずの二人が、なぜか肩を震わせて笑っている。

「それにしても、黙って切ったのはひどい。ものすごく驚いた。心臓が止まるかと思った」

「ごめんね。だって絶対に反対するでしょう？」

「う……」

「そんなに嫌がらなくてもいいのに。変かな、ミディアムショートヘア。可愛くない？」

小首を傾げて少し高い位置にあるエドの瞳をじっと見上げると、みるみるその顔が赤く染まっていく。エドは口許を手で覆い、視線を逸らして、ぼそりと呟いた。

「に、あっている、と思う……」

「そう？　良かった！」

ご機嫌でナギが頷いたところで、見守ってくれていた美女二人がとうとう腹を抱えて爆笑する。突然のことに驚くナギと、憮然とするエド。しばらく、二人の笑い声が響いた。


「――では、仕切り直して、お祝いの準備をしますね」

キッチンと続きのダイニングルームには四人掛けのテーブルがセットされ、小花柄のクロスが掛けられている。木製の大皿やスープボウル、カトラリー類なども用意されていたので、準備は簡単だ。

大皿に生ハムのカルパッチョを盛る。アクセントとして食べられる小花を散らしてみたら、更に華やかな見た目になった。それと、カクテルグラスを皿代わりにした、エビとブロッコリーのムース。

スープボウルにはビシソワーズを満たす。パセリを散らすと鮮やかだ。

「エド、テーブル中央にパンを置いてくれる？　ブルーベリーとイチジクのジャムも添えて。蜂蜜とバターもあったほうがいいかな」

エドが手際良くテーブルをセッティングしていくのを、少し離れた場所から興味深そうに師匠二人が眺めている。リボンで飾り立てた可愛らしいバスケットに盛り付けたのは、焼き立てのバターロールだ。優しいパンの香りにラヴィルが目を細めてうっとりと笑う。

「とっても良い香りね、ミーシャ。早く食べたい」

「同意するわ、ラヴィ」

「メインのお肉料理は二種類です。まずは、鹿肉を使ったローストディア！」

綺麗な赤身の肉を、薔薇の花のように巻いて皿を飾り付けてある。薬味は西洋ワサビと生姜(しょうが)をすりおろして葉っぱに見えるように添えてみた。女性陣の反応は上々だ。

エドなどは食べてしまえば一緒なのにと不思議そうにしていたが、目で見て楽しむ料理というのも、パーティには不可欠なものだ。

「そして、コッコ鳥のモモ肉の照り焼きステーキです！」

「っ！」

「なんて香り……」

照り焼きソースの香りは肉と合わさると暴力的なまでに食欲を刺激する。

祖母直伝の照り焼きソースのレシピ、その黄金比は、醤油二：料理酒二：みりん二：砂糖一だ。料理酒はワインで代用し、みりんは見つからなかったので、蜂蜜をほんの少し足してみた。フライパンでくつくつと煮るととろみが出てきたので成功を確信した。味見したエドを恍惚とさせた照り焼きソースの完成だ。

パリパリに焼き上がった皮に照り焼きソースが絡まり、否が応でも期待は煽られた。

「デザートのケーキは食後のお楽しみということで。先に食事を楽しみましょう！」

テーブルに案内するナギに、ミーシャがはんなりと笑う。差し出されたのは、一本の酒瓶だ。

「ナギ、エドくん。これは私たちからのお祝い」

「甘口のフルーツワインよ。火にかけてアルコールは抜いてあるから、貴方たちでも呑める」

グラスになみなみと注がれたロゼワインからは、甘酸っぱい香りが立ち昇っている。

嗅ぎ慣れた香りに、ナギの顔が綻んだ。こっそり鑑定して、やはりそれがイチゴのワインであることを確認し、破顔する。ずっと探していたイチゴが、この世界にもあったのだ。

「ありがとうございます。ミーシャさん、ラヴィさん！　すごく良い香りのワインです」

「ダンジョンの下層でしか手に入らない特別なベリーを使って作られた、珍しいワインなのよ」

「ダンジョンで採取できるんですね。分かりました。……エド？」

「ああ、頑張って下層を目指そう」

新たな目標を得た二人と、師匠二人はそれぞれのグラスをこつんと重ね合わせて乾杯した。美人の二人は健啖家かつ酒豪で、度数の高いぶどう酒がグラスに満たされている。

「野菜なのに、信じられないくらいに美味しい」

「まさか！　……本当だわ。野菜なのに、すごく美味しいわ、コレ。不思議」

「生ハムのカルパッチョですか？」

「そう、それ！　このハム、生なの？　大丈夫なの？」

ラヴィルは生ハムが初めてだったらしい。北の国である王国では特産物だったが、南ではあまり作られていないのかもしれない。ちなみにこの生ハムは辺境伯邸からこっそり頂いてきた逸品だ。

「ちゃんと加工されている一級品ですから、大丈夫ですよ。お酒とすごく合うんです！」

ノンアルコールのワインを舐めながら味わう生ハムは格別に美味しかった。

ミーシャはとっくにカルパッチョを腹に収め、今は真剣な眼差しでエビとブロッコリーのムースに取り掛かっている。綺麗に層を作ったので、それをあまり崩したくないらしい。

慎重にスプーンを入れて、側面を凝視しながらじっくりと味わっている。

「こんな食感の食べ物は初めて。とても美しく、繊細な味わいです」

「お口に合って良かったです。このパンもふわふわで美味しいんですよ」

ナギはバターロールに手を伸ばす。ふかふかの感触に、自然と頬が緩んだ。

バターの香りを胸いっぱいに吸い込んで、はぷりとパンにかぶりつく。レーズン酵母で作られたパンなので、ほんの少しぶどうの残り香が感じ取れた。

「美味しい。これはジャムを付けて食べるのはもったいないかも」

「良い出来だな。旨い」

手放しで絶賛されたエドは上機嫌だ。

バターロールとビシソワーズを交互に楽しむ。冷たいジャガイモのスープは口当たりが良く、いくらでも飲めそうだ。

二人の様子を目にしたラヴィルが恐る恐るバターロールを掴み、その柔らかさに驚愕している。

ミーシャはスープもパンも気に入ったらしく、空（から）になったスープボウルを物悲しそうにパンで拭っている。

「ミーシャさん、スープのおかわりは？」

「ありがとう。いただくわ」

ふわりと花のような微笑を向けられるが、その口元にはパン屑（くず）がついている。

「ローストディアも美味しく焼き上がったみたい。醤油ベースのソースだけど、意外と合うね」

「ワサビ醤油で食っても旨いぞ」

「それも美味しそう。エド、コッコ鳥の照り焼きステーキはどうだった？」

「いくらでも食える」

エドの感想は分かりやすい。言葉通り、お代わりしたモモ肉を手掴みで食べ進めている。骨から肉をこそげ取る勢いで綺麗に食べ尽くしていた。豪快な食いっぷりは、見ていて気持ちが良い。

健啖家の女性二人も、いつの間にかメインの肉料理を完食していた。うっとりと瞳を潤（うる）ませ、充分満足してもらえたようで何よりだ。

「さて、皆さん。ちゃんとお腹に余裕はありますか？」

「もちろん」

「デザートは別腹よ？」

「食べ尽くせると思うわ」

「ミーシャさんは自分の分だけを食べてくださいね？」

念を押してからテーブルに並べたのは、生クリームたっぷりのフルーツケーキ。

マンゴーをカットして盛り付けてある。スポンジの間には蜂蜜を塗り、砂糖漬けにした洋梨のスライスを挟んであった。

頑張ってデコレートしたので、我ながらゴージャスに仕上がったと思う。

「まぁ！　なぁに、これ？　とっても綺麗なデザートね」

「綺麗な上に、美味しそう。宝箱をひっくり返したみたいです」

ケーキにナイフを入れるのは、エドにお願いした。温めたナイフでエドが切り分けていく。少しでも失敗して大きさがまちまちになったら血を見る可能性があるので、それはもう真剣に。

あらためて師匠二人から、お祝いの言葉を貰った。

さっそくケーキにフォークを向ける。スポンジの焼き具合は文句なし。綺麗に膨らみ、柔らかく焼き上がっている。生クリームも滑らかに仕上がっており、大森林でのリベンジは成功だ。

「美味しいね、エド」

「ん、とんでもなく旨い。大森林の洞窟で食べたケーキと全然違う気がする」

「あー……あの時は材料不足だったから……」

「分かっている。あれはあれで旨かったし、文句はない」

ほのぼのと笑顔を交わし合う二人と違い、妙齢の美女二人のケーキに対する執着は凄まじかった。

パンの耳ラスクであれほどまでに喜んでいた二人なのだ。フルーツたっぷりの生クリームケーキを食べたら、こうなることはなんとなく予想できていたのだが。

「ナギ、エルフの里秘伝の魔術、知りたくはない……？」

「オオカミくん、君には白兎族の奥義を授けようと思うんだけど」

迫力のある笑顔で「対価！」と迫ってくる美女二人から、ナギとエドは慌てて逃げ出した。


『もったいない。あんなに綺麗な髪だったのに』

「綺麗だったよね。枝毛ひとつなかったから、ミーシャさんにも褒められちゃった」

にこりと笑い飛ばすと、恨めしげにこちらを見ていた仔狼が力なく床に伏せた。相当落ち込んでいるようで、面倒くさい。エドはともかく、アキラもこの調子なのは、正直意外だった。

「そんなに変？　自分では気に入っているんだけど。ミディアムショートヘア、可愛くない？」

『めっっっちゃ可愛いですけども！』

「ありがと。嬉しいな」

『センパイがあざとい……っ』

よく切れるハサミを持ったナギがミーシャの家を訪ねた時には、大層驚かれた。まあ、弟子に真顔で「髪を切ってください」なんてお願いされたのだ。それは驚くだろう。

トレードマークと化していたハンチング帽を脱ぐと、まとめていた髪がさらりと背中へ流れた。腰までの長髪には、ミーシャはあまり驚いてはいなかった。

女の子なのは最初から知っていたので――さらりと告げられて、驚かされたのはナギのほうだ。張り詰めていた緊張の糸がぷつりと音を立てて切れた気がした。

訳ありで、男装をしている。正式に冒険者になったことだし、ダンジョン内で帽子をかぶったままでいるのは不自然なので髪を切ってほしいのだと、あらためてお願いした。

あっさりと頷かれて、家の裏手の庭で髪を切ってもらえることになった。

『こんなに綺麗な髪なのだし、切った髪は手元に残しておくと良いわ』

ミーシャはそう言って、三つ編みにした髪をばっさりと切り落としてくれた。肩につくくらいの長さになって、頭がとても軽い。

切り落とした三つ編みは丁寧に布に包んで渡してくれたので、お礼を言って受け取った。

あらためて毛先を整えてもらっているところに、ラヴィルが帰ってきた。

彼女は短髪になったナギを見てにこりと笑い、よく似合っていると褒めてくれた。やはり彼女もナギの性別には気付いていたようだ。知っていて黙ってくれていたことには、感謝しかない。

吹っ切れたナギと全く気にしていない師匠二人とは違い、しつこく嘆いているのが男連中だった。さっぱりして頭も軽いし、蒸れる帽子からも解放されてご機嫌なナギにはよく分からない。

(まあ、たしかに『アリア』はお人形のように可愛いから、残念に思うのも分かるけど)

特にエドはナギの髪を嬉しそうに弄っていたので、余計にショックだったのかもしれない。ブラシで丁寧に梳いて綺麗に編み込み、リボンを結ぶことを楽しんでいたようなので。

「実はこの髪型、前から見るとショートヘアだけど、後ろ髪は少し残しているの」

『ほんとだ！　ちっちゃい尻尾がある！』

「で、この切った髪をウィッグやエクステにすれば、そんなに違和感はないと思わない？」

『なるほど。いいかもですね。エクステのほうが装着も楽だから、付け髪を作ってもらいましょうよ、センパイ』

狙い通り、仔狼姿のアキラは新しい髪型を楽しそうに考え始めている。縛りがあるのが、かえって燃えるそうだ。よく分からないが、楽しそうなので放置する。

エドの髪型に対する思い入れはアキラの影響が大きいようなので、ちょっとした意識改革だ。髪を弄る(いじ)のが好きなら、短くても弄れ(いじ)るようにすれば良い。

(エドに髪を触られるのも、嫌いじゃないしね?)

アキラの機嫌が良くなったところで、ナギは取り分けておいたご馳走を【無限収納EX(インベントリ)】から取り出した。テーブルに並べると、気付いた仔狼が駆け寄ってくる。

エドが腹九分ほど食べたので、残り一割の量だが、幸せそうに味わっていた。カクテルグラスでは食べにくそうだったので、陶製のカフェオレボウルにムースを移し替えて提供する。

『エビとブロッコリーのムースなんて洒落(しゃれ)たご馳走がこの世界でも作れちゃうんですねー。ん、んまっ! 繊細で複雑な味わいです。エビうめぇ!』

「ふっふっふっ。ちょっと手間は掛かるけど、せっかくのパーティだし、頑張ってみました!」

『すごいです、センパイ。この生ハムのカルパッチョもめちゃくちゃ美味しいです! サーモンのカルパッチョも良かったけど、生ハムも最高に相性が良いですねっ』

生ハムのカルパッチョにはピンクグレープフルーツをほぐして混ぜている。程よい酸味と苦味が生ハムの美味しさを引き立ててくれるのだ。

たっぷりの野菜サラダと一緒に、アキラは生ハムを幸せそうに咀嚼（そしゃく）する。冷たいジャガイモのソースに舌鼓を打ち、柔らかなバターロールに衝撃を受け、メインの肉料理には飛び上がって歓喜した。

『わぁ、ローストビーフ、じゃなくてローストディアが薔薇になっている！』

エドと違い、アキラは盛り付けも喜んでくれた。

『食べるのがもったいないですね！』

しばらく色んな角度から眺めて楽しんだ後で、じっくりと味わって食べてくれた。

焼き加減が素晴らしく、綺麗な赤色を残せたローストディアについテンションが上がってしまい、お肉で花束を作ったのだが、きちんと評価されて褒められると、とても嬉しい。

『ロールパンも美味しい！　エド、張り切って作っていたからなー』

食後はお楽しみのケーキタイムだ。魔道冷蔵庫で冷やしておいたケーキを取り出すと、仔狼姿のアキラは尻尾トルネードを披露して喜んだ。五等分した、最後のショートケーキだ。

『センパイっ！　食べたいです！』

「はいはい、どうぞ。召し上がれ？」

アキラが顔ごと突っ込んで、がふっとケーキに食い付く。ショートケーキサイズなので、あっという間になくなった。名残り惜しそうに皿を舐（な）めている姿が微笑を誘う。

ぺろぺろと舌を動かしているが、口の周りについた生クリームはほとんど取れていない。

「おいで。拭いてあげる」

『ありがとうございます、センパイ！　ケーキ美味しかったぁ。前に食べた時と比べても、かなり上達しましたね。もうお店出せますよ、お店。異世界でケーキ屋無双ですよ、センパイ！』

無責任に囃し立てるアキラをスルーして、ナギは食後の紅茶を楽しむ。

生クリームをたっぷり使ったケーキの余韻に浸りながら、くすりと微笑んだ。

「エドが酵母からパン種を作ってくれたから。おかげでケーキのスポンジ部分をふっくらと膨らませることに成功したのよ。クリームの泡立ても頑張ってくれたし」

『あとは、ミヤさんの泡立て器？　あれ、身体強化して使っても壊れないから最高だと思います』

「ミヤさんにはまたお礼のお菓子を持っていこう」

食後の仔狼に【浄化魔法】をかけて、全身を綺麗に磨き上げる。マトモな歯ブラシがなくても虫歯にならないのは、この【浄化魔法】と【治癒魔法】のおかげだと、しみじみと思う。

艶を増した黒く美しい毛並みを指先で撫でると、仔狼は黄金色の瞳をうっとりと細めた。

床で伸びている仔狼を横目に、ナギは後片付けを終わらせてベッドに潜り込む。

『さっそく明日からダンジョンに潜るんですか？』

「うん、せっかくだからね。明日はまだ浅い階層にしか行くつもりはないから、心配しないでね？ラヴィさんも付き合ってくれるっていうし」

『いいなー。俺もダンジョンアタックしてみたいです』

「そのうち協力をお願いすると思う。ダンジョンの深い階層に下りる時とか、ね？　人がいない場所なら、獣化してもバレないだろうし」

『本当ですか！　約束ですよ、センパイ』

「はいはい、そのうちね」

明日は大食漢が自分を入れて三人になる。少し多めにお弁当を作って行かなければ。

「ダンジョンが楽しみなのはいいけど、忘れちゃダメだよ。私たちのモットー」

『命大事に、楽しく美味しく、快適な生活を。でしたっけ？』

「怪我をしないように、も追加しておこう。あとは、なるべくたくさん稼ぐことも」

ダンジョンで儲(もう)ければ、都市の外れに土地を買っても金銭の出所を怪しまれないで済むだろう。

（そういえば、マイホームは前世の夢でもあったな）

母子家庭で苦労してきた母のために、貯金して一戸建てを買う、将来の夢。前世では叶えることができなかったが、今世では頑張れば手が届く夢になっている。

何せ、今のナギには素敵な上物が既にあるので、あとは土地を買うだけなのだ。

（ダンジョンアタックの合間に、そろそろ土地探しを始めたほうが良いかもしれない）

『妖精の止まり木』があまりにも居心地が良いのですっかり失念していたが。

「自分たちの家があれば、アキラも気を遣わずに暮らせるね」

丸いお腹を放り出してヘソ天スタイルで眠る仔狼の頭をそっと撫(な)でてやる。

よほどケーキが口に合ったのか、アキラは幸せそうにぷうぷうと寝息を立てていた。

第六章　東のダンジョンに挑戦します

ダンジョン都市の四方にあるダンジョンには、それぞれに際立った特徴がある。

東のダンジョンはフィールドに森林や平原が多く、ドロップするものも魔石と魔獣の肉や毛皮、牙や角がほとんどだ。フロアボス級の魔物を倒すと、稀に魔道具や宝石、金塊を落とすことがあるそうだが、基本的には鹿や猪などの森の恵み——森林に生息する魔獣の素材がドロップアイテムで占められていた。

「北のダンジョンはゴーレムや亜竜が多く、ドロップするものも鉱石や宝石の類が多いのよ。換金率は高いけれど、ちょっとばかし硬くて面倒なのよねぇ」

「ラヴィさんの武器はレイピアだから、相性が悪そうですよね」

「そ。倒せないこともないけれど、効率が悪いのよ。私は断然東のダンジョンが好き。なんと言ってもドロップアイテムのお肉が美味しいから！」

肉食女子の名に恥じない彼女らしい発言に、エドと二人で苦笑する。

「それに、東のダンジョンも悪くないのよ？　何せダンジョン都市の人口は万を超えるし、流れの冒険者も多い。彼らを食わせるために、肉の需要はとても高いの」

「そういえば、他の素材と比べてもお肉の買い取り額は良かった気がします」

この世界では採卵のための養鶏場と乳牛用の牧場はあるが、食肉のための畜産という概念はない。肉を食べたければ、狩猟で手に入れる。そういう世界なのだ。

人は食べなければ生きていけない。そのため、需要のある肉ドロップを期待して、多くの冒険者が東のダンジョンに集まってくる。

「さ、無駄口はここまで。向こうに見えるのが、ダンジョンの扉よ」

シラン国でダンジョン奴隷として扱われていたエドはともかく、ナギはダンジョンを見るのが初めてだ。大いに期待して、ラヴィルが指差す先を見据えたのだが。

「……ダンジョン？」

そこにあったのは石造りの簡素な建物だ。加工された石で組まれた、小さな平屋のように見える。何層にも渡ってフィールドが広がるダンジョンの入り口とは到底信じられない。

ナギが首を傾げていると、ラヴィルがくすくすと軽やかな笑い声を上げた。

「初めて見た子は大抵驚くわね。あれが東のダンジョンよ。正確にはあの建物の奥に遺跡の扉があって、そこを通り抜けた先にダンジョンフィールドが広がっているの」

「ダンジョンフィールド……」

「この国のダンジョンは基本的にそのパターンね。よその国には、違った形式のダンジョンもあるらしいけど」

早い時間に宿を出たつもりだったが、ダンジョンへ続くという石造りの建物の前には冒険者の行列ができている。

「グループごとに攻略中の階層に転移するから、朝は混雑するの。さ、私たちも並ぶわよ。今日の私は貴方たちの案内人。魔獣を倒すのは基本的には貴方たちの仕事だからね？」

初のダンジョン探索に燃える弟子たちが不安だったのか。美味しいご飯のお礼にと、ラヴィルは自主的に付き添いを志願してくれたのだ。それなりの実力はついたと思うが、実戦が足りないナギは不安だったので、ラヴィルの申し出はありがたかった。

今日のナギはトレードマークだったハンチング帽をかぶっていない。けれど、男の子のようなミディアムショートの髪型なので、特に目立ってはいないはずだ。

（つまり、今の私は普通の人族の少年に見えているはず！）

開放感が心地よくて、大きく深呼吸する。エドなどは未だにナギの頭を切なそうに眺めてくるが、休日限定で髪を弄らせる約束で納得してもらった。

ダンジョンに潜るにあたって、服装と装備は以前に誂えたものを身に纏っている。エドは相変わらずの黒装束。飾り気のないそれが意外と好評なのが解せないが、似合っているとは思う。

ラヴィルも動きやすさと防護性を考えた、隙のない格好だ。急所を守る柔らかな革素材の装備以外は迷彩カラーの深い緑色でまとめている。腰には神銀製のレイピアと使い慣れた短刀が剣帯にぶら下がっていた。白くてふわふわの耳の内側は、興奮のせいか、ピンクに染まっている。

建物まで、あと十人ほど。緊張はもちろんあるが、未知の世界への楽しみも大きい。

それはエドも同じようで、ダンジョンの扉を真剣な顔で見据えている。

「ダンジョンの転移扉の前ではギルド職員がタグの確認をしているから、忘れずに提示すること。

私たちが扉をくぐると、その先は第一層の草原フィールド。階層の指定以外はできないの。どこに飛ばされるかは扉の気まぐれだから、離れず同時に入るわよ」

「はい！」

「分かった。ナギ、手を」

なぜか、エドにぎゅっと手を握られてしまう。

はぐれるのを心配しているのかもしれないが、固まって入れば良いだけなのでは？

そう疑問に思ったけれど、真剣に頷くエドの気迫に押されて、そのまま手を繋いで扉をくぐることにした。すぐ横で肩を震わせて笑っている白ウサギさんは気にしないことにする。

そうこうするうちに、ナギたちの番だ。厳つい鎧に身を固めた職員に、冒険者のタグの有無を訊ねられる。チェーンに通してネックレスにしているタグを服の下から引っ張り出し、背伸びして見せた。

「若いな。気を付けて行けよ」

「はい、ありがとう！」

「大丈夫よ。私が見張っているから」

「おお、戦闘狂ウサギか。アンタが付き添いなら安心だな」

「行ってくる」

意外と人の好さそうな職員に手を振って、三人で扉を押し開けた。石でできた、不思議な扉だ。

一見開きそうに見えないが、手を当てて少し力を込めるだけで、扉は向こう側へ開いた。

瞬く間に、薄暗い石造りの小部屋から、青空と緑の草原が広がるフィールドへと移動する。

「ここがダンジョン……」

本物の草原としか思えない空間が、そこには広がっていた。

「広い！」

見渡す限りの草原が四方に広がっている様に圧倒される。こんなにも遮蔽物（しゃへいぶつ）のない広大な場所は、前世を含めても見たことがなかった。何よりも驚いたのは、ダンジョン内にも空があることだが。

「ずっと草原エリアなのか？」

「一階層には草原フィールドしかないわ。現れる魔獣もホーンラビットやラージマウス、コッコ鳥くらいね。二階層から下は、貴方たちが大好きな森林エリアが多くなるけど」

「ここは初心者向けってことですね」

「ええ。ルーキーはしばらくこの階層で稼いで装備を整えてから、次の階層を目指すの」

今ラヴィルが挙げた魔獣の肉はどれも食用だ。こつこつと肉を狙って狩れば、魔石と合わせて、それなりに稼げるだろう。

「帰る時には石造りの扉を探しなさい。二階層へ下りるのも外へ出るのも、扉を介することでしかできないから」

「扉……。あ、あれかな？」

草原が続く先、なだらかな丘になっている場所の天辺に、灰色の建造物が見えた。探索もまだだが、他に建物や遺跡などは見えないので、あそこに扉があるのだろう。

「どうする？　一階層で少し腕試しをしてみましょうか」

「やる」

「私も戦ってみたいです」

師匠の提案にエドはすぐさま頷く。特訓の成果を確認したいナギも続いて挙手した。頼もしい弟子の意欲に、にこりと笑ったラヴィルは少し離れた位置で待機する。

広大な草原では、索敵もスキル頼りだ。【気配察知】スキルを発動し、ナギは周辺を索敵する。

魔獣の気配はすぐに知れた。発する魔力は小さいが、数がやたらと多いのが一階層の特徴か。

（獲物に困ることはなさそう）

率先して索敵していたエドが、まず動いた。膝の下ほどまでの草が生い茂る中、標的の姿も見えないのに、素早く弓を射る。矢が飛来した先で小さな悲鳴が上がった。草の中に隠れていたホーンラビットが転がる。

矢は正確に頭部を貫いたらしく、ホーンラビットは一撃で沈んでいる。

ナギは自分がポーターであることを思い出し、慌てて駆け寄ろうとしたが――

「えっ？」

じわじわと地面に溶け込むようにホーンラビットの死骸が消えていき、代わりに毛皮と魔石が現れた。

「ドロップしたみたいね。残念ながら、今回は毛皮と魔石だけ」

「ハズレ？」

「肉じゃないのか」

ダンジョンで魔獣や魔物を倒すと、ドロップアイテムを落として死骸は消える。頭では理解していたが、実際に目にすると不思議な光景だった。

エドは肉を落とさなかったことがよほどショックだったのか、肩を落としている。

「これが外の魔獣なら、肉に素材と魔石も全部手に入るのに……」

「当たり外れはあるけど、たまに良いものをドロップするからそれを期待するといいわ。解体する手間も省けるし。それにダンジョンの良いところは、獲物がたくさん向こうから寄ってくることよ」

「あ……」

ラヴィルが視線を向けた先を目で追いかけると、小さな魔力の流れを感じた。ナギは慌てて【気配察知】スキルを発動し、見つけた魔獣に向けてウォーターカッターを放つ。

エドはもう一方の気配に向けて既に駆け出しており、片手剣で中型犬サイズのネズミの魔獣を屠(ほふ)っている。

「コッコ鳥だったみたい」

「こっちはラージマウスだ」

おなじみのコッコ鳥は、卵と魔石を落としてくれた。肉だけではなく卵も落とすのが不思議すぎる。ラージマウスは毛皮と魔石のみをドロップしたようだ。やはり肉は出ない。

「魔石は必ずドロップするんですか？」

「ええ、他の素材を何も落とさなくても、魔石だけは落としてくれるわ」

「じゃあ、運が悪くても、最低限は稼げそうですね」

弱い魔獣の魔石は買い取り額も安いが、ダンジョンでは数を狩ることができる。半日ほど一階層で狩り続けるだけで、ルーキーでも銀貨数枚は稼げるとラヴィルに教えてもらった。

「ラージマウスって初めて見たけど、ネズミというより、カピバラに似ていたね」

「かぴばら……確かに似ているな。だが、意外に凶暴だぞ？　油断すると足首を食いちぎられる」

「それは怖いね。【気配察知】スキルで常時警戒しておくようにしよう」

魔獣は人の気配に向かって襲い掛かってくるので、その場に留まるだけでそれなりの数を狩ることができる。もっとも、大森林で美味しい大物魔獣の狩猟を楽しんでいた二人は、大人しく待つような性格はしていなかった。

「あっち！　南西の方角に魔獣が群れているみたい」

「よし、狩るぞ」

向かってくる前にこちらから強襲する。ホーンラビットの群れはエドの弓とナギの魔法で瞬殺だ。十四以上の群れだったおかげで、肉をいくつかドロップした。

「やった！　肉が落ちたよ」

「ドロップアイテムは、毛皮か角（つの）がほとんどか」

ナギは笑顔でドロップアイテムを集めていく。ドロップした肉は薄く透明なラップのようなものに包まれていた。鑑定すると、ドロップした肉の保護膜で、一度剥（は）がすと消えてなくなるらしい。この保護膜に包まれたままだと劣化しないので、数日単位でダンジョンに潜ることも可能だ。

「便利。このラップ風の膜？　売ってほしいな」

「ダンジョンからの贈り物だから、ドロップした肉にしか付いていないぞ。肉を食べるには剥(は)がすしかないし」

「そっかぁ。残念」

色々と役立ちそうだが、仕方ない。

それにしても肉のドロップ率が二割なのが悲しかった。魔獣を解体しながら進むのは大変なのでドロップ方式が嬉しいとラヴィルは言っていたが、【無限収納(インベントリ)ＥＸ】スキルを持つナギにはあまり利点がない。

収納内で自動解体されるし、余すところなく素材類を入手できるほうが良いに決まっている。

（倒してしばらくはドロップアイテムに変わらないし、その間に収納しちゃえないかな？）

今はラヴィルと一緒にいるので実験できないが、エドと二人になったら試してみよう。

そんな風に一階層で五十四以上の魔獣を倒したところで、昼食にすることにした。

引率してくれたラヴィルへのお礼も兼ねて、お弁当は三人分用意してある。

「下の階層にはセーフティエリアがあって、そこで休憩できるようになっているわ。だけど、五階層までは何もないの。だから休憩時は交代で見張るか、結界の魔道具を使う」

ラヴィルは背負っていたリュックから結界用の魔道具を取り出し、手早く発動した。てのひらサイズの小さな杭(くい)の形をしており、地面に突き刺して発動する簡易的な結界だ。

「結界ありがとうございます。ラヴィさん、お昼ご飯をどうぞ」

布のシーツを草の上に広げ、ナギはラヴィルに包みを渡した。

「ありがとう！　これ、もしかして昨日食べたふわふわのパン？」

「はい。バターロールを使ったサンドイッチです。エドが頑張って焼いてくれたんですよ」

「オオカミくん偉い！　んんっ、やっぱり美味しいわ、このパン」

さっそく包みを開けてかじりつく様が微笑ましい。真っ白のウサギ耳がぴこぴこと揺れるのが可愛らしくて、つい凝視しそうになる。そっと視線を外して、説明を加えた。

「サンドイッチの具は鶏ハム、玉子、ツナマヨ、ミニハンバーグがあります。あと、生クリームとフルーツを挟んでいるパンはデザート代わりにどうぞ！」

「どれも旨い」

「ほんと！　全種類制覇したくなっちゃうわ」

「野菜もたっぷり入れているんですけど、ラヴィさん大丈夫でした？」

ウサギさんなのに野菜が得意でないラヴィルに訊ねたが、マヨネーズがあれば美味しく食べられる、と笑顔で返された。ドレッシングよりマヨネーズがお好みらしい。

「この、ツナマヨ？　すごく好きだわ！　なんの肉なのかしら。鶏の魔獣？」

「ツナはお魚ですよ。ツナマヨ食べやすいですよね。パンにもお米にも合うから、良い食材です」

「これが魚？」

「ツナマヨはおにぎりに入れても旨い」

「サラダに混ぜても美味しいよね」

茹でたカニをほぐしてマヨネーズを和えたカニマヨもナギの好物なので、そのうち作りたい。

サンドイッチを摘み、美味しいもの談義で盛り上がる傍ら、エドが結界の外に集まる魔獣をこまめに弓で退治している。

ドロップアイテムは後でまとめて回収します。

「一階層は余裕みたいね。この後は二階層に挑戦してみる？」

上級冒険者であるラヴィルが引率してくれるのは今日だけだ。このチャンスは逃したくない。

エドと顔を見合わせて、ほぼ同時に頷いた。

「よろしくお願いします」

一階層は草原フィールド。では、二階層は？

草原から続くなだらかな丘の上にぽつんと立つ石造りの扉にてのひらを押し当てる。二階層か出口の二択が、ステータスボードのように透明なパネルとして頭上に浮かんだ。三人揃って、迷うことなく二階層を選ぶ。

手に力を込めて扉を押すと、再び独特な浮上感に包まれた。きゅっと目を閉じる。エレベーターで運ばれている時の感覚に近い。

「さ、着いたよ。二階層」

そっと頭を撫でられて、ナギは詰めていた息をそろりと吐き出す。深呼吸して、目を開けた。

「わぁ……っ！　一階層と全然景色が違う！」

「二階層は森林フィールドか」

「そう。ここでは草原とは違う魔獣が狩れるのよ」

二階層は針葉樹林が続く、森林フィールドだった。地面が固くて歩きやすい。背の高い樹木が多く、魔獣も発見しやすかった。

さっそく【気配察知】スキルを発動すると、少し離れた位置に幾つもの反応がある。

「この気配は……鹿系の魔獣？」

「フォレストディアだな」

すん、と鼻を鳴らして答えるエド。大きくて立派な角を誇らしげに構えて襲い掛かってくる鹿の魔獣、フォレストディアはかなり凶悪な草食魔獣だが。

「今夜はローストディアが食えるな」

「素敵！　あれはとっても美味しかったわ」

美味しく平らげたことのある肉食獣人たちにとっては、最高の食材の塊にしか見えないらしい。

そして、それは同じくお肉大好きなナギにとっても、共感できる認識で。

「美味しいお肉をドロップするまで狩るよ、エド！」

「分かった」

ギラリと目を光らせて、エドが駆け出す。突進しようと構えていたフォレストディアがほっそりした狼の少年にはね飛ばされた。師匠ラヴィル直伝の体術を使い、蹴り上げたのだ。

一撃で首をへし折られたフォレストディアは地面に倒れ込み、やがて毛皮と角と魔石を残して消えた。

「肉じゃない……」

「一応、ドロップアイテムとしては良い内容だけど、お肉ではなかったわね」

「気を取り直して、次に行こう！」

ドロップアイテムを収納し、他の気配を探る。幸いここはダンジョンの中。本物の森よりも魔獣の数は多く、狩り放題だ。狩り尽くしても、すぐに再出現（リポップ）する不思議空間なのである。

「来た。ちょうど二頭」

「俺がやるか？」

「一頭ずついこう」

収納スキル持ちのポーターとしてダンジョンに足を踏み入れたはずのナギだが、美味しいお肉を求めて積極的に狩る側に回ってしまう。レベルもなるべく上げていきたい。

微笑ましそうに見守っている師匠にも止める様子がなかったので、気にしないことにした。

魔術が得意なエルフの師匠に仕込まれた魔力操作は早速役に立っている。少ない魔力で極限まで練り上げた魔法は、行使すると美しく弾けた。ウォーターアローもウィンドカッターも獲物の首を刈り取るのに最適だし、土壁の盾（アースシールド）の守りは鉄壁に近い。

「あ、お肉！　落とした！」

「こっちも肉をドロップしたぞ」

運良く、二頭とも肉をドロップしたらしい。歓声を上げて駆け寄ったナギだが、拾った肉の塊（かたまり）を悲しい気持ちで見下ろした。ラヴィルが不思議そうに首を傾げる。

「どうしたの？　念願のお肉ドロップでしょう？」

「いえ、嬉しいんですけど。お肉の量、少なすぎませんか……？」

ナギが掲げて見せた鹿肉は一キロほどの塊だ。保護膜の下は綺麗な赤身だが、食べ盛りの少年少女にとっては一食分で儚く消えてしまう量でしかない。

「ダンジョンのドロップ肉はだいたい、こんなものよ？　たまに違う部位のお肉を落とすこともあるけれど」

「ええっ？　ドロップ制度、全然良くないじゃないですか」

「外の森で狩ったら肉は全て手に入るし、皮も角も魔石も付いてくるのにな」

エドにとっては、他の素材は肉のおまけらしい。呆れたようにラヴィルがこちらを見てくるが、ナギもダンジョンのドロップアイテムの世知辛さに肩を落としていた。

「まぁ、ナギはレアな【アイテムボックス】のスキル持ちだから、そんな贅沢な悩みを持つんでしょうけど」

ほっそりと綺麗な指先に、つん、とナギの額が突かれる。

「ダンジョンの下層を攻略する普通の冒険者たちには最適なのよ。解体する手間もなく素材が手に入るんだから。私たち以外の前で、そんな愚痴を口にしたらダメよ？」

「はい、すみません。ラヴィさん」

収納系のスキルは稀少だ。その容量は持ち主の魔力量によって変動するという。

ナギの収納スキルは【無限収納ＥＸ】だが、おそらくは世界に唯一の超レアスキルなため、悪用を防ぐために【アイテムボックス】スキルだと偽っている。

ただし、冒険者ギルドでは、ダンジョン都市に着いてすぐに大量の素材を納品したため、その容量が規格外であることは既にバレていた。

守秘義務のあるギルド職員が相手だったので、ナギの噂が広まっていないことが幸いだ。

（不用意に発した言葉で、他の冒険者連中に収納スキルを知られると厄介だものね……）

「ダンジョンで稀にドロップする魔道具の収納袋、マジックバッグは稀少で高価。容量の大きい【アイテムボックス】のスキル持ちは引く手数多なの。おまけに貴方はミーシャお墨付きの魔法使い。その能力やスキルがバレたら、即攫われてしまうわよ。気を付けなさい」

「気を引き締めます……」

彼女の忠告はもっともだ。自分たちのどんな言動から、人に知られるかも分からない。もっと慎重にならなければ。少なくとも己の力で立ち向かえるようになるまでは、細心の注意が必要だ。

「忠告ありがとうございます、ラヴィさん」

「ふふっ、お礼はローストディアでいいわよ？」

「了解です。ラヴィさんにご馳走するために、もう少し狩ってきますね！」

ラヴィルと話している間に、エドは更に二頭ほどフォレストディアを倒していたらしい。手渡されたドロップアイテムを収納し、獲物に視線を向ける。

「お肉のドロップ率はここもやっぱり二割くらい？」

「そうだな」

「じゃあ、いつもの倍以上、頑張って狩ろう」

「肉が小さいから、五倍は狩りたい」

「なら、怪我をしない程度に狩り尽くす、ってことで！」

ダンジョン内のフィールドは広大だ。一帯を狩り尽くしても、迷惑を掛けることもない。魔素に満ちたダンジョンでは魔獣もすぐにリポップするので、心置きなく狩猟ができる。

それから張り切ってフォレストディアを狩り、その日ドロップした肉は十個を超えた。

「今日狩ったディア肉で、ダンジョン初日の打ち上げ会をします！」

ナギが宣言すると、黒オオカミ少年と白ウサギ美女が歓声を上げる。よく似た師弟の反応に笑ってしまった。エドを助手に指名し、宿のキッチンでディア肉の調理を始める。

「楽しみだわー。んふふっ、このラスクも美味しい！　エールに合うわぁ」

キッチンでは戦力外通告を受けたラヴィルはガーリック味のバターラスクをお供に、冷えたエールを舐めている。キッチンが見える食堂のテーブルに腰を据え、ご馳走が並ぶのを今か今かと待っていた。

二人で手際よく準備を進め、ラヴィルの前に大皿を並べる。

「お待たせしました！　ローストした鹿肉と唐揚げです！」

「唐揚げは俺が揚げた」

「ん、偉いぞオオカミくん！　師匠が褒めてあげよう」

嫌がるエドを羽交い絞めにしつつ、ラヴィルは器用に唐揚げを口に放り込んだ。

「んんんっ！　何これ、すっごく美味しい！　お肉がジューシー！」

マヨネーズ醤油で漬け込んだ鹿肉は、ラヴィルの好みに合ったようだ。

捕まえていたエドを放り出し、夢中で唐揚げを食べ始める。合間にエールを挟みながら幸せそうに食べるラヴィルに釣られ、エドもいそいそとテーブルについた。

「ローストした肉も良い焼き加減だ」

「綺麗な赤身だよね。ご飯に載せてローストディア丼にして食べよう」

ご飯をよそい、ローストディアを上に並べていく。卵の黄身を割り入れて、ソースをまぶせば贅沢な丼の完成だ。箸でつぷりと黄身を潰して、肉に絡めて食べる、この至福の瞬間ときたら！

「それ美味しそう！　私もやってみたいわ！」

ローストディア丼を幸せそうに咀嚼する二人に気付いたラヴィルが身を乗り出す。

「私もそれが食べたいです。唐揚げ、美味しいです」

「ミーシャさん!?　いつの間に……」

「全く気配を感じなかった……やはりクノイチ……」

当然のようにラヴィルの隣席に座り、楚々とした様子でお皿を差し出したのはミーシャだ。

「なんとなく、こうなるかなーとは思っていました。どうぞ、二人とも」

他の宿泊客が喉を鳴らしてこちらを熱く見つめているが、さすがに今夜はもう働きたくない。

四人であっという間に鹿肉料理を食べ尽くし、デザートのミルクシャーベットも追加で提供したところで、この夜の打ち上げ会はお開きとなった。

部屋の隅に置いた魔道テントの中で、バスタブにお湯を張る。レモンの里で手に入れた精油を数滴垂らし、ナギは爽やかな香りを胸いっぱいに吸い込んだ。

「良い香り。今度は安眠効果のあるラベンダーの精油も探してみようかしら」

テントの中は左手側の隅をバスルーム、右手側をトイレルームとして空間魔法で拡張しているため、ゆったりと寛げる。

バスタブの横に小さめの棚とワゴンを置き、引き出しには精油や保湿用のクリームを、棚にはタオルを保管してある。着替えは各自で収納しているため、ここには置いていなかった。

石鹸やブラシはバスケットにまとめてワゴンの上に飾ってあるが、あまり使ったことはない。

「うん、お湯も溜まったね。じゃあ、【浄化魔法】っと」

この通り、湯船に浸かる前に魔法で全身を綺麗にしているからだ。最初はバスタブの中で身体や髪を洗っていたのだが、シャワーなしのバスタブ単品では難易度が高かったので、早々に諦めた。

今では温かいお湯に浸かるのだけを楽しみに利用している。

母の部屋にあった薔薇の香りがする石鹸は、残念ながら使い切ってしまっていた。

「この世界の石鹸、汚れは落ちにくいし、香りも悪いのよね」

母の石鹸を見つけた時には大喜びしたものだが、使い心地は日本製のものとは比べようもなかった。それでも街に出回る一般向けの石鹸に比べれば、かなりの上物ではあったのだが。

「薔薇の香りはとっても素敵だけど、汚れ落ちは微妙なのよね。それなら、【浄化魔法】で清潔さを保って、良い匂いのオイルでバスタイムを楽しむほうが絶対に良いわよね？」

そんな訳で、エドとナギは温泉気分でバスタイムを満喫している。

一番風呂を譲ろうとしても、紳士なエドは遠慮して絶対に先に入ってくれないので、これもナギが堪能していた。申し訳ないので、交代する前にはお湯を浄化して沸かし直している。

「やっぱりお風呂は気持ちいいな」

南国なので、お湯の温度は少しぬるめに設定してある。長風呂にちょうど良い。

バスタブはナギが足を伸ばして入っても余裕がある大きさだ。

今日はダンジョン内を歩き回ったので、少し疲れている。リンパを流すイメージでふくらはぎから足裏までマッサージすると、ほんの少し疲れが取れる気がした。

【治癒魔法】を使えばすぐに回復することは分かっているが、ミーシャに成長期にはあまり使わないほうが良いと忠告されたので、最近はなるべく自然回復に任せるようにしている。

（そのほうが筋肉もつくし、成長にも良いらしいしね！）

同じ年の子供たちの中でも小柄な体格なことを、実はこっそり気にしていたのだ。

聡（さと）いエルフの師匠には、しっかり見抜かれていたようだ。

記憶を取り戻したばかりの時の『アリア』と比べると、今のナギの身体は健康的な子供そのもの。痩（や）せ細りボロボロだった肌の名残はない。指先もあかぎれや霜焼けで荒れ果てて血が滲（にじ）んでいたが、今はきめ細かな白い指先を取り戻している。爪もぴかぴか、健康的なピンク色だ。

かつては櫛(くし)にギシギシと引っ掛かっていた枝毛だらけの髪も、するりと指で梳(す)ける柔らかさを手に入れた。自慢の金髪には、いつも天使の輪が浮かんでいる。

生気なく濁っていた瞳も、かさかさに乾いた唇も、今は綺麗に癒(いや)されていた。

夢見るような、澄んだ空色の瞳。紅を差さずとも薔薇色のふっくらとした唇。頬に影を落とすほどに長い睫毛(まつげ)の先は自然と綺麗にカールされている。

お風呂上がりにあらためて全身鏡で確認してみるが、『アリア・エランダル』は文句なしの美少女だった。

「髪を短くしたから、今は美少年かな？」

くすりと笑う。腰の下まであった長髪は、美しいが重かった。

長く美しい髪が貴族女性のステータスと言われるのは、手入れが大変だからなのだと実感した。

この髪を維持してくれる侍女を有することも彼女たちの勲章のひとつなのだろう。長い髪を洗い、丁寧にくしけずり、流行に沿ったスタイルに編み込む。とても面倒で大変な作業だ。そんな手間を自分に掛けるのだと考えると、ぞっとする。

貴族社会から出奔して冒険者になって良かったと、ナギはしみじみ思った。

「自分で管理できる長さまでなら、また伸ばしても良いかも？」

何せ、うちの男子たちがうるさくて仕方がない。

レベルが上がり、ある程度の自衛が可能になれば、また髪を伸ばしてみよう。

「せめて、一年でレベル50までは上げたいな。その頃には『アリア』のことも忘れられていたら良いんだけど」

希望的観測だ。だけど、そう期待している。

国を捨て、魔の大森林を越えて、ようやくここまで辿り着いたのだ。生死も分からぬ小娘一人に何年も追っ手が掛かるとは思えないので、悪くない賭けだと思っている。

(私の顔を知っている人も、もう誰もいないもの。きっと大丈夫)

子供の——特に少女の変化は顕著だ。

固く閉じていた蕾が花開くように。あるいは、蛹が蝶に羽化するように。

少女はひと息に見違えるほどの成長を遂げるものなのだ。五歳の痩せ細っていた『アリア』の姿を覚えている人物がいたとしても、健康的に成長した『ナギ』がその正体に気付かれることはまずないだろう。

「期待のポーター、ナギ少年としてダンジョン都市で活躍すれば、追っ手は更に攪乱できそうよね？」

この世界に転生して、今がとても楽しい。エドを相棒に、頼もしい師匠がいて。宿の仲間や冒険者ギルドの職員、ドワーフ工房や市場で知り合った人も皆優しくしてくれる。自力で稼いだお金で美味しいご飯を食べて、安心できる宿に泊まって。

ふと、転生する際に、魂の管理者に言われたことを思い出した。

『——良い、異世界生活を』

「ええ、おかげさまで楽しい毎日を過ごせています」

のんびりとお風呂を満喫したナギが部屋に戻ると、エドは武器の手入れをしていた。氷の魔石を使ったひんやりタイルの上で胡坐をかいて熱心に短剣を磨いている。

「遅くなってごめんね、エド。次、どうぞ」

「ああ、ちょうど手入れが終わったところだ」

エドを真似て、ナギもぺたりと床に腰を下ろす。お風呂上がりの火照った肌にはタイルの冷たさが心地いい。床で涼んでいることに気付いたエドが、冷えたグラスを用意してくれた。

「水分補給だ」

お礼を言って、レモネードの入ったグラスを受け取る。くし切りレモンがグラスの縁を飾っていて可愛らしい。【氷魔法】でグラスごと冷やしてくれたレモネードがとても美味しい。

「んー、生き返る……」

幸せそうにレモネードを口にするナギに、エドは口角を上げて小さく笑う。

風呂に向かう少年の背中をナギは呆然と見送った。いつの間に、あんな大人びた表情を浮かべるようになっていたのか。慈しむような優しい眼差しを思い出して、ナギは戸惑った。

「……最近、エドの成長が半端ない気がする」

紳士か。そういえば、紳士だった。十歳だけど。

前世の『アキラ』の記憶の影響なのか。出会った時と比べても、エドの精神年齢は随分と上がった気がする。最近の彼の行動は、特に洗練されていた。元々優しい性格だったが、さらに磨きが掛かっている。

思い返すと、見習い期間中にレストランで働いた時、アキラに前世の接客経験の蘊蓄を聞かされてから、劇的に変化した。

口下手で寡黙なのは変わらないが、女性客が腰を下ろす際にさりげなく椅子を引き、スマートにエスコートする。執事服の美少年にそんな扱いをされたら、足繁く店に通いたくなるのも当然か。

下心のない優しさは、不意打ちで受けると無駄にときめいてしまうので、やめてほしいと切実に思う。十歳の子供だと理解していても、元日本人の目には、彼は成人前くらいの姿に映る。しかもとびきりのイケメンだ。寡黙で強くて頼り甲斐があって、更に優しいとか最高じゃないですか。

(いやいや、相棒にときめくのは良くない。私たちは対等な仲間なんだから！)

めきめきと力を付けてきた、期待のルーキー。黒狼族の少年は、同年代の少女たちの憧れの的だった。その相棒のナギは男装しているため、今のところは嫉妬の対象にはされてはいないが、羨ましそうな視線は常に感じている。

(女だとバレないように気を付けないと)

ただでさえパーティを組まないかとの誘いが絶えないのだ。どれもエドが無表情で一蹴してくれているので、今のところは二人で活動できているが。

(鼻の利く獣人や勘の鋭いお姉様方には、私の性別はバレているみたいだけど)

彼らは他人の過去や境遇を詮索することなく、気付かない振りをしてくれている。その優しさに今は甘えて、力を付けていくのが最良だろう。

「肉体的に色恋沙汰は早すぎるし、面倒なだけ。健全で対等な相方として、頑張らないとね」

あらためて心に誓っていると、エドがテントから出てきた。ナギほど長風呂ではないが、さっぱりとした顔をしている。

「エドもレモネードいる？」

「もらう」

収納から取り出したグラスを受け取ったエドが、セルフで冷やしたレモネードを飲む。

ほんのり上気した頬が満足げに緩んでいて微笑ましい。

「もう休もうか。明日も早いし」

明日からは、頼りになる師匠の引率なしでの探索だ。

「そうだな。明日は二階層以下に挑戦してみたい」

「それもいいけど、ちょっと試してみたいことがあるんだよね」

「試してみたいこと？」

「ダンジョンのドロップシステムが気になって」

ベッドに寝転がったナギは、不敵に笑う。エドは興味深そうに、その提案に耳を傾けた。


ダンジョンを訪れた二人は、駆け足で一階層の草原エリアを抜け、丘の上の石造りの扉を目指す。

ホーンラビットやラージマウスの気配は察知していたが、感知されない道を選んで草原フィールドを駆け抜ける。目指すのは、二階層。

案内人のラヴィルはもういない。

優秀な冒険者である彼女に五階層までは余裕で潜れる実力がある、とお墨付きを貰えたので、今日はもう少し深くまで挑戦するつもりだった。

ダンジョン内でのルールやマナーはひと通り教わった。下の階層への扉を見つける方法や離脱方法はもちろんのこと、セーフティエリアについても把握済みだ。

セーフティエリアは五階層まで存在しない。が、転移の扉の周辺は魔獣が近寄ってこないので、ルーキーは扉の前での休憩を推奨されている。新人冒険者は結界の魔道具を買うお金がないからだ。

ラヴィルはその他にも、安全な野営の仕方、他の冒険者とかち合った時の対処法など、どれも実用的な内容を丁寧に教えてくれた。

次の休日にはお礼のお菓子をたくさん焼こうと思う。

「疲れていないか、ナギ？」

「平気。ミーシャさんとの修行のおかげで、体力もついたから」

本気の獣人には到底敵わないが、ナギにも【身体強化】スキルがある。一階層を休まず駆け抜ける程度なら、どうにかエドについていけた。

「でも、ちょっと疲れたから、休憩はしたいかも」

「ちょうど扉の前だ。水分補給しよう」

ひと息に扉の前まで到着できたようだ。灰色の石造りの扉の近く、ちょうど良い大きさの岩があったので、そこに腰掛けた。ガラス製のポットを【無限収納ＥＸ】から取り出し、エドに手渡す。

中身はレモン水に塩と蜂蜜を混ぜた手作りのスポーツドリンクだ。収納する直前まで魔道冷蔵庫で冷やしていたので、口当たりも良い。火照った身体をほどよくクールダウンできた。

そこで十分ほど休憩し、灰色の扉の前に立つ。ダンジョンの扉は転移門だ。フィールドへ続く道を繋げる高性能な魔道具なのではないかと、ナギは睨んでいる。

なぜ、そんな代物がダンジョン内に幾つもあるのかは謎だが、大森林の恵みと同じく、神さまからのギフトなのだろうと、ラヴィルから教わった。

「開けるぞ」

「ん、……エド、手を繋いでもいい？」

移動中にはぐれてしまうと困るので、念のために手を繋いで扉を押す。二階層へ、と念じながら魔力を流すと浮遊感に包まれる。目を開けると、昨日とは違う場所に立っていた。

二階層の森林フィールド。立派な針葉樹に圧倒されそうになるが、エドは琥珀色の瞳を期待に輝かせている。

「ナギの案を試すぞ」

「うん。まずはフォレストディアを探さないとね」

ざっと周囲を見渡して、ナギは【気配察知】スキルを使う。五十メートル四方に二頭の反応があった。エドも見つけたようで、近いほうに気配を殺して寄っていく。

木の陰から覗くと、立派な角を地面に擦り付けているフォレストディアがいた。

目配せして、エドが素早く獲物に駆け寄る。片手剣でその太い首を攻撃した。

辺境伯軍が使う頑丈な鉄剣を【身体強化】したエドが振るったのだ。刃物というよりは殴って使うことに重きを置いた剣なので、フォレストディアの首の骨は粉々になっただろう。

「ナギ！」

「ん、収納！」

息絶えた獲物が地面に倒れ込むのと同時に、エドが合図し、ナギが叫ぶ。

ドロップアイテムへと変化するために、死骸が消える――その寸前に、ナギは目視でフォレストディアを【無限収納EX】へ送ることに成功した。

「収納、できたな」

「できちゃった、かも」

自分で提案したものの、本当に収納できるとは思っていなかったので、呆然としてしまう。

慌てて【無限収納EX】の中身を確認してみたが、先程のフォレストディアはちゃんとそのままの姿で保管されていた。

「ダンジョンで倒した獲物もドロップ前に収納すれば、素材を全部ゲットできるのね」

「毎回肉を確保できるようになるのか」

「そうね。自分たちで食べる分以外を冒険者ギルドに売りに出せば、外の森へ狩りに出掛けるよりも効率よく稼げそう。魔石も素材も肉も総取りだもの」

そうと決まれば、二人とも笑顔を交わして、次の獲物へ狙いを定める。

「俺が倒すから、ナギはすぐに収納できるようにしておいてくれ」

「任せて。目視収納は得意だから」

何せ辺境伯邸で鍛えまくったのだ。あの時と同じく、やる気に満ち溢れている。

(それにしても、こんなに美味しい方法、誰も気付かなかったのかな?)

レアな収納スキルを極めているナギは知らなかったが、【アイテムボックス】のスキルは、対象物に触れていないと発動できない。更に、【アイテムボックス】には普通、自動解体の機能はない。倒した獲物がアイテム化する前に目視で収納できるのは、【無限収納EX】スキル持ちの自分だけなのだとナギが知るのは、かなり後になってからだった。

(まぁ、こんなに美味しい方法、他人に教えたくなんてないものね。【アイテムボックス】スキル持ちが狙われるのも困るし、私たちも黙っておこう)

その程度の危機感はあったので、他の冒険者が近くにいる時には、この方法は封じておく。


「たくさん狩れたね」

「ああ。フォレストウルフの群れがいるとは思わなかった」

昨日はフォレストディアにしか遭遇しなかったが、二階層、針葉樹の森林フィールドにはどうやら鹿と狼の魔獣が待ち構えているようだ。

「フォレストディアが二十三頭、フォレストウルフが十二頭か」

「さすがにドロップアイテムだと偽るにも数が多すぎるか」

「うん。【無限収納EX】スキルは秘密にしておきたいし、半分だけ買い取りに出そうか」

「そうしよう」

ちょうど良い広さの野営場所を見つけたので、お昼休憩にする。五メートル四方の結界を張り、小さめのテーブルセットを取り出した。今日のランチはおにぎり弁当だ。

「ツナマヨおにぎりと焼き鮭おにぎり。おかずは玉子焼きとミートボールです」

「すごい。遠足みたいだ」

珍しくはしゃいでいるエド。アキラの遠足の記憶を見たのだろう。どちらかと言えば手抜きメニューなので少し申し訳なかったが、喜んでもらえてホッとする。

「ミートボールはトマトソース味にしてみたよ」

「ん、旨い。甘めのケチャップ味で気に入った。ツナマヨのおにぎりも旨いが、焼き鮭もいいな。甘い玉子焼きともよく合う」

おにぎり弁当をぺろりと平らげ、デザートのブルーベリーソース掛けヨーグルトも堪能する。手作り麦茶で喉(のど)を潤(うるお)したところで、ナギは先程収納した獲物を確認することにした。

「ギルドに買い取りに出す前に、ちゃんと解体しておかないとね。ドロップアイテムに見えるように……できるかな？」

解体スキルを発動すると、収納リスト上で素材ごとにフォルダ分けされる。不要な内臓類や骨は、自動消去されている。相変わらず、便利。試しに、フォレストディアの肉を取り出してみた。

「うん、ちゃんと保護膜付きで、一キロ単位に切り分けられているわね」

スキルで解体したものも、ドロップアイテム扱いなのかもしれない。

「ドロップアイテムそのままの形だな」

「私の自動解体スキルさん有能すぎない……？」

後ほどダンジョンの外で解体スキルを使ってみたところ、その時には保護膜は現れなかった。どうやら、ダンジョン内での独自のルールがスキルにも適用されたようだ。

「でも、これでギルドに怪しまれずに買い取ってもらえるね」

「肉以外の素材だけでも収入的には充分だが」

「ダメよ、稼げる時に稼いでおかないと！　何があるか分からないもの」

辺境伯邸から色々と持ち出して売り払ったおかげでナギはかなりの財産を得たが、それでも将来への不安は消えていない。

「ずっと冒険者稼業が続けられるとは限らないのよ。いつか引退するまでに、たくさん稼いで貯めておきたいもの。土地を買って、住む家があるだけで安心感は格別よ」

「それはそうだな」

家と土地があれば、あとは二人が食べていける分だけ稼げれば良い。

広い庭付きの家を拠点にして、畑で野菜を育て、肉は森で手に入れる。森の恵みを採取すれば、ビタミンも摂取できるはず。手に入れた土地に余裕があれば、鶏を飼うのも良いかもしれない。

新鮮な卵は、街の外で暮らす者だけが味わえる、とっておきの贅沢だ。

「冒険者を引退したら、森のそばでスローライフも良いかもね？」

「街中ならともかく、田舎での生活はナギにはかなり厳しいと思うが」

「う……。まぁ、それはそうだよね。前世感覚で考えていたけど、異世界の田舎でスローライフは難しいかも」

大森林の雨季に洞窟暮らしは経験したが、あれは期間限定だからこそできた生活だ。永住するのはさすがに御免こうむりたい。目指すべきは、それなりに栄えた街の近くで緩い自給自足生活か。

（あれ？　もしかして、今の生活がもうそれに近いのでは？）

自宅ではなく、宿暮らしだが。お肉は自分たちで狩ってきたものを食べているし、野草やハーブ、きのこに果物類は採取物で賄（まかな）っている。主食の米や小麦粉類、調味料や野菜は購入しているが、金額にしたら微々たるものだ。

「うん、大丈夫な気がしてきた。とりあえず、しばらくは冒険者稼業を頑張るわ。たくさん稼いで貯める目標はそのままに」

「そうだな。自分たちだけの拠点はなるべく早く手に入れたい。頑張ろう」

そうして張り切った二人は夕方頃まで二階層で狩りを続けた。フォレストウルフにフォレストディア、それぞれ四十頭は仕留めてダンジョンを後にした。

ギルドの買い取り係、クマの獣人ガルゴが嬉しい悲鳴を上げるほどに大量の戦利品をカウンターに並べてしまい、お説教されたのは、別の話。

一日で金貨二枚の報酬を得たルーキーは、しばらく東の冒険者ギルドで話題になっていたらしい。

ドロップシステムの発動前に【無限収納EX】スキルで獲物を丸ごと手に入れることができると知って、ナギとエドは発奮した。

何せダンジョンに一日潜るだけで金貨一枚は確実に稼げるのだ。日本円にして十万円ほどを、十歳になったばかりの自分たち二人だけで。それはもう張り切ってダンジョンに潜った。

二人は主に二階層にいる。

フォレストディアの肉は臭みが少なく、食べやすい。赤身の多い良質な肉なので、街でも人気商品だ。ギルドでの買い取り額も悪くない。

フォレストウルフの肉質は硬めで、主に干し肉で取引され、冒険者の多いダンジョン都市では必需品だ。毛皮は北のグランド王国やトレニア帝国で人気の輸出品。換金目的なら、狼も悪くない獲物だ。

三階層にはまだ下りていない。宿の冒険者仲間から聞いた話では、岩山のフィールドでアーマーボアと赤蜥蜴の狩り場らしい。

アーマーボアは名の通り、鎧のように硬い皮膚を持つ魔獣だ。硬い皮膚というのもやりづらいが、その毛皮をハリネズミのように尖らせて突進してくる、厄介な相手だった。

赤蜥蜴は一メートルほどの大きさだが、かなり好戦的で炎を吐く。

どちらも美味しいお肉の持ち主ではないので、二人ともあまり乗り気ではなかった。

アーマーボアの肉は硬くて不味くて食えたものではないと、ガルゴに教えてもらったのだ。赤蜥蜴は一応食用だが、独特の臭みがあるため、買い取り額は低いとも聞いた。

どうせ狩るのならば、美味しく食べられる魔獣を。そう心に決めている二人にとって、三階層の魔獣は魅力も旨味も少ない相手だった。

アーマーボアの毛皮と牙、赤蜥蜴（とかげ）の皮と真っ赤な炎の魔石は人気素材なので、本来ならルーキーには美味しい獲物だが、人が多いフィールドではナギのスキルを存分に発揮するのが難しいので、それも避けている理由のひとつだ。

「お肉に毛皮、他の素材も全部使える二階層のディアとウルフのほうが断然、稼げるよね？」

「断然稼げるし、肉も手に入る。良い狩り場だと思う」

同年代のルーキーは一階層でレベル上げと資金稼ぎに熱中する。次の二階層は巨大なディアと集団で襲ってくるウルフがいるため、新人冒険者には嫌われていた。

一階層で充分力を付けた彼らは、二階層を駆け足で抜けて、三階層を目指すらしい。

「おかげで獲物は独占できるし、スキルも使い放題だから、私は嬉しいけど」

「だが、ナギの【無限収納ＥＸ（インベントリ）】は知られたら危険だ。念のため、魔獣だけでなく、人の気配も気にしながら動こう」

「ん、分かった。警戒しておく」

早朝から夕方まで。一時間の昼休憩を挟んで、五十頭以上の魔獣を二人は仕留めていく。

どれもナギの【無限収納ＥＸ（インベントリ）】スキルで自動解体し、ドロップアイテムとしてギルドに提出、換金してもらう。肉は自分たちで大半を確保し、五分の一ほどの量を納品する。

素材や魔石類は全て買い取りに出した。ダンジョンに潜るのは一日ごとにして、翌日は休み。夕方頃、散歩がてら素知らぬ顔で残りの素材を納品する。

この方式で、二人は無理なく稼ぐことができていた。

連日ダンジョンに潜るよりも、一日英気を養ってから潜ったほうが、断然効率が良い。

働くことは嫌いではないし、稼ぐのも楽しいけれど、今世の自分たちはまだ十歳なのだ。ゆっくり休んで遊ぶことも仕事なのだと、ナギは考えている。


「そんな訳で、お休みの今日は、のんびり料理を楽しもうと思います」

「なら、俺もパンを仕込もう」

胸を張ってナギが宣言すると、生真面目な表情でエドが頷き、エプロンを取り出した。

最近のエドは酵母作りにハマっていて、市場や森で手に入れた果実で色々と試しているようだ。失敗も多いが、面白い風味のパンが焼き上がることもあるので、悪くない趣味だと思う。

特にオレンジの酵母と桃の酵母で作ったパンは香りが良く、最近のナギのお気に入りだ。

「ナギは何を作るんだ？」

「今日はパエリアに挑戦するつもり。楽しみにしておいてね」

「パエリアか。旨いのか？」

「魚介類が好きなら美味しく食べられると思うけど、好みによるかな？　前世では女子人気は高かったけど、男の人はあんまり食べてなかった気がする」

前世の飲み会をぼんやりと思い出す。多国籍料理を喜んで食べていたのは、女子が多かったように記憶している。周囲の男性連中はエスニックな東南アジア料理よりも、焼肉や中華料理を好む人が多かった。独特な香辛料が苦手なのかもしれないが、本場のインドカレーなどは大喜びで食べていたので、断言はできない。

「私が食べたいから、今夜はパエリアが主食！　味見して苦手だったら、エドには他のメニューも用意するわ」

「いや、俺もそのパエリアを食べてみたい。ナギの作る料理はどれも旨いから」

相変わらず、エドは良い子だ。さりげなく褒めてくれる手腕にいっそ惚れ惚れとする。このまま成長したら、女子も男子もまとめてタラシそうで末恐ろしい。

「なら、スキルの小部屋で料理しようか」

「そうだな。師匠たちに匂いを嗅ぎつけられないよう、隠れて調理するのが良いと思う」

これまで何度も調理中に襲撃されてはお裾分けするという展開が続いているため、エドは慎重だ。ナギも重々しく頷(うなず)いて、同意を示した。

師匠たちは大好きだが、お肉料理と甘味を前にした彼女たちの暴走は手に負えない。

いそいそと小部屋内に移動する。夕食作りだ。

「よし！」

ナギのパエリアレシピはシンプルだ。

使うのは、大きめのフライパン。魚介類は食べやすい一口サイズに、野菜類はみじん切りにする。

オリーブオイルでイカを炒め、玉ねぎ、にんじん、セロリにニンニクを加えて火を通していく。

玉ねぎが透明になったら、潰したホールトマトを加えて煮詰める。

「もう良い匂いがする」

「ニンニクが食欲をそそるよね」

くん、と鼻を鳴らすエドが可愛い。はたりはたり、と尻尾が揺れているのは無意識なのだろう。

トマトは水分を飛ばすと酸味が消えて、まろやかな甘みが凝縮される。焦げ付かないよう気を付けながら火を通した。

「水分がなくなったら、エビと貝、あと白身の魚も入れようかな。お水と塩、サフランも追加して、ひと煮立ち」

つい先日、ようやくサフランを手に入れることができたのだ。

市場や香辛料を扱う店を探して見つからなかったので、もう諦めかけていたのだが。

「まさか、薬問屋にあるとはね」

サフランはこの世界では食用ではなく、薬として使われていた。女性の月のものの痛みを和らげる効果があるとして、重宝されていたようだ。

粉末状のサフランに加えて、ナギがずっと探していたスパイスも幾（いく）つか見つかった。どれも薬として使われている素材なのでそれなりに高価な代物だったが、冒険者として稼いでいるナギは迷いなく銀貨を支払った。

（だって、カレーが食べたいもの！）

まだ肝心のメインスパイスが見つかっていないので、カレー作りは後日になるが。

（でも、サフランと魚介類と米があるから、パエリアは作れるわ）

火が通った魚介類を一旦取り除き、煮立たせたスープに米を投入する。お米が炊けたら、仕上げに数十秒だけ強火にして、おこげを作る。

「この、パリッとしたおこげ部分が美味しいのよねー。あとは魚介類を戻して、彩りにパセリを散らして。酸味が欲しいから、レモンも追加しようかな」

くし切りにしたレモンが目に鮮やかだ。魚介類のエキスを吸った米は旨味がぎゅっと込められている。まるで宝石箱のようにたくさんの具材で賑（にぎ）やかなフライパンの中身を見下ろして、ナギは満足げに微笑んだ。

「良い匂い。きりっと冷えた白ワインと一緒に堪能したいわ」

「ナギ、あと五年の我慢だ」

「仕方ないけど、五年は長い……」

誘惑に負けそうになるので、魅惑の香りを放つパエリアはフライパンごと収納した。

メインの肉料理はダンジョンで手に入れたコッコ鳥の手羽元を唐揚げにし、甘辛いソースで煮付けてみる。サラダはキャベツのコールスロー。スープはコッコ鳥の玉子スープにした。

デザートは紫芋を使ったスイートポテト。蜂蜜とバターの味が濃厚で、こってりしたスイーツだが、食べ盛りの二人には問題ない。

たくさん作ったので、これは甘味大好きなエルフさんとウサギさんにも進呈しようと思う。

「なんだか、パーティ向けのメニューになったかも」

「華やかで見た目も楽しい料理だ」

「エドのパンも美味しそう」

パンは、ナギが伝えたうろ覚えのレシピを、エドが独力で試作してくれた。

カンパーニュ、バゲット、レーズンパン。硬くて噛み切れないパンに仕上がったこともあったが、試行錯誤を繰り返して、今ではどれも綺麗に焼き上がっている。

「今日はレーズンパン？」

「これならジャムなしでも食べられるから、ダンジョンでの昼食に良いかと思って」

「うん、すごく良いと思う！　生地もふかふかだし、甘酸っぱいレーズン味だと、いくらでも食べられそう」

焼き上がったレーズンパンはバスケットに詰めて収納する。これは明日のランチにしよう。

のんびりするつもりが、忙しなく働いてしまった。反省しつつも、満足感は大きい。

「お腹も空いたし、夕食にしようか」

腹ペコのエドに否やはなく、さっとテーブルをセッティングしてくれた。大きなフライパンいっぱいのパエリアをテーブルの真ん中に置く。有頭エビが誇らしげに赤く染まっていた。

「じゃあ、食べよう。どうぞ、召し上がれ」

「いただきます！」

パエリアを皿に取り、まずはエビのミソを行儀悪くチュッと吸い上げた。市場で仕入れた新鮮なエビのミソは苦味もなく、ほんのり甘くて、とても美味しい。

サフランの香りと魚介の旨味が詰まったトマトソースで炊かれた米の味に、うっとりする。

魚介類とトマトソースの相性はとても良い。さっぱりとしているのに後を引く美味しさに、ナギはすっかり虜になってしまった。無言でパエリアをかき込むエドも気に入ってくれたらしい。

有頭エビを殻ごと咀嚼するのには驚いたが、本人は満足そうだ。

「初めて食べたが、エビもイカも貝も旨い。また市場に買いに行こう」

「そうね。次のお休みに行きましょう」

手羽元の甘辛煮も満足な味に仕上がった。濃い味付けにしたので、お弁当にも向いている。

スイートポテトもダンジョンでの軽食にぴったりだ。

「食べ終わったら、散歩がてらにギルドに寄ってみない？」

「素材の買い取りだな。まだ大量にあるから、少しずつ持ち込もう」

面倒だけど、大事な資金源だ。

この売上で美味しいご飯をお腹いっぱい食べられるのだから、多少の面倒事も率先してこなしていこうと思う。

「帰りに商店街を覗いてみたいな。何か良い掘り出し物が見つかるかもしれない」

「サフランみたいに？」

「そう、サフランみたいに！」

満面の笑みで頷くナギを、エドが眩しそうに見つめていた。

第七章　美味しい予感

しばらく二階層で荒稼ぎしていたが、そろそろ下を目指したくなってきた。

四階層以下ではフォレストボアやコカトリスが狩れると耳にしたことも一因だが。

「美味しいけど、さすがに飽きてきちゃったのよね、フォレストディア肉」

「大量に狩りすぎたな……」

ダンジョンのドロップシステムをすり抜けて素材を全獲りし続けたため、ナギの【無限収納(インベントリ)EX】には今や三桁に迫る勢いのフォレストディアの肉が眠っている。

ダンジョン探索は一日置きに休みを取り、ギルドの買い取りカウンターには毎日通っていたが、かなりの数の素材が未だ手付かず状態だった。

肉は自分たちで消費できるが、それ以外の素材は不要だ。毛皮や角(つの)、魔石を優先的にギルドで買い取ってもらった結果の、大量のお肉である。

「宿に寄付したり、庭でバーベキューを開催したりしたけど、まだたくさんあるのよね」

バーベキューは大いに盛り上がった。宿の中庭は鍛錬ができるほどに広いため、そこに【土魔法】で即席の竈(かまど)を作り、ドワーフ工房のミヤに特注したバーベキュー用の網を使って宴会を開いた。

早朝のうちに宿の皆に夕方から宴会をすることを伝えておいたので、それぞれが食材を持ち寄ってくれる。ナギとエドは大量に在庫を抱えたフォレストディア肉を提供した。

宿のオーナーであるミーシャはテーブルや皿の用意、ラヴィルはダンジョンで狩った高級魔獣肉を寄付してくれた。冒険者見習いの子供たちは森で採取した野草やキノコ類とベリーを提供し、先輩冒険者はパンや飲み物、野菜を買ってきてくれた。

焼くだけでそのまま食べられるように肉は漬けダレで寝かせ、それが好みでない者のために味付けなしの肉も用意した。塩胡椒(こしょう)とレモン、オリジナルのソースをテーブルにセッティングして、後は各自好きなように肉を焼いて食べてもらう。

漬けダレには玉ねぎやパイナップルといった肉質を柔らかくする作用のある材料を使ったので、バーベキューに参加した人々はその柔らかさに驚き、大喜びで口に運んでくれた。

皆で盛り上がって食べる食事は美味しい。大好きなバーベキューなら、尚のこと。

お酒が呑めないのは残念だったが、エドが冷やしてくれたヤシの実ジュースは最高に美味しかったので満足している。

森でよく見かけるキノコや野菜さえ、美味しく平らげることができた。

(楽しかったから、バーベキューはまたやりたいな)

ナギたちが提供したフォレストディアの肉はモモやハラミの他、こっそりとタンも混ぜたのだが、宿の皆は気にせず旨い旨いと食べていたので、次はホルモン系にも挑戦してみたい。

「またバーベキューをするにしても、フォレストディアのお肉以外も食べたいし。そろそろ三階層を抜けて、四階層を目指さない？」

「そうしよう。三階層の魔物は俺が駆逐する」

反対されるかと思ったが、エドはあっさり頷いた。むしろ乗り気で、踏破する気満々だ。

「四階層はボアが狩れるらしいからな。角煮が楽しみだ」

「そうね」

初見のルーキー殺しと言われている三階層だが、肉食男子のエドには眼中にないらしい。

三階層の魔獣は、二人とは相性があまり良くないだけで、実は倒すだけなら余裕なのだ。

エドのリクエストに応えて、ナギは辺境伯自慢の魔道武器のひとつである鋼鉄製のメイスを【無限収納EX】から取り出した。

「……意外と軽いな」

己の背より高いが、エドはそれを軽々と振り回している。美しい装飾が施された武器はいかにも繊細で、乱暴に扱えばすぐに折れてしまいそうに見えたが。

試しに、と二階層のフォレストウルフ相手に使ってみたところ、硬い骨ごとあっさりと潰すことができた。メイスには傷ひとつない。鋼鉄製の武器は魔力を纏わせることができるため、【身体強化】スキルの発動と同じく、メイス自体にも強化を施せるのだ。

「うん、これならアーマーボアも赤蜥蜴も瞬殺できる」

満足げなエドを、ナギは慌てて止める。

「ダメだよ！　アーマーボアはメイスで砕いても良いけれど、赤蜥蜴は魔石と皮が売れるのよ。傷は少ないほうが良いから、赤蜥蜴は私が倒すわ」

「分かった。アーマーボアの毛皮はいいのか？」

「そっちも買い取り対象だから、メイスではなるべく頭を狙ってくれると嬉しい。アーマーボアは動きが速いから、私の魔法だと外すと思う」

ナギが魔法で倒す時は、基本的に隠れてこっそり遠方から放つ。動きが遅い魔獣ならそのまま倒せるが、アーマーボアの機動力は侮れない。

硬い鎧で身を覆った猪の魔獣は臆病な性質で、敵を前にするとパニックに陥り、縦横無尽に暴れ回るのだ。そんなトリッキーな魔獣を相手にする自信は、今のナギにはなかった。

我ながら慎重すぎると思わないでもないが、安全第一がモットーなので気にしない。

「その代わり、赤蜥蜴は頑張って倒すから！　炎の魔石は高く買い取ってもらえるようだし、三階層の素材なら、たくさん狩って納品しても不思議に思われないもの」

冒険者としては美味しい階層かもしれないが、不味い肉しか取れないため、二人のテンションは低い。とはいえ人目を盗んで丸ごと収納しまくっても、他の冒険者同様に三階層にこもったのだろうと思ってもらえるだろうから、良い稼ぎ場にはなりそうだ。

「じゃあ、三階層に行くよ」

森林フィールドの中央、ひときわ大きな針葉樹の陰に隠れていた転移の扉。

手を繋いで、同時に押し開けた。いざ、三階層へ。

「うわぁ……」

扉の先には緑ひとつない岩山が聳えていた。二人の足元から分かりやすく道が続いている。岩山ろう。

を三つ越えた先にひときわ高い山が見えた。頂上に扉らしきものがある。あれが三階層の転移扉だ

「結構、距離があるね」

「こまめに休憩しながら進もう」

「まさか、ダンジョンの中で登山をすることになるなんて」

動きやすい服装なので問題はないが、じりじりと照り付けてくる陽射しは頂けない。

「行くぞ」

先を行くのはエドだ。【気配察知】スキルを発動すると、岩に擬態したアーマーボアの気配が手に取るように分かる。赤蜥蜴（とかげ）の数は少ないようで、低地には見当たらなかった。

数百メートルほど離れた場所で、他の冒険者チームが狩りをしている気配も感じる。

「なるべく、他の冒険者とは顔を合わさないように移動する」

「ん、スキルがバレないように気を付けないとね」

ナギの【無限収納EX（インベントリ）】はもちろんのこと、エドの【獣化】もかなりのレアスキルなのだと、ナギは最近になってようやく知った。

獣人なら所持しているスキルだと思い込んでいたが、そういえば、エド以外の獣人が獣の姿をとる場面を見たことはなかった。

「来るぞ」

低い声で注意を促すエドは既に駆け出している。

こちらに狙いを付けて真っ直ぐ向かってくるアーマーボアに対峙したエドが、頭部目掛けてメイスを叩き付ける。ゴシャッ、と嫌な音が響いて、アーマーボアが地面に倒れた。

その死骸が消える前に、ナギが【無限収納EX】に回収する。

「エド、平気そう？」

「ん、いけそうだ」

血のついたメイスを素早く振って汚れを落とすと、エドは落ち着いた表情で口角を上げた。師匠との訓練で、接近戦にも自信を持って当たれるようになったのだと微笑んでいる。

まだ少年の面影を残す、その背がとても頼もしく感じた。

休憩を取りつつ、二人は岩山を登る。

アーマーボアは厄介な魔獣だが、今のエドには良い練習相手らしく、嬉々として挑んでいた。

更に先へ進むと、ちらほらと赤蜥蜴が姿を現すようになった。

「赤蜥蜴は、私が倒すね」

ミーシャに鍛えられた攻撃魔法を駆使し、赤蜥蜴の首を落とす。

無詠唱で発動できるようになったのが、密かに嬉しい。火属性の赤蜥蜴には、水属性の魔法を使えば大きなダメージを与えることができる。限界まで鋭く練り上げたウォーターカッターで倒した赤蜥蜴は、綺麗な切り口を晒して地面に倒れていた。

赤みがかった皮は美しい。女性に人気の高い素材だと聞いたことはあったが、それも納得の色艶だ。しっかりと【無限収納EX】に収納して、ナギは口許を綻ばせた。

（すごく良い皮。いくつか自分用に置いておいて、革靴を作ってもらおうかな）

プライベート用にブーツを作るのもいいが、サンダルにするのも悪くない色合いだ。いずれ男装をやめた時のために、お洒落なな赤いパンプスを作るのも楽しそう。

「ナギ、赤蜥蜴がもう一匹、右手側の岩の陰に潜んでいる」

「任せて。エドの分も狩るから」

「俺の分？」

エドにはロングブーツとして仕立てるのも良いかもしれない。黒が良いと断られそうだが。

他の冒険者と接触しないよう、注意深く岩山を進んでいく。

アーマーボアはその気配を察知するや否や、エドがメイスで瞬殺した。赤蜥蜴は火を吐かれる距離まで近寄らず、遠方からナギが【水魔法】で倒していく。

ドロップアイテムに変化する前に、それらの死骸をきっちりと回収しながら山道を登った。

途中、ひときわ大きな岩の陰で昼休憩を取る。

道からほんの少し外れた場所なので、物好きな冒険者以外は寄ってこなそうな場所だ。

平らな岩をテーブルや椅子に見たて、結界の魔道具を作動する。

「今日のランチの主役はエドが焼いてくれたレーズンパンです」

焼き立てを詰めたバスケットを取り出す。パンだけでは物足りないので、昨夜のうちに作っておいた大皿いっぱいのフライドチキンも並べた。野菜不足は具だくさんのスープで補完だ。

「旨そうな匂いがする」

「唐揚げと違って骨付きだから、気を付けて食べてね？」

「ん、分かった」

こくりと頷いて、エドは素早く手を合わせた。さっそくフライドチキンに狙いを定めたようだ。

どちらも手掴みで食べるメニューなので、しっかり浄化して挑んでいるのは、さすが元日本人。

「さて。私も食べようっと。いただきます」

まだ温かいパンに、はむりとかじりつく。きつね色の香ばしいパンは頬張ると口の中いっぱいに甘酸っぱい香りが広がった。たっぷり仕込んでおいたレーズンの洗礼だ。

「んん……っ！　レーズンパン、美味しい……。仄かに甘酸っぱくて上品な味。生地ももっちりしていて、食べ応えがあるわ。さすがエド、上達が早いわね」

「木の実やドライフルーツ入りのパンはすこぶる旨いから、焼き甲斐がある」

「どんどん挑戦してくれて良いからね！　私のフライドチキンはどう？」

「旨い。唐揚げも好きだが、これもいいな。色んな部位を味わえて、面白い」

ハーブや香辛料で衣に味を付けたフライドチキンは、どうやら気に入ってもらえたようだ。

さくさくの歯応えの衣を作るのはとても難しかったが、コッコ鳥をたっぷりのハーブで揉み込み、惜しみなく香辛料を使ったので、悪くない味に仕上がったと思う。

ナギは部位としては手羽元と手羽先が好きだが、エドはアバラや胸肉も嫌いではないらしい。

「骨周りの肉が旨い。本当は骨ごと噛み砕きたいんだが」

「ダメよ？　鶏肉の骨は犬には危ないって聞いたことがあるもの」

「俺は犬ではなく狼の、しかも獣人なのだが」

「割れた骨が胃や腸に刺さったら、どうするの？　【治癒魔法】で傷はどうにかできたとしても、先に刺さった骨をどうにかしないといけないのよ？」

前世で仕入れた知識で真剣に訴えると、エドは渋々だが骨をかじるのは諦めてくれた。

そんなに骨が好きだったのか、と少し申し訳なく思う。

「我慢できたご褒美に、お魚の骨せんべいを作ってあげる」

「ん？　ああ、分かった。楽しみにしている。……ほね、せんべい……？」

どうやら、アキラの記憶には『骨せんべい』はなかったようだ。

(美味しいし、カルシウムたっぷりの良い肴なのに)

骨せんべいはヘルシーなので、小腹がすいた時のおやつにも最適だ。

(鶏の軟骨の唐揚げとかも、喜んで食べてくれそう。今度作ってみよう)

あれだけたくさんバスケットに詰めてきたレーズンパンとフライドチキンは、食べ盛りの二人により、綺麗に完食された。

野菜たっぷりのスープも飲み干して、二人は満ち足りたため息をつく。

「美味しかったー。エドはもう立派なパン職人さんだね」

「まだ修行が足りない。次はアキラの記憶にある惣菜パンを作るつもりだ」

「惣菜パン……！　良いわね。ソーセージパンとかカレーパンが食べたい。あ、まずはカレーを作いのだ。

「うん、ターメリックとクミンとコリアンダーが欲しいんだけど、なかなか見つからなくて」

「カレーはまだ作れそうにないのか」

「らないといけなかった……」

唐辛子や他のスパイス類は見つけたのだが、カレーの基本となる三種類のスパイスが見当たらな

南国なのだからスパイス類は余裕で見つかるだろうと楽観視していたのだが、なかなかままならない。さすが異世界。

「色々と探してみるつもり。ダンジョンの中で見つかるかもしれないし」

「そうだな。下層には薬草や珍しいハーブ類が採取できる森があると聞いた」

まだ見ぬスパイスに思いを馳せながら、二人は先を目指すことにした。

手慣れた様子でアーマーボアの頭を粉砕し、赤蜥蜴（とかげ）の首を落とす。

討伐しつつ進んでいると、レベルが上がっていくのが分かる。劇的に能力が上昇するということはないが、先程よりも格段に動きが滑らかになった自覚はあった。

目標としているレベル50には遠く及ばないが、少しずつ強くなっているのだと思うと、努力が認められたようで嬉しい。

「レベル上げができて、お金も稼げる。おまけに美味しいお肉も手に入るなんて、冒険者稼業って最高よね！」

「全くだ。食いっぱぐれることがないのは素晴らしい」

軽口を叩きながら岩ばかりの山道を歩いていると、四階層へ至る扉が視界に入った。

いつの間にか、最後の岩山を登り切っていたらしい。

最後の試練とばかりに複数の魔獣がこちらに向かってくる気配を察知する。

「エド」

「ああ、分かっている。アーマーボアの群れは俺が引き受ける」

「じゃあ、私は赤蜥蜴の担当ね」

連携も慣れたもの。エドはひと吠えしてアーマーボアの気を引くと、その場から駆け出した。逃げる獲物を追う習性のある猪の魔獣は、集団でエドに向かっていく。

一方の赤蜥蜴はもう少しだけ用心深かった。赤茶けた岩肌に擬態し、近寄ってきた獲物に火を吐き付けてくる。だが、ナギは彼らの位置を【気配察知】スキルで把握しているので、近寄ることなくウォーターカッターで首を落とした。

赤蜥蜴は倒してすぐに【無限収納ＥＸ】に収納できたが、アーマーボアはエドが離れた位置まで引き連れたため、ドロップアイテムに変化したようだ。

とはいえ食用の魔獣ではないため、二人とも特に気落ちすることもなく。エドは淡々とドロップアイテムを拾ってきた。

「どうする？　今日はもう遅いし、このまま帰っても良いけど」

「せっかくだから、四階層を見てみたい」

「そうね。フォレストボアのお土産を持って帰りたいし。ちょっとだけ覗いてみようか」

上層階に戻るための転移扉の近くで、少しだけ様子見をすることにした。

美味しいお肉――ではなく、フォレストボアのいる四階層へ、いざ。

扉に触れて力を込めると、瞬く間にナギたちのいる場所が変わる。

「豊かな森！」

「ああ、そうだな。ここは採取も期待できそうだ」

四階層は森林フィールドだった。

ただし、針葉樹林だった二階層とは違い、一目で豊かな森だと分かる多彩な植生が見て取れた。

照葉樹林が広がっており、濃い水の匂いもする。苔むした木の根元近くには色鮮やかなキノコがたくさん生えていた。

すん、と鼻を鳴らしたエドが嬉しそうに笑う。

「ベリーの木がたくさんある」

食べ物には困らないフィールドのようだ。きっとこの階層のフォレストボアは素敵に肥え太っていることだろう。想像するだけで、喉が鳴りそうだ。

(フォレストボアのお肉は柔らかくて、イベリコ豚並みに脂が甘いのよね)

ボア肉は脂身が多い。豚にそっくりなオークのほうが脂身も多そうなものだが、意外にも二足歩行の魔物であるオークのほうが筋肉質だ。

そのため、揚げ物を作る際に大活躍するラードの原料は、オークよりもボアのほうが使いやすい。

（オークも肉質自体は柔らかくて、黒豚並みに美味しいんだけど）

残念ながら、オークが生息するフィールドはもっと下層階になる。

今はフォレストボアだ。転移扉のそばに立ち、ナギは相棒に問い掛けた。

「エド、狩れそう？」

「残念ながら、すぐ近くにはいないようだ。気配がある場所で狩ってきてもいいか」

「無理せず、三十分以内に戻ってこられるなら」

「努力する」

「じゃあ、私はこの近くで採取しているね」

「分かった。ナギも無理をするなよ」

張り切って駆け出すエドを見送り、ナギは姿隠しのローブを身に纏った。一人で採取に集中すると索敵が疎かになってしまうので、念のために結界の魔道具も使う。

鉄壁の守りを得たナギは楽しい採取活動に熱中した。

扉を見失わない距離で、食用のキノコや野草、薬草もついでに採取していく。この近辺は特にキノコが豊富だった。

「しめじ、アミタケ、平茸、あっエノキだ！　うそ、エリンギまで？」

毒キノコと間違えないように、【鑑定】スキルを駆使して食用のキノコを狩っていく。ナメコを見つけた時にはつい歓声を上げてしまったほど。汁物に入れると最高に美味しい食材なのだ。エノキやエリンギも鍋料理に欠かせない。もちろん丁寧に採取し尽くした。

「旨味たっぷりなのに低カロリーなのが最高の食材よね」

焼いて良し、煮て良し、揚げたら更に美味しいのがキノコだ。

特にオリーブオイルで調理するアヒージョにはキノコが欠かせないと思う。

魚介類とキノコのオイル煮。最高の組み合わせです。

「っと、巨大ウサギ発見」

【気配察知】スキルに反応があった。

息を殺して、魔獣のいる方向を確認する。白くて大きなもこもこが、平茸が生えていた辺りで蠢いていた。【鑑定】すると、ラージラビットと表示される。

ホーンラビットとは違い、額に角はない。名前の通り、かなり大きなウサギの魔獣だ。大型犬ほどの巨体を誇り、真っ赤な目付きはかなり凶悪。毛皮は美しいのに、鋭い前歯が醜悪だった。

「ちっとも可愛くない。おかげで気兼ねなく倒せるけど！」

無詠唱で【風魔法】をぶつける。ウィンドカッターが容赦なくラージラビットの首を落とし、ナギは死骸をすぐさま回収した。目付きは悪いが、肉は美味だと【鑑定】スキルが教えてくれたのだ。

ちなみに純白の毛皮の手触りは、格別とのこと。

鑑定結果が気になって、解体した毛皮を取り出してみた。そっと触れてみると、細くて柔らかな毛皮に指先が音もなく沈む。ふわふわだ。

たんぽぽの綿毛のように儚く、夢のような感触に言葉を失くす。

「仔狼の腹毛の感触にそっくり」

しかも毛皮の色は汚れなき純白。ここが南国でなければ、襟巻きや手袋に仕立てたくなるほどの美しさと魅惑の手触りだった。これは手放しがたい。

「コートは汚れやすいから、やっぱり小物が良いかしら……。今は南国を拠点にしているから不要だけど、ダンジョンによっては雪山フィールドとかもありそうじゃない？」

作ってもいいよね？

ラージラビットの毛皮を抱き締めて頬ずりしていると、エドが帰ってきくる。

ふわふわの感触に耽っていたことが恥ずかしくて、ナギは咳払いと笑顔で誤魔化した。

「どう？　ダンジョンのフォレストボア」

「問題なく倒せる。ただ、ドロップ率はあまり良くないな」

「お肉の出現率は予想通り少ないのね。じゃあ、やっぱり二人揃って狩りましょう」

「そうだな。今日は少ししか狩れなかった。すまない」

「少しって言うけど、ブロック肉二キロは別に少なくはないからね？」

エドが持ち帰ったドロップ肉を【無限収納EX】に収納する。ついでにハンカチに包まれたベリーを渡された。赤く熟れたニガイチゴだ。物騒な名だが、ラズベリーに似た味で美味しい。種が苦いのが由来だと聞いたことがあった。

すすめられるままに、口に含んでみる。

「ん、美味しい！　森の奥で採れたの？」

「ああ。数も多かったから、ジャムに良いかと思って」

「ジャム！　いいわね。次に来た時にたくさん採取したいわ」

二人ともパンケーキをよく食べるので、ジャムの消費が激しい。ヨーグルトに添えて食べたり、シャーベットにして楽しむことも多い。

店で買うよりも自分たちで作ったほうがたっぷり食べられるので、ナギとエドは狩猟ついでにベリーや果実を積極的に採取するようにしていた。

「他にもベリーの木をたくさん見つけた。ここは大森林のように植生が豊かだ」

「魔素の関係かな？　どちらにしても、楽しみ」

宝石のような果実を思い浮かべて、ナギはうっとりとため息を吐く。

日本で買うものより酸味は強いが、完熟した実をその場で口にする贅沢（ぜいたく）は格別だ。

水分をたっぷりと含んだ甘酸っぱいベリーは、指先や舌の色が染まってしまうほど夢中になれる美味しさなのだ。

「色んな種類のベリーがあるのなら、もしかしてイチゴも手に入るかも」

「イチゴか」

実物には未だお目に掛かっていないが、師匠二人がお祝いでくれたワインはイチゴの果汁で作られていた。

愛らしいピンク色のロゼワイン。その芳香を思い出したエドが重々しく頷（うなず）いた。

「黒狼族の尊厳にかけて、探し出そう」

「そこまで？　いや、私もイチゴは欲しいけど」

「俺はイチゴのショートケーキを食べてみたい」

「ああ、なるほど。分かったわ。見つけたら絶対に作りましょう」

「イチゴのジャムも舐めてみたい」

「ん、舐めよう。好きなだけ。イチゴシロップを作って、かき氷をするのも良さそうよね」

「かき氷……！　是非とも作ろう。氷はいくらでも俺が用意する」

「分かった。分かったから落ち着いて。まさか、エドがそんなにイチゴ好きだなんて」

爛々と期待に煌めく琥珀色の瞳に及び腰になりつつも、美味しいものがたくさん見つけられそうな四階層にナギは期待を寄せた。


三階層で得た素材類は、自分たち用に確保した赤蜥蜴の皮以外を全て売り払った。

アーマーボアは毛皮、赤蜥蜴は魔石と皮が特に人気らしい。

「三階層で半日ほど働けば、金貨二枚は確実に稼げそう」

「悪くはない稼ぎだが、三階層は楽しくない」

「そうね。三階層の魔獣はお肉を落とさないし、美味しいベリーやキノコの採取もできない。日陰もないから暑くて大変だし。たしかに、三階層はもういいかな」

買い取りカウンター前でそんな風にボヤいていると、呆れたような一瞥が投げられる。大柄のクマの獣人、ガルゴだ。素材担当のギルド職員で、冒険者と見紛うほどに立派な体格をしている。

「そんな風に言うのはお前たちくらいだぞ。三階層の赤蜥蜴の魔石は火の魔道具に使うから、買い取り制限が掛けられることは滅多にない。本来はルーキーにとっては人気の稼ぎ場だ」

「そっか。だから人が多かったんだ」

「なら尚更、俺たちには向いていないな」

せっかくの助言だが、二人には逆効果だった。「三階層は避けます！」と笑顔で宣言するナギに、ガルゴは苦笑するしかない。

「まぁ、そうだろうとは思ったよ。お前さんたちは、森での採取や狩りのほうが合っていそうだ」

「大好きです」

「旨い土産も期待できるからな」

二人で顔を見合わせ、笑顔で頷き合った。

森の恵みをふんだんに使った菓子やパンなど、おすそわけを貰っているガルゴも真顔で頷く。ナギが作る蜂蜜やベリー、果実を使った菓子は、店で売られている高級品よりも美味しいとギルドでは評判だ。

「で、今日は二階層の獲物は売らないのか」

「えっ？」

「別に俺に隠すこたぁねぇよ。【アイテムボックス】スキルの容量がデカいことを知られたくなくて、遠慮しているんだろ？」

小声でガルゴに問われて、ナギは肩を揺らすほどに驚いた。巨体を精一杯に縮めるようにしてこっそりと囁いてきた大柄なクマ獣人に、どう答えようかと視線を彷徨わせる。

「……」

エドは警戒しているようだったが、ナギは自身の【鑑定】スキルが『青』を示している彼のことを、信じることにした。青は安全、悪意がない。今のところ、この人物鑑定が外れたことはない。

「……それなりの量の素材を収納しています」

「よし。とりあえず半分ほど、ここに出してみろ」

解体済みの素材を、カウンターに置かれた木製の大きな箱に入れていく。

毛皮や牙、魔石を中心とした素材。フォレストディアの角は大きいので、箱からはみ出しそうだなと迷っていると、ガルゴがくたびれた巾着袋を広げた。

「大物はここに入れてくれ。ギルド所有のマジックバッグだ。馬車の荷台分は収納できる」

「分かりました」

いつもより遅い時間のため、ギルド内には人が少ない。

とはいえ、どこに人目があるか分からないので、その配慮がありがたかった。

「倉庫まで頻繁に連れていったら、かえって怪しまれるからな」

大柄なガルゴと長身のエドが目隠しをしてくれる、その背の裏で、ナギはせっせと在庫となっていた素材を巾着袋タイプのマジックバッグに移す。

「こりゃまた大量だな。まあ、上手いこと処理しといてやる。査定に少し時間は貰うが」

「明日またギルドに寄りますから、その時にお願いしてもいいですか」

「おう。それはこっちも助かる。ほら、預かり証だ」

割符のような木片を手渡された。これが素材の預かり証か。

ありがたく受け取って、ナギはお礼に新作の蜂蜜レモン風味のパウンドケーキを進呈した。バターと蜂蜜をたっぷり使ったケーキだが、スライスしたレモンを飾って焼き上げているので、さっぱりと食べられる。甘い焼き菓子が好物のガルゴは大喜びで受け取ってくれた。

「ありがとな。ナギの菓子は嫁と息子も大好物なんだ」

「どういたしまして。こちらもガルゴさんにはお世話になっていますから」

子煩悩で愛妻家のクマさんと笑顔で挨拶(あいさつ)を交わし、二人は冒険者ギルドを後にした。

彼は割符を渡す際に、こっそりと、冒険者が個人的に仲良くなった肉屋に魔獣肉を直接卸すことはギルドも黙認しているぞ、と教えてくれた。

どうやらナギたちが素材や肉をたくさん抱えていることは、すっかり見抜かれていたようだ。

一度に大量の肉を納品すると買い取り額が値崩れする場合もあるので、量を制限してギルドに卸す冒険者はそれなりにいるらしい。持て余した肉は直接、街の肉屋と交渉して売り払っているようだ。

「良いことを教えてもらえたね」

「そうだな。狼肉やネズミ肉、蛇肉あたりは肉屋に売り払おう」

「そうね。その辺りのお肉はかなり残っているから、何軒かお肉屋さんを回ってみよう。安くても引き取ってもらえるなら、ありがたいもの」

「冒険者ギルドでは手数料と税金分が引かれているから、それよりは高値で買ってもらえると思うぞ。店側もギルドから買うよりは支出を抑えられるから、喜ばれるだろう」

それは脱税にならないのかな、と少し不安になるが、冒険者は高額納税者。ダンジョン都市には欠かせない存在なので、あまりにも高額な売買取引でなければ、黙認されているらしい。

「じゃあ、明日はお休みにして、お肉屋さん巡りをしようか」

「そうだな。ついでに市場も覗いてみよう」

肉屋巡りの帰りに冒険者ギルドに寄って、査定の結果を確認することにした。

休日の予定を立てるのは楽しい。

商店街や市場をなんの目的もなく冷やかすなんて、最高に贅沢な休日だと思う。エドの鼻だけを頼りに、美味しいお店を開拓するのも面白そうだ。

期待に胸を膨らませ、二人は宿まで楽しくお喋りしながら帰った。


「角煮が食べたい」

疲れたので手早く食べられる夕食にしようと思っていたが、真剣な表情でエドにそう訴えられて、メニューを変更することになった。

甘いかもしれないが、エドは普段ほとんど我儘を言わない良い子なので、たまのリクエストには応えたくなるというもの。大抵は食べ物に関するリクエストばかりだが。

「今から作るとかなり遅くなるから、亜空間の小部屋に行くことになるわよ？」

「いい。角煮作りも手伝う」

こくりと頷（うなず）いたエドの手を握り、スキルの小部屋に移動する。

最近はすっかり料理部屋と化しているため、調理用のテーブルや魔道コンロ類は設置したまま放置してある。辺境伯邸から貰（もら）ってきた食器棚もそのまま壁際に設置していた。

小窓のそばに食卓と椅子をセッティングして、部屋の隅には休憩用のソファも並べてある。

「じゃあ、角煮を作りましょう！」

「ん、楽しみだ」

二人とも楽な服装に着替えて、エプロンも装着。もちろん頭の天辺から足先まで、【浄化魔法】で綺麗にしてある。

準備が整うと、ナギはありったけのフォレストボア肉を【無限収納EX（インベントリ）】から取り出した。

(どうせなら、まとめて作り置きしておきたい)

ふと隣のエドを見ると、歓喜に震えている。まさか、これを全部食べる気なのか。

「……作り置き用だからね？」

「なんだと……」

念のため告げると、今度は絶望に震え出した。分かりやすい。

「でも、ボア肉は全部で十キロ近くはあるから、今夜は角煮を食べ放題！　色んな角煮料理を作ってあげる」

「全力で手伝おう」

「うん、ふふっ。猫の手ならぬ、狼の手を貸してね」

くすくすと笑いながら、ナギはお肉の仕込みを始める。何度も作ったメニューだ、エドも手慣れた様子で手伝ってくれる。

今日は大量の角煮を作るので、一番大きな寸胴鍋を使う。同じサイズのものを更にふたつ使って、合計三個の寸胴鍋でたっぷりと煮込んでいく予定。

圧力鍋ではないのでじっくりことこと煮込むしかないのだが、その待ち時間で他の料理を仕込めるので、無駄な時間にはならない。

パン生地を捏ねるエドの横で、ナギは卓上サイズの魔道コンロでベリーのジャムを煮る。

ニガイチゴは次回の楽しみにして、今日はブルーベリーのジャムだ。大粒のベリーは干してドライフルーツにしたので今は小粒しか残っていないが、せっかくだから小粒の在庫を放出して、ジャムを作ることにしたのだ。

「今日のジャムは蜂蜜じゃなくて、砂糖を使ったジャムよ」

「それは楽しみだ」

エドも砂糖が貴重な土地に住んでいたので、未だに砂糖を大量に使うことには及び腰になる。

特に菓子類は思っている以上に砂糖を使うので、最初の頃は顔色を悪くしながらナギの菓子作りを見守っていた。砂糖をたくさん使ったほうが美味しいと理解してからは、納得するようになったが。

(ダンジョン都市の砂糖は手に入りやすい価格なのも、関係あるのかな?)

さすが南国、サトウキビの産地に感謝だ。

「ベリーのジャムの次は、りんごジャムとレモンやオレンジを使ったマーマレードも作りたいわ。

栗が手に入ったら、マロンペーストも作りたい」

前世で食べていた栗のペーストを思い出して、ナギはうっとりとする。

大量の甘栗をペーストにしたことがあったが、あれは至福の味だった。そのまま食べても美味しいけれど、モンブランケーキに使っても絶品なのだ。

「そういえば、道の駅で買った安納芋のペーストジャムも最高に美味しかった……。あれなら、この世界でも作れそうじゃない？」

滑らかな舌触りの、安納芋のジャム。さすがにこの世界であれほどに甘味が強く美味しいお芋はないだろうけれど、砂糖と蜂蜜の力を大いに借りれば――

「うん、きっと美味しく仕上げられるよね。こっちの世界のお芋もきっと美味しいはず」

パン生地を捏ねながら、エドが興味津々な眼差しを向けてくる。

最近のエドは以前にも増して、美味しいものに対する勘が鋭い。

「栗や芋のペーストとジャムができたら、エドのパンにも使いましょう。ジャムパンやクリームパンも焼いてみたいかも！」

「そうだな。色々と中身を変えて試してみたい」

とろとろの角煮を作るためにはそれなりの時間が必要。じっくり煮込んでいる間にパンの仕込みが終わり、ベリーとりんごのジャムが完成した。

パンはオーブンに並べ、ジャムは【生活魔法】で粗熱をとってから煮沸消毒した瓶に詰める。

調子に乗って大量に作ったため、果物類の在庫が少し心許ない。ベリー類も使い尽くしてしまったので、四階層で採取しなければ。

「うん、角煮も完成！　トロットロに仕上がったわ」

「よし食おう」

「待って、エド、ステイ！　せっかくだから、色々とアレンジして食べましょう」

「アレンジ？」

切なげに瞬きする琥珀色の双眸を覗き込んで、ナギは空色の目をにっこりと細めた。

せっかくたくさん角煮を仕込んだので、フォレストボアの角煮を使った料理をいくつか作りたかったのだ。

「ガッツリ食べたいから、まずは角煮丼！」

「温玉は作っておいたぞ」

「さすがね、エド。丼に温泉玉子は欠かせないわ」

沸かしたお湯に生卵を浸けておくだけだから、温泉玉子は簡単に作れる。

温玉は出汁醤油で食べてもいいし、サラダにも合うが、やはり丼物との相性が抜群なのだ。

温玉を割り入れた角煮丼は、温かいうちに収納にしまっておく。

「ご飯もので被るけど、角煮炒飯も食べたいから作ります！」

「旨いものをふたつも続けて作るとは、ナギは天才か」

「全然普通の発想だけど、褒められるのは悪くない気分かなー？」

時短のために、炊いておいたお米にマヨネーズと溶き卵を絡めてから、大振りのフライパンで炒める。細かく刻んだ角煮とネギもそこに追加した。

味付けは塩胡椒と醤油を少々。焦げた醤油の香りがたまらない。

「大きなフライパンにいっぱい作ったから、残りはお弁当用にする？」

「角煮を具にして、炒飯おにぎりはどうだろうか」

「いい案！　さっそく握っちゃおう」

そのままだと火傷しそうに熱いので、てのひらに魔力で防御膜を張り、手早く角煮炒飯を握る。指先に残った米粒を味見してみたが、抜群に美味しかった。

「フォレストボアの角煮だけでも美味しいから、炒飯に味が上乗せされているみたい」

ボアのラードで炒めたので、ほんのりと甘い風味に彩られているのも美味しい理由の一端かもしれない。平皿に盛り付けた角煮炒飯とおにぎりも収納にしまう。

「あとは角煮まんにしようかな？」

「角煮まん、とは」

「あんまんとか、肉まんの角煮バージョンだよ」

「それは絶対に美味しいやつ」

エドもやる気に溢れているようなので、遠慮なくお手伝いに駆り出した。饅頭の皮の部分には、エド自慢の食パン用のパン生地を使うことにする。

「オーブンで焼くのか？」

「ううん、角煮まんは蒸し料理なのよ。パンとは食感が違うから、ビックリするかも」

発酵済みのパン生地を切り分けて寝かせ、麺棒で伸ばす。

小判型に伸ばした生地にボアのラードを内側に塗り込み、ふたつ折りにして饅頭の形に成形したら、あとは蒸すだけだ。蒸し器がないのでザルで代用して、大鍋で蒸す。

ちなみにザルはふたつある。竹細工のザルはエドが大森林の雨季の間に作ってくれたもので、金属製のザルはドワーフ工房のミヤにお願いしたものだ。

大鍋の底に水を満たして金属製のザルを敷き、その上に饅頭を載せて、竹細工のザルを蓋として被せて蒸し器の代わりにした。

生地がふっくらして火が通ったら完成だ。

「角煮は食べやすいように一口サイズにして、饅頭に挟んだら完成！」

薬味に白髪ネギを角煮の上に飾ってみる。カラシがないので、マスタードを少々。

出来上がった角煮まんは、充分に美味しそうに見えた。

パン生地がこうして使えるなら、次は肉まんやあんまんに挑戦するのもいいかもしれない。

「あとは角煮のおでんとか？　角煮の炊き込みご飯に角煮カレーも美味しいのよね。今はまだスパイスが手に入らないから、カレーは作れないけど」

「ナギ。メニューの説明はもういい。食えないのに聞かされるのは辛い」

「え、あ。ごめんね、エド？」

すぐ傍らでナギの手元を凝視していた腹ペコ少年に、これ以上の「待て」は拷問に近いようで、切なそうなため息を吐かれてしまった。

「じゃあ、すぐに用意するね」

こってり系な角煮がメインのため、汁物はコンソメ風味の野菜スープを用意する。

大鍋いっぱいの角煮を収納から取り出すと、エドがすかさず受け取った。

テーブルクロスを敷いた上に更に鍋敷きを用意して、まだ温かい大鍋を置く。

角煮丼はそれぞれの席に一人前ずつ。平皿に盛り付けておいた角煮炒飯と角煮まんも並べる。

「今日ばかりは栄養面を気にせず、お腹いっぱい角煮を食べちゃおう」

「その言葉に二言はないな？」

「ええと、食べすぎてお腹を壊さない程度に？」

ダンジョンで頑張って働いたので、二人ともお腹はぺこぺこだ。

最強の調味料、空腹を抱えた状態でテーブルについた。

「「いただきます！」」

温玉にそっとお箸を刺して割り、とろりとしたオレンジ色の黄身をたっぷりと角煮にまぶす。

ほかほかのご飯ごと角煮を頬張った。甘辛いタレが染み込んだ角煮は、噛み締めるごとに甘い脂が口いっぱいに溢れてくる。

「んんんっ、美味しい……！　砦の外の森のボアよりも、ダンジョン産のフォレストボアのほうが美味しく感じるのが、すごーく不思議だわ」

「魔素を多く含んでいるからだろうな。大森林のボアも旨かったし」

「やっぱり魔素の関係なのね。ボアでこの美味しさなら、ダンジョン産のオークはどれだけ美味しいのかしら……」

オークは普通に美味しい。上質なブランド黒豚の味に匹敵する。

では、それがダンジョン産ならば？

「絶対にオーク肉を手に入れようね、エド」

「もちろんだ。最高に旨いオークカツのためなら、多少の無理も厭わない」

「オークカツ美味しいものね！」

旨味の塊なオーク肉にうっとりと思いを馳せながら、はむりと角煮を口に含む。うん、角煮も絶品。

角煮丼をあっという間に食べ尽くし、二人が次に手を伸ばしたのは角煮入りの炒飯だ。小皿に取り分けて、スプーンですくう。パラパラに仕上がった炒飯はほんのりマヨネーズの香りがする。

少しの酸味は角煮の甘味とほどよく絡み、これもまた美味。

「やばいな。いくらでも食べられそうだ」

「完食してもいいけど、角煮まんの味見も忘れないでね？」

「もちろんだとも」

宣言通り、エドは大皿に山盛りの角煮炒飯を綺麗に完食し、余裕の表情で角煮まんを手にとった。

さすがにそこまでは付き合いきれないので、ナギは小さめの角煮まんをひとつだけ味見する。

「ん、美味しい。角煮のタレが染みたところ、好きかも」

一口食べて、エドは驚いたように目を瞬かせている。

不味くはなかったようで、大きな角煮まんはあっという間に食べ尽くされてしまった。

「食パンとは全く違う食感だな」

「蒸しパンに近いかな。饅頭系はあんこやクリームはもちろん、お肉との相性も良いのよ」

「同じパン生地を使ったのに、不思議だな。食パンとは違っているが、これも旨い。ラードを中に塗ったのはどうしてだ？」

「ああ、オリーブオイルでもいいんだけど、角煮のタレが生地に染み込まないようにね。あと、ラードの味が美味しいのも理由のひとつです！」

「ボアのラードは旨いからな」

角煮まんは二人とも大満足の出来だった。食パン用の生地を使ったので少し心配だったが、前世で食べた饅頭の生地と比べても悪くない味だと思う。

「皮も合格ラインだったから、次は肉まんとあんまんに挑戦したいわね」

「……ナギ、アキラが『ピザまん』も頼むと伝えてきた」

「ふふっ。ピザまんね、了解！」

そういえば、たまの残業時の夜食にアキラがコンビニでピザまんを買っていたことを思い出す。

渚は断然、肉まん派だったが、他の中華まんも嫌いではない。疲れきった冬場には、あんまんを買ってきて、彼と半分こにして食べていたような。

懐かしい思い出を大切に心の奥にしまい込んで、ナギはエドに提案する。

「しばらくは四階層にこもって、フォレストボアをたくさん狩ることにしない？」

「賛成だ。角煮のアレンジ料理を全部試してみたいし、協力しよう」

ナギの提案に、美味しいお肉にすっかり魅了された肉食狼な少年は大きく頷いた。

レベル上げと資金稼ぎ、何より美味しいお肉を手に入れるため、ダンジョンアタックを頑張ろう。

無事に冒険者へと昇格した二人の次なる目標は決まっている。

「マイホームのために、いっぱい稼ごうね！」

母から受け継いだ屋敷でエドと二人、楽しく快適に暮らすためには、土地が必要だ。

なるべくダンジョンに通いやすい場所が良い。庭は絶対に欲しいので、広い土地を探そう。

アキラが窮屈な思いをしないで済むように街の外、それも人の少ない場所にしたい。

「ダンジョン都市には主要なダンジョンが四つもあるんだもの。ひとつずつ確認して、一番気に入ったダンジョン近くの土地を探したいな」

そのためにも、ダンジョンに潜って、たくさん稼がなければ。

「幸せになるために、二人で冒険を楽しみましょう！」

〈幕間〉アキラの記憶

「はい、お待ちかねの角煮まん。ピザまんは、また今度ね？」

仔狼姿のアキラが行儀良く床に座って待っていると、ナギがトレイを目の前に置いた。

木製のトレイには、角煮まんがふたつ入った平皿が乗せられている。たっぷりのお水が入った深皿も当然のように添えてある。

『さすがセンパイ！　いただきますっ！』

無意識に尻尾を振りながら、アキラは角煮まんにかぶりつく。

しっとりと柔らかい生地をもどかしげに噛みちぎり、中から顔を出した角煮ごと堪能する。

前世の調味料による味付けにはさすがに敵わないが、この世界の魔獣肉はそれ単体でも震えるほど旨い。フォレストボアの、特に綺麗な赤身部分のブロック肉を使った角煮は最高に美味しかった。

少し甘めの深い味付けは大森林産の蜂蜜のおかげか。カラシ代わりのマスタードがアクセントになっている。夢中になって平らげて、気が付くと皿は空になっていた。

（あーあ。食べきっちゃった。全然足りない……）

物欲しげに空の皿を舐めていると、炒飯が追加された。

微笑ましそうにこちらを見下ろしてくる先輩が気になるが、食欲には敵わない。

『んまっ！　パラパラ炒飯、食べにくいけど、うまぁい！』

ラードの油でコーティングされた米を夢中で舐め取っていく。

細かく刻まれた角煮どころか、米粒ひとつ残さずに綺麗に平らげた。

「可愛いけど、さすがに食べすぎじゃない？　鍋いっぱいの角煮をエドが食べたばかりだよね」

『センパイ！　あと一口！　一口だけ食べたいですー！』

お預けされそうな予感に慌てて、きゅんきゅんと鼻を鳴らして訴えた。なるべく非力に情けなく、同情を誘うように耳を寝かせて腹を見せるのがポイントだ。

上目遣いに潤(うる)んだ目で見上げると、可愛い小動物に弱い先輩は小さく呻(うめ)いた後で「これが最後だからね？」と念押ししつつ、角煮をひと切れ食べさせてくれた。やった！

センパイはチョロ可愛い。褒めているよ？

『んまっ！　んまい！　脂身最高ー！』

きゃふきゃふ喜びながら完食し、余韻を楽しむために口の周りをペロペロと舐(な)め取る。

さすがに獣人(エド)姿と仔狼(アキラ)と二人合わせてこれだけ食べると、腹がはちきれそうだ。

ひんやりとしたタイルにころりと転がる。仰向けになって、だらしなく脚を伸ばして寛(くつろ)いでいると、呆れたようなため息が降ってきた。センパイだ。

空色の瞳の金髪美少女へと転生したが、中身は全く変わらない。

「食べてすぐ横になると、仔狼から仔豚ちゃんになっちゃうぞ？」

たまにものすごく可愛らしいことを言ってのけるのが、渚センパイ――ナギだ。

噴き出しそうになるのを堪(こら)えて、アキラはふふんと胸を張ってみせる。

『センパイ、情報が古いですよ！　今は、食後にゆっくりと休んだほうが身体にいいそうです』

「そうなの？　まぁ、食後に運動するよりは、胃腸を休めたほうが確かに良い気もするわね」

『食休め、大事ですよー！』

ふすふす。鼻先を鳴らして訴えていると、ふいに額のあたりを撫(な)でられた。

薄目を開けると、付き合いの良い少女が同じようにタイルの床に座り、ふかふかの毛並みを堪能している。毛の流れにそって、小さな指先が頭から鼻先までを撫(な)でてくれた。

気持ち良さに、うっとりと目を細める。

「ずっと不思議だったんだけど。エドが貴方の記憶を読む、ってどういう感じなの？」

『んー？　エドが欲しがる記憶の映像を、俺が脳内に送ってあげる、って感じですかね』

「なるほど。だから会話に少しタイムラグがあるのね」

納得したようにナギが頷いている。

食後で既に風呂も済ませているナギは、あとは寝るだけなので、今は楽な夜着姿だ。

くすんだ生成り色のパジャマは、裾の広がったAラインのチュニック風。ほっそりとした二の腕を包む半袖はパフスリーブ型で可愛らしい。下は膝丈のゆったりとしたパンツだ。

シンプルなデザインだけど、布地と同じ色の糸で隠し刺繍が施されており、実はそれなりの値段がする高級品だったりする。

『眠る時の服と外套と靴にはお金を掛けなさいって、母に教わったから』

ナギが服屋でこっそりとそう教えてくれ、遠慮するエドの服も質の良いものを選んでいた。

(買い物の後に、下着にごてごてとした装飾は不要だけど、生地は質の良いもの必須！　って、叫んでいたな……)

女の子は色々あるのだろう。下着や服は着心地のいいものに限る、というのも理解はできる。

今の自分にはこの素敵な自前の毛皮で充分だが。

闇色の艶やかな毛皮は手触りが良いのはもちろんのこと、多少の攻撃は弾き返せるほどには堅牢だ。弓や剣などの武器を使った物理攻撃ではかすり傷ひとつ付けることはできないし、魔法耐性があるので、上級魔法程度までは余裕で耐え抜くことができる。

（そういえば、エドには教えたけど、先輩にはまだ伝えてなかったかな）

スキル【獣化】は獣人のみが持つ、しかも滅多に顕現しない特殊なスキルだ。

獣人の望む最強の到達点。己に流れる祖の血を遡り、その始祖神とされた獣の王の形を得ることができる、唯一にして至高のスキルだった。

（エドは黒狼族だから、かつて狼たちの神だった『黒狼王』の姿と力を得ることができた）

まだレベルが低いため解放できる能力は少ないが、エドが順調に育っていけば、ドラゴンさえ斃せるほどに強くなることだろう。

「ねぇ、じゃあ貴方は、普段はエドの中から外の世界を見ているの？」

『いつもじゃないですよ？　それじゃ疲れちゃうから、たまにですね。だから、ある程度の情報はエドと共有しています』

「なるほど。私の【無限収納EX】スキル内にある亜空間のような場所で情報を得ている？」

おや、とアキラは黄金色の双眸を眇めた。なかなか鋭い。

『当たりです。センパイの持つ空間のように、俺の中にも何もない部屋があります。モニターがあって、そこからエドの視界を共有している感じです』

ダンジョンに潜っている時は、さすがにずっと見守っている。心配だからね。

必要そうな記憶――否、知識はその都度、身体の持ち主たる少年に伝えてやった。教育に悪そうな知識はなるべく排除しつつ。

（十歳児には配慮が必要でしょう？）

「見るだけ？　自由に身体を動かすことは、やっぱりできないの？」

『当たり前ですよ。江戸川秋良の記憶の残骸が、今の俺なんですから。でも、視界を共有している時に、強い感情がエドとリンクしたら、一時的に支配権を得ることは可能みたいです』

「あー……。獣人の街ガーストでのことよね？」

ナギが街中で強盗の被害に遭いかけた時のことだ。奴らはあろうことか、彼女を嬲り、奴隷として売ろうとしていた。その時に覚えたのは、強い怒り。

エドと自分の激しい感情がリンクし、気が付いたら『黒狼王』の姿で男たちを地に倒していた。

どうにか理性で殺意を抑え込むことができたので、上出来だったと思う。

（殺すにしても、センパイの目の前ではできないしね？）

奴隷として虐げられていた獣人の少年に転生したからか。今の「アキラ」は警戒心も強く、基本的に人間を嫌っていた。大事なのはナギと自分だけだ。自分たちを害そうとする連中に情けをかけようとは思えない。

ダンジョン都市で知り合い親しくなった連中なら、多少は優しくしても良いと思えるようにはなったので、エドも成長しているとは思う。

（でも、俺たちが一番大事なのは、一人だけ）

かつてとは異なる姿をしているが、魂は変わらない、大切な存在。

『センパイ、もう寝ましょう。今日もダンジョンに潜っていたんだから』

「うん、そうだね。さすがに疲れたかな」

仔狼姿で先に寝台に上がると、ナギも床から立ち上がる。枕にダイブして少女は幸せそうに口許(くちもと)を綻(ほころ)ばせた。微睡(まどろ)みながら、ぽすぽすと枕を叩いている。枕元に来ないアキラを呼んでいるのだ。

そばに寄ると、ほっそりとした手に囚われて、ぬいぐるみのように抱き締められる。

「うん、今夜も最高にふかふか……」

『センパイ匂い嗅がないで』

「はーい……」

語尾が既に怪しい。魂は大人でも、肉体は子供なのだ。すぐに寝息を立て始める少女がなんとも微笑ましい。白くてまろい頬を舐(な)めてやると、ナギはふにゃりと微笑んだ。

「アキラが、ここにいてくれて、良かった……」

緩んだ思考でほろりとこぼれた、それは彼女の本心だろう。胸の奥をぎゅっと掴まれるような甘い痛みに、アキラは泣きそうになる。気高き狼の王さまは、涙なんて流さないけれど。

『それはこっちのセリフですよ』

センパイが、ここで幸せそうに過ごしてくれて、良かった。無理を押し通して、魂だけで追いかけてきた甲斐もあるというもの。この肉体は本来、転生した自分の魂、エドのものだ。

だけど幸い、こうして「アキラ」としての意識もまだ残っている。

仔狼は目を閉じて、柔らかな闇の小部屋を思い浮かべた。体は眠り、意識だけをそこへ送り込む。

そこに、エドはいた。真っ暗闇ではない、柔らかな闇の中。そこが普段「アキラ」が過ごしている場所だった。今は、身体を貸してくれていたエドがアキラの代わりに、そこにいる。

「遅いぞ、アキラ」

「悪い。ナギと話していた」

ここは「アキラ」の領域。そのため、好きな姿を取り、好きなものを具現化できる。

仔狼姿ではなく、前世での姿——江戸川秋良の形をとったアキラが笑う。

エドは気にした様子もなく、与えられた本を熱心に読んでいる。

なんでも自由に創り出せる部屋には家具もある。エドは座り心地のいいソファに行儀悪く寝転んで、読書に熱中していた。アキラも人をダメにすると噂の大型クッションにもたれて、漫画本を拾い上げる。

前世で触れ、読んだ記憶のあるものならば、ここで具現化できるのだ。

「今夜は、授業はいいのか、エド?」

「ん、今夜はこの本を読破する。とても興味深い」

エドが読んでいるのは、アキラが前世で目を通したことのある料理本だ。社会人になって一人暮らしをするにあたり、買った覚えがある。結局、自炊をすることはほとんどなかったが。

エドが眠りにつく夜の間だけ、この空間でふたりは言葉を交わすことができる。最初は驚いていたが、居心地のいいこの空間に少年はすぐに慣れた。ちょうど良いとばかりに、文字や計算を教え込んだのはアキラだ。その他にも欲しがる知識は差し支えない程度にだが、惜しみなく与えている。

それがひいてはナギの安全に繋がるのならば、彼が惜しむことはない。

それまでまともに教育を受けたことのない少年は、貪欲に知識を吸収する。さすがにずっと起きていると脳も疲れてしまうので、ほどほどのところで休ませるようにはしているが。

（おかげで、さらに大人びた少年へと成長しちゃったけど。まあ、悪くはないよね？）

眠る仔狼の腹の辺りがくすぐったい。また寝惚けたナギが顔を埋めているのだろう。

今はまだ子供だから良いが、思春期になれば同衾（どうきん）は断らなければ。ただでさえ良い匂いがするのだ。文字通り狼の理性をどこまで信じきっていいのかも分からないし。

ソファの上で丸まって眠る少年の顔はまだまだ、あどけない。とびきりの美少女に転生したナギと共に、こちらも守り健やかに育むべき、大切な存在だ。

「まったく、この年齢で子育てすることになるなんてね」

それが意外と楽しいのだから、仕方ない。ナギのおかげで美味しいご飯は食べられるし、エドのおかげで前世での夢だった魔物狩りも楽しめる。

「……悪くないよね、異世界生活も」

後日譚　たまには着飾って

ミーシャが紹介してくれた職人に頼み、ナギの切った髪はヘアエクステに加工した。

せっかくハンチング帽から解放されたばかりなので、しばらく被り物は遠慮したい。そう考えたナギはウィッグではなく、気軽に装着できそうなエクステを作ってもらったのだ。

「植物由来の接着剤でピンにくっついてるのね。使いやすそう」

ヘアピン付きのエクステなので、髪に留めて大きめのリボンで隠せば目立たなくなる。職人が丁寧に処理してくれたようで、試しに装着しても不自然な箇所は全く見当たらない。

「これなら、エドやアキラの機嫌も治るかな？」

ナギが相談もなく髪を切ったことに対して、二人とも未だに拗ねているのだ。特にエドはナギの髪を弄るのが好きだったので、目に見えて落ち込んでいた。男の子のような髪型になったナギをじっと見つめては、切なそうなため息を吐いている。正直、少しばかり面倒くさい。

「そりゃあ、私もこんなに綺麗に伸ばした髪を切るのは躊躇したわよ？　でも、本格的に冒険者活動をするなら、必要なことだったもの」

ダンジョン内で魔獣と激しい戦闘になり、ハンチング帽を落とさないとも限らないのだ。

それを誰かに見られて、男装がバレる事態に陥ることは、なるべく避けたかった。

王国からの追っ手を躱すためにも、できる手は打っておきたい。

「前世はずっとショートヘアだったから慣れているし、ナギの髪型も似合っていると思うんだけど」

手鏡を覗き込んで、ナギは首を傾げる。

顎下の長さで切ってもらったため、正面から見ると少し長めのショートヘア。

手鏡をずらすと、首の後ろで結んだ可愛らしい尻尾が見える。ボリュームを減らした後ろ髪だ。

長さは肩の下あたりまで。細めのリボンで結ぶと、指二本分の太さの後ろ髪になる。

たまに女の子の服を着たい時のために、これだけは残してもらった。後ろ髪が少し残っていると、エクステを使いやすいのだ。

「今日はちょうど休日。エクステのお試しも兼ねて、エドに髪を触らせてあげようかな」

なんとなくの思い付きだったが、なかなか良いアイデアではないだろうか。

エドも楽しいし、可愛く整えてもらえれば、ナギも嬉しい。

(うん、どっちも幸せになる、素敵なアイデアだわ！)

さっそく宿の庭で自主鍛錬に励むエドを呼び付けたナギだった。


「ナギを好きにしても良いのか？　本当に？」

「言い方！　んんっ、ヘアエクステが完成したから、好きに髪を弄っていいわよ」

エドはぱっと顔を輝かせると、さっそくナギをスツールに座らせる。

ねだられるまま、ナギは髪のお手入れ道具とヘアピン、リボンなどをテーブルに並べた。

エドは手にしたエクステをじっくりと観察しているようだ。

「この付け髪は二本あるんだな」

「一本にまとめるには髪の量が多すぎたみたい。ピンが使えなくなるって聞いて、ふたつに分けてもらったの。使いやすいほうがいいでしょう？」

「そうだな。ナギはカツラが嫌だったんだろう？」

「ウィッグね。北国ならともかく、ここ南国では頭が蒸れるから、絶対に使いたくない」

元々は地毛だが、ウィッグになると、もはや帽子だ。

この世界のウィッグは、ゴムに似た素材で頭に固定して使うようで、サンプルを借りて被った瞬間、ナギはウィッグへの加工を却下した。

頭が蒸れると汗をかくし、臭いも気になる。むず痒くもなるので、不快感がとんでもなかった。

「俺は獣人だから帽子は使いたくない。ナギの気持ちも分かる」

エドがそう慰めてくれて、ほんの少し気分が浮上する。

丁寧にブラシで髪を梳かれると気持ちが良い。ほんの少し節くれだった長い指先がナギの髪に触れ、どんな髪型にするか、迷っているようだった。

やがてエドはコーム型の櫛に持ち変えると、そっとナギの金色の髪をまとめ始めた。

開け放した窓から、気持ちの良い風が通り抜ける。宿は大通りから少し外れた場所にあるため、細波のように人の声が届いていた。

優しく髪に触れる手の感触が気持ち良い。エドは無駄なお喋りとは無縁なため、心地いい静寂に包まれて、ナギは自然と微睡（まどろ）んでしまう。

「できたぞ、ナギ」

名を呼ばれて、はっと目が覚めた。

気持ち良く舟を漕いでいたようで、申し訳なさに頬が赤らんでしまう。

「あっ、えっと。ありがとう、エド」

わたわたと後ろを振り返ると、手鏡が手渡された。エドが自信に満ちた眼差しで、鏡を見るよう促してくる。

手鏡を覗き込んで、ナギは言葉をなくした。

「すごいわ、全く不自然に見えない髪型になってる！」

手鏡の中の愛らしい少女は驚きに目を瞠（みは）りながらも笑みを浮かべている。身動きすると揺れるのは、金色のヘアエクステだ。

「まさか、私がツインテールをすることになるなんて思いもしなかったけど。すごく可愛い……」

そう、エドが整えてくれた髪型はツインテールだった。

きっちりふたつに分けて、細い紐で結んだ髪にエクステを留めている。ヘアピンが目立たないように、大きめのリボンが飾られていた。

辺境伯邸から持ち出してきた、水色のリボンはナギのお気に入りのもの。

少女らしい髪型は、空色の瞳のナギにとてもよく似合っていた。

「ん、似合っている」

満足そうにエドが頷く。が、すぐに凛々しい眉が寄せられた。

「だが、その服装には合わない」

「そうね。この可愛い髪型とは合わないかも」

ナギが今身に纏っているのは、休日用の普段着。着心地のいい綿のチュニックにゆったりとしたハーフパンツ姿だ。普段から男装しているため、休みの日でもどうしてもボーイッシュな服装になる。

「服も髪型に合うものに着替えればいい」

滔々と訴えられると、とても断りにくい。

「うう……分かった、分かりました！　だから、そんな目で見ないで」

捨てられた子犬のような上目遣いはやめてほしい。

エドに技を仕込んだアキラは後でお仕置き（もふもふの刑）することにして、ナギは仕方なく頷いた。

衝立の裏に回り、リボンと同じ色の、お気に入りのワンピースに着替える。

白の付け襟は縁に同色の糸で刺繍が施されており、とても可愛らしい。パフスリーブのふんわりとした袖、ペチコートで膨らんだ水色のワンピースは涼しげだ。

ツインテールとよく似合っており、まるでアンティークなドールのよう。

レース編みの白い靴下とストラップ付きの革靴を履けば、全身コーディネートも完了。

（これで、ぬいぐるみを抱えればもう完璧じゃない？）

我ながら、ロリータファッションが様になりすぎる外見だった。

衝立の陰から出てそっとエドを横目で確認すると、尻尾をパタパタと揺らして嬉しそうに見つめられている。

とりあえず、これでエドの不満も少しは収まっただろう。

「気に入ってくれたようで、何よりだわ」

「じゃあ、着替えるね」

ナギがくるりと背を向けたところ、慌てた様子のエドに手首を掴まれた。

「どうして着替えるんだ？　こんなに似合っているのに」

「どうしてって、エクステの着け心地を確認するためだったから。もう、確認もできたでしょ？」

「嫌だ、もったいない」

「エド？」

「せっかくこんなに可愛く着飾ったんだから、もう少しこのままでいよう」

「は？　いや、落ち着かないわよ、この格好。誰かに見られても困るし」

「なら、外に出掛けよう。幸い、今日は休日だ。知り合いに見られたくないなら、南の街へ遊びに行こう」

「いやいや、そこに行くまでに誰かに見られるでしょうが！」

「姿隠しのローブを着ればいい。暑いか？　それなら、俺が氷の魔力を込めたネックレスを使えば涼しくなる。南の街にナギの好きそうな店があると聞いたから、そこに行こう」

矢継ぎ早にエドに提案され、圧倒されたナギは頷くことしかできなかった。

南の街までは駅馬車で向かい、市場近くでナギはようやくローブを外すことを許された。

「エド、意外と強引？」

「アキラが、デートに誘うなら勢いが必要だと教えてくれた」

「デート」

「ん、デートだ。……嫌だったか？」

「んん？　嫌じゃないよ？」

少しばかり動揺してしまったが、そこは元アラサー。

にこりと微笑み、心の中で、面白がっているだろうアキラを罵（ののし）っておいた。

人混みではぐれないようにと手を繋がれて、街を散策する。

自分だけが着飾っているのは嫌だとナギがごねたおかげで、今日のエドは珍しく黒装束ではない。

白いチュニックシャツとデニムに似たパンツ姿だ。

清楚な水色のワンピース姿のナギと並んで歩くと、大人たちが皆微笑ましそうに視線を送ってくる。

「可愛らしい恋人ね」

「お似合いだわ」

いたたまれない気持ちのナギと違い、エドは心底楽しそうだ。

屋台を見つけると駆け出してジュースを買ってきてくれるし、ナギの好きそうな雑貨屋には率先して案内してくれる。

この「デート」を心から楽しんでいる少年に、ナギは苦笑するしかない。

「……そうだね。せっかくのデートだもん。楽しみましょうか」

ふわりと揺れるスカートの裾が視界に入るだけでも、心は浮き立っていたのだ。

「たまには、こうやって女の子を楽しむのも悪くないかもね？」


エドの熱意に押されたナギが、月に一度はエクステを付けてお洒落（しゃれ）をし、エドと二人でこっそり隣り街に遊びに行くようになったのは、それからすぐのこと。

新＊感＊覚　ファンタジー！

レジーナブックス Regina

聖女の力は内密に――!?

無能と追放された侯爵令嬢、聖女の力に目覚めました

ゆうき

イラスト：しんいし智歩

魔法の名門に生まれたのに魔法が使えないリリーは家族から虐げられ、辛い日々に耐えて過ごしていた。十五歳の誕生日、彼女は森に追放されて空腹のあまり倒れてしまう。けれど次に目を覚ましたのは暖かなベッドの中、助けてくれた優しい青年エルネストはすごい魔法使いで……!?　不器用ながらも精一杯生きるリリーと彼女を穏やかに見守るエルネストの溺愛魔法ファンタジー！

詳しくは公式サイトにてご確認ください。

https://www.regina-books.com/

携帯サイトはこちらから！

この作品に対する皆様のご意見・ご感想をお待ちしております。

おハガキ・お手紙は以下の宛先にお送りください。

【宛先】

〒150-6008 東京都渋谷区恵比寿 4-20-3 恵比寿ｶﾞｰﾃﾞﾝﾌﾟﾚｲｽﾀﾜｰ 8F
（株）アルファポリス　書籍感想係

メールフォームでのご意見・ご感想は右のＱＲコードから、
あるいは以下のワードで検索をかけてください。

ご感想はこちらから

本書は、「アルファポリス」（https://www.alphapolis.co.jp/）に掲載されていたものを、
改稿のうえ書籍化したものです。

異世界転生令嬢、出奔する２

猫野美羽（ねこの みう）

2023年 6月 5日初版発行

編集－堀内杏都
編集長－倉持真理
発行者－梶本雄介
発行所－株式会社アルファポリス
〒150-6008 東京都渋谷区恵比寿4-20-3 恵比寿ｶﾞｰﾃﾞﾝﾌﾟﾚｲｽﾀﾜｰ8F
TEL 03-6277-1601（営業） 03-6277-1602（編集）
URL https://www.alphapolis.co.jp/
発売元－株式会社星雲社（共同出版社・流通責任出版社）
〒112-0005 東京都文京区水道1-3-30
TEL 03-3868-3275
装丁・本文イラスト－らむ屋
装丁デザイン－AFTERGLOW
（レーベルフォーマットデザイン－ansyyqdesign）
印刷－中央精版印刷株式会社

価格はカバーに表示されてあります。

落丁乱丁の場合はアルファポリスまでご連絡ください。

送料は小社負担でお取り替えします。


ISBN978-4-434-32064-4 C0093